主　编◎乔继堂
编　委◎鄢晓霞/李剑霞/李晓丽/崔人元

中华散文百家

中华散文百家

蔡元培◎著
侯晓菊◎选 编

蔡元培散文

散文百家

上海图书馆馆藏经典阅读

上海科学技术文献出版社

出版说明

在中国文学史上，散文具有突出的地位，这恐怕是谁也不能否认的。在文体以有韵无韵区分的时代，散文与韵文相对，固然得占大半壁江山；即使是到了诗歌、散文、小说、戏剧四大文学体裁齐备的时代，散文亦是一方重镇。近世以来，其他文学样式尤其是小说等长足发展，但散文依然焕发着耀眼的光彩，不但有作家钟情此种文体，专事散文随笔的创作而卓成大家，即使以其他体裁创作为主的作家，也或多或少地从事过散文写作；而且由于散文体裁较为广泛的适用性，众多不以作家名世的人也留下了丰富的散文作品。这些散文作品不仅是我们的文学遗产，也是我们的思想文化遗产，其所蕴涵的滋育我们的营养真可谓“无穷无尽”。正是为了较为系统地整理这笔宝藏，挖掘其丰富营养，我们编辑出版了这套丛书。

这套丛书计划以二十世纪初为起点，以人为单位，从我国历代散文作家中选取名家精品，汇成丛集。入选作者除专门的散文家之外，自然也包括其他作家，甚至不以作家名世的作者；与此相应，不仅选取狭义的纯粹散文作品，也选取那些在历史上曾经影响甚巨但不那么纯粹的大散文作品，从而不仅体现散文的文学价值，更体现散文创作在思想文化方面的价值。也可以说，这是这套散文丛书最为突出的特色——不仅是文学的，更是思想文化的；不仅关乎写作技巧，更是关乎素质养成；不仅可供了解作家作品，更可以由此体察历史洪流、社会巨变的大风景……

丛书所选各家散文的编排，或按其原集编排，或重新分辑编排，一视作者原作情况而定。选文除作必要的技术处理外，其余一仍其旧，以见作品原貌。为了阅读的方便，对一些于今天的读者不太熟悉的专门术语等作了适当的注释。关于具体的编选情况，以及作者及其作品的情况，每一集后缀以编后语，给以简略的说明。

丛书计划分批相对集中出版，先期推出二十世纪上半叶的名家名作，随后向两个方向延伸，陆续成其规模，期于有所贡献。

愿广大读者襄助之；愿广大作者襄助之。

上海科学技术文献出版社

目　录

世界观与人生观

世界无涯涘也，而吾人乃于其中占有数尺之地位；世界无终始也，而吾人乃于其中占有数十年之寿命；世界之迁流，如是其繁变也，而吾人乃于其中占有少许之历史。以吾人之一生较之世界，其大小久暂之相去，既不可以数量计；而吾人一生，又决不能有几微遁出于世界以外，则吾人非先有一世界观，决无所容喙于人生观。

虽然，吾人既为世界之一分子，决不能超出世界以外，而考察一客观之世界，则所谓完全之世界观，何自而得之乎？曰：凡分子必具有全体之本性，而既为分子，则因其所值之时地而发生种种特性；排去各分子之特性，而得一通性，则即全体之本性矣。吾人为世界一分子，凡吾人意识所能接触者，无一非世界之分子。研究吾人之意识，而求其最后之原素，为物质及形式。物质及形式，犹相对待也。超物质形式之畛域而自在者，惟有意志。于是吾人得以意志为世界各分子之通性，而即以是为世界之本性。

本体世界之意志，无所谓鹄的也。何则？一有鹄的，则悬之有其所，达之有其时，而不得不循因果律以为达之之方法，是仍落于形式之中，含有各分子之特性，而不足以为本体。故说者以本体世界为黑暗之意志，或谓之盲瞽之意志，皆所以形容其异于现象世界各各之意志也。现象世界各各之意志，则以回向本体为最后之大鹄的。其间接以达于此大鹄的者，又有无量数之小鹄的，各以其间接于最后大鹄的之远近，为其大小之差。

最后之大鹄的何在？曰：合世界之各分子，息息相关，无复有彼此之差别，达于现象世界与本体世界相交之一点是也。自宗教家言之，吾人固未尝不可于一瞬间，超轶现象世界种种差别之关系，而完全成立为本体世界之大我。然吾人于此时期，既尚有语言文字之交通，则已受范于渐法之中，而不以顿法①，于是不得不有所谓种种间接之作用，缀辑此等间接作用，使厘然有系统可寻者，进化史也。

统大地之进化史而观之，无机物之各质点，自自然引力外，殆无特别相互之关系。进而为有机之植物，则能以质点集合之机关，共同操作，以行其延年传种之作用。进而为动物，则又于同种类间为亲子朋友之关系，而其分职通功之例，视植物为繁。及进而为人类，则由家庭而宗族、而社会、而国家、而国际，其互相关系之形式，既日趋于博大，而成绩所留，随举一端，皆有自阂而通、自别而同之趋势。例如昔之工艺，自造之而自用之耳。今则一人之所享受，不知经若干人之手而后成；一人之所操作，不知供若干人之利用。昔之知识，取材于乡土志耳。今则自然界之记录，无远弗届。远之星体之运行，小之原子之变化，皆为科学所管领。由考古学、人类学之互证，而知开明人之祖先，与未开化人无异。由进化学之研究，而知人类之祖先与动物无异。是以语言、风俗、宗教、美术之属，无不合大地之人类以相比较。而动物心理、动物言语之属，亦渐为学者所注意。昔之同情，及最近者而止耳。是以同一人类，或状貌稍异，即痛痒不复相关，而甚至于相食，其次则死之、奴之。今则四海兄弟之观念，为人类所公认。而肉食之戒，虐待动物之禁，以渐流布。所谓仁民而爱物者，已成为常识焉。夫已往之世界，经其各分子之经营而进步者，其成绩固已如此。过此以往，不亦可比例而知之欤。

道家之言曰："知足不辱，知止不殆。"② 又曰："小国寡民，使有什伯之器而不用，使民重死而不远徙，虽有舟舆，无所乘之；虽

---

① 渐法、顿法：佛教用语，分别指渐悟和顿悟。

② 语出《老子》第四十四章；下文出第八十章。

有甲兵，无所陈之。使民复结绳而用之，甘其食，美其服，安其居，乐其俗。邻国相望，鸡犬之声相闻，民至老死而不相往来。”此皆以目前之幸福言之也。自进化史考之，则人类精神之趋势，乃适与相反。人满之患，虽自昔借为口实，而自昔探险新地者，率生于好奇心，而非为饥寒所迫。南北极苦寒之所，未必于吾侪生活有直接利用之资料，而冒险探极者踵相接。由推轮而大辂，由浮槎而方舟，足以济不通矣；乃必进而为汽车、汽船及自动车之属，近则飞艇、飞机，更为竞争之的。其构造之初，必有若干之试验者供其牺牲，而初不以及身之不及利用而生悔。文学家、美术家最高尚之著作，被崇拜者或在死后，而初不以及身之不得信用而辍业。用以知：为将来而牺牲现在者，又人类之通性也。

人生之初，耕田而食，凿井而饮，谋生之事，至为繁重，无暇为高尚之思想。自机械发明，交通迅速，资生之具，日趋于便利。循是以往，必有菽粟如水火之一日，使人类不复为口腹所累，而得专致力于精神之修养。今虽尚非其时，而纯理之科学，高尚之美术，笃嗜者固已有甚于饥渴，是即他日普及之朕兆也。科学者，所以祛现象世界之障碍，而引致于光明；美术者，所以写本体世界之现象，而提醒其觉性。人类精神之趋向，既毗于是，则其所到达之点，盖可知矣。

然而进化史所以诏吾人者：人类之义务，为群伦不为小己，为将来不为现在，为精神之愉快而非为体魄之享受，固已彰明而较著矣。而世之误读进化史者，乃以人类之大鹄的，为不外乎其一身与种姓之生存，而遂以强者权利为无上之道德。夫使人类果以一身之生存为最大之鹄的，则将如神仙家所主张，而又何有于种姓？如曰人类固以绵延其种姓为最后之鹄的，则必以保持其单纯之种姓为第一义，而同姓相婚，其生不蕃，古今开明民族，往往有几许之混合者。是两者何足以为究竟之鹄的乎？孔子曰：“生无所息。”庄子曰：“造物劳我以生。”诸葛孔明曰：“鞠躬尽瘁，死而后已。”是吾身之所以欲生存也。北山愚公之言曰：“虽我之死，有子存焉。子又生孙，孙又生子，子子孙孙，无穷匮也；而山不加增，何若而不平！”[①] 是种姓之所以欲生存也。人类以在此世界有当尽之义务，不得不生存其身体；又以此义务者非数十年之寿命所能竣，而不得不谋其种姓之生存；以图其身体若种姓之生存，而不能不有所资以营养，于是有吸收之权利。又或吾人所以尽义务之身体若种姓，及夫所资以生存之具，无端受外界之侵害，将坐是而失其所以尽义务之自由，于是有抵抗之权利。此正负两式之权利，皆由义务而演出者也。今曰：吾人无所谓义务，而权利则可以无限。是犹同舟共济，非合力不足以达彼岸，乃强有力者以进行为多事，而劫他人所持之棹楫以为己有，岂非颠倒之尤者乎！

昔之哲人，有见于大鹄的之所在，而于其他无量数之小鹄的，又准其距离于大鹄的之远近，以为大小之差。于其常也，大小鹄的并行而不悖。孔子曰：“己欲立而立人，己欲达而达人。”孟子曰：“好乐，好色，好货，与人同之。”是其义也。于其变也，绌小以申大。尧知子丹朱之不肖，不足授天下。授舜则天下得其利而丹朱病，授丹朱则天下病而丹朱得其利。尧曰：终不以天下之病而利一人，而卒授舜以天下。禹治洪水，十年不窥其家。孔子曰：“志士仁人，无求生以害仁，有杀身以成仁。”墨子摩顶放踵，利天下为之。孟子曰：“生与义不可兼得，舍生而取义。”范文正曰[②]：“一家哭，何如一路哭。”是其义也。循是以往，则所谓人生者，始合于世界进化之公例，而有真正之价值。否则庄生所谓天地之委形委蜕已耳，何足道也！

（原刊 1912 年巴黎《民德杂志》创刊号，
后又刊 1913 年 4 月《东方杂志》第 9 卷第 10 号）

---

① 语见《列子·汤问》。
② 范文正：范仲淹，谥文正，北宋政治家、文学家。

敬告全国同胞

兵凶战危，吾侪安分良民，对于不正当之战争，决无有赞成之者。其正当之战争，为保护吾侪安全幸福之间接作用，则吾侪不特不肯反对，且相率而助成之。其或吾侪虽不必加入战争，而确于战争以外，尚有可以致力之处，使吾侪之安全幸福由此而保存，而且使间接作用之战争由此而截止，则尤吾侪所当引以为己任者矣。

一年以来，政府之失德，虽吾侪挚爱之者，决不能为之讳；至于恣行暗杀，擅借外款，不复留吾侪以承认政府之余地。吾侪中之一部分所谓民党也者，攻击政府为激烈之主张，何尝不公认为必不得已之举！徒以兵乱初经，疮痍未复，苟于和平解决一方面，尚有几希之望，则终告诫民党，而强抑制之。虽然政府之播恶也，乃变本而加厉，且以是为锄除民党之机会，而日日与之挑战。当斯时也，吾侪而稍稍移其注视民党之目光，而静观政府，得民党所以不能不激昂之故，纠政府而去其疾，未尝不可以达保持和平之希望。不幸吾侪大多数见未及此，徒日日监视民党，责以不许妄动，而转使政府益施其纵恶挑战之手段，既民党忍无可忍，而为武力解决之宣告，反之于吾侪往日希望和平之美意，诚不能不谓之失望。然吾侪于归咎政府之余，又不能不自省纵容政府之过，而深自引咎也。

今者战端开矣，犹未至全国糜烂之境也，往者不谏，来者可追，吾侪而坐视其孰胜孰负，若秦越人之视肥瘠，则亦已耳；若惕于战祸之延长，而为迅速恢复和平之计划，则不可不洞见窍要而指导之。时局之窍要何在？曰：民军之起也，号曰讨袁，袁去而民军之目的达，战祸熄矣。吾侪而以袁氏为至可敬爱之总统，惟恐其去则已耳！苟认为不可不去者，则去之惟恐其不速，吾侪而诚无观望无游移，争先恐后，赞同讨袁，则袁氏又曷能孤立于全国国民以外而不去耶？

其或震慑于讨袁之名之已激，而求为和平之解决，则莫若以国民之公意，要求国会南迁，别选正式总统，俾袁氏正式解职，无复为众矢之的。是则爱袁氏者所宜出也。

又或爱袁氏也甚挚，务使挟令名以去，如前清之隆裕太后，则宜集合同宗旨之人，哀求袁氏，速速宣布退位，以示其不忍牺牲全国国民，以保存一己之权位，是又爱袁氏者所代为心许者也。

呜呼！使吾侪对此种种之策划，而曾不一措意，日惟待两方面胜负之决定，则无论孰胜孰败，而危凶之象，势所难免。在民党夙抱为国牺牲之志，而政府亦已抵日暮途穷之境，死而无悔，亦固其所；独吾大多数之同胞，以渴望和平之故，而转熟视无睹，陷时局于不可收拾之地位，噬脐之悔，宁有既极，曲突徙薪，虽欲缓须臾而不可得矣。

（1913 年 7 月 22 日）

文明之消化

凡生物之异于无生物者，其例证颇多，而最著之端，则为消化作用。消化者，吸收外界适当之食料而制炼之，使类化为本身之分子，以助其发达。此自微生物以至人类所同具之作用也。

人类之消化作用，不惟在物质界，亦在精神界。一人然，民族亦然。希腊民族吸收埃及、腓尼基诸古国之文明而消化之，是以有希腊之文明；高尔、日耳曼诸族吸收希腊、罗马及阿拉伯之文明而消化之，是以有今日欧洲诸国之文明。吾国古代文明，有源出巴比仑之说，迄今尚未证实；汉以后，天方、大秦之文物，稍稍输入矣，而影响不著；其最著者，为印度之文明。汉季，接触之时代也；自晋至唐，吸收之时代也；宋，消化之时代也。吾族之哲学、文学及美术，得此而放一异彩。自元以来，与欧洲文明相接触，逾六百年矣，而未尝大有所吸收，如球茎之植物，冬蛰之动物，恃素所贮蓄者以自赡，日趣羸瘠，亦固其所。至于今日，始有吸收欧洲文明之机会，而当其冲者，实为我寓欧之同人。

吸收者，消化之预备。必择其可以消化者而始吸收之。食肉者弃其骨，食果者弃其核，未有浑沦而吞之者也。印度文明之输入也，其滋养果实为哲理，而埋蕴于宗教臭味之中。吸收者浑沦而吞之，致酿成消化不良之疾。钩稽哲理，如有宋诸儒，既不免拘牵门户之成见；而普通社会，为宗教臭味所熏习，迷信滋彰，至今为梗。欧洲文明，以学术为中坚，本视印度为复杂；而附属品之不可消化者，亦随而多歧。政潮之排荡，金力之劫持，宗教之拘忌，率皆为思想自由之障碍。使皆浑沦而吞之，则他日消化不良之弊，将视印度文明之尤甚。审慎于吸收之始，毋为消化时代之障碍，此吾侪所当注意者也。

且既有吸收，即有消化，初不必别有所期待。例如晋唐之间，虽为吸收印度文明时代，而其时《庄》《易》之演讲，建筑图画之革新，固已显其消化之能力，否则其吸收作用，必不能如是之博大也。今之于欧洲文明，何独不然。向使吾侪见彼此习俗之殊别，而不能推见其共通之公理，震新旧思想之冲突，而不能预为根本之调和，则臭味差池，即使强饮强食，其亦将出而哇之耳！当吸收之始，即参以消化之作用，俾得减吸收时代之阻力，此亦吾人不可不注意者也。

（初刊 1916 年 8 月 15 日《旅欧杂志》创刊号，

又刊 1917 年 2 月 15 日《东方杂志》第 14 卷第 2 号）

黑暗与光明的消长

——在北京天安门举行庆祝协约国胜利大会上的演说词[①]

我们为什么开这个演说大会？因为大学职员的责任并不是专教几个学生，更要设法给人人都受一点大学的教育，在外国叫作平民大学。这一回的演说会，就是我国平民大学的起点！

但我们的演说大会，何以开在这个时候呢？现在正是协约国战胜德国的消息传来，北京的人都高兴的了不得。请教为什么要这样高兴？怕有许多人答不上来。所以我们趁此机会，同大家说说高兴的缘故。

诸君不记得波斯拜火教的起原么[②]？他用黑暗来比一切有害于人类的事，用光明来比一切有益于人类的事。所以说世界上有黑暗的神与光明的神相斗，光明必占胜利。这真是世界进化的状态。但是黑暗与光明，程度有浅深，范围也有大小。譬如北京道路，从前没有路灯，行路的人必要手持纸灯。那时候光明的程度很浅，范围很小。后来有公设的煤油灯，就进一步了。近来有电灯、汽灯，光明的程度更高了，范围更广了。世界的进化也如此。距今一百三十年前的法国大革命，把国内政治上一切不平等黑暗主义都消灭了。现在世界大战争的结果，协约国占了胜利，定要把国际间一切不平等的黑暗主义都消灭了，别用光明主义来代他。所以全世界的人，除了德、奥的贵族以外，没有不高兴的。请提出几个交换的主义作

---

① 第一次世界大战以协约国的胜利结束，消息传来，举国欢腾。蔡元培借天安门露台，于1918年11月15、16两日举行演讲大会，邀请陈独秀、胡适等11人演讲，自己也发表了演讲。

② 拜火教：即琐罗亚斯德教，中国也称袄教或波斯教等。

个例证：

第一是黑暗的强权论消灭，光明的互助论发展 从陆谟克、达尔文等发明生物进化论后[①]，就演出两种主义：一是说生物的进化全恃互竞，弱的竞不过，就被淘汰了，凡是存的，都是强的。所以世界止有强权，没有公理。一是说生物的进化全恃互助，无论怎么强，要是孤立了，没有不失败的。但看地底发见的大鸟大兽的骨，他们生存时何尝不强？但久已灭种了。无论怎么弱，要是合群互助，没有不能支持的。但看蜂、蚁，也算比较的弱极了，现在全世界都有这两种动物。可见生物进化恃互助，不恃强权。此次大战，德国是强权论代表。协商国互相协商，抵抗德国，是互助论的代表。德国失败了，协商国胜利了。此后人人都信仰互助论，排斥强权论了。

第二是阴谋派消灭，正义派发展 德国从拿破仑时受军备限制，创为更番操练的方法，得了全国皆兵的效果。一战胜奥，再战胜法。这是已往时代，彼此都恃阴谋，不恃正义，自然阴谋程度较高的占胜了。但德国竟因此抱了个阴谋万能的迷信，遍布密探。凡德国人在他国作商人的，都负有侦探的义务。旅馆的侍者、菌圃的装置，是最著名的了。德国恃有此等侦探，把各国政策、军备都知道详细，随时密制那相当的大炮、潜艇、飞艇、飞机等，自以为所向无敌了，遂敢唾弃正义，斥条约为废纸，横行无忌。不意破坏比利时中立后，英国立刻与之宣战；宣告无限制潜艇政策后，美国又与之宣战；其他中立等国，也陆续加入协商国中。德国因寡助的缺点，空费了四十年的预备，终归失败。从此人人知道阴谋的时代早已过去，正义的力量真是万能了。

第三是武断主义消灭，平民主义发展 从美国独立、法国革命后，世界已增了许多共和国。国民虽知道共和国的幸福，然野心的政治家，很嫌他不便。他们看着各共和国中，法、美两国最大，但

---

① 陆谟克：今译拉马克（1744—1829），法国博物学家。最先提出生物进化学说。

是这两国的军备都不及德国的强盛，两国的外交又不及俄国的活泼。遂杜撰一个“开明专制”的名词，说是国际间存立的要素，全恃军备与外交；军备与外交，全恃武断的政府。此后世界全在德系、俄系的掌握。共和国的首领者法若美且站不住，别的更不容说了。不意开战以后，俄国的战斗力乃远不及法国。转因外交狡猾的缘故，貌亲英、法，阴实亲德，激成国民的反对，推倒皇室，改为共和国了。德国虽然多挣了几年，现在因军事的失败，喝破国民崇拜皇室的迷信，也起革命，要改共和国了。法国是大战争的当冲，美国是最新的后援，共和国的军队便是胜利的要素。法国、美国都说是为正义人道而战，所以能结合十个协商的国，自俄国外，虽受了德国种种的诱惑，从没有单独讲和的。共和国的外交，也是这一回胜利的要素。现在美总统提出的十四条，有限制军备、公开外交等项，就要把德系、俄系的政策根本取消。这就是武断主义的末日、平民主义的新纪元了。

第四是黑暗的种族偏见消灭，大同主义发展 野蛮人止知有自己的家庭，见异族的人同禽兽一样，所以有食人的风俗。文化渐进，眼界渐宽，始有人类平等的观念。但是劣根性尚未消尽，德国人尤甚。他们看有色人种不能与白色人种平等，所以唱黄祸论，行“铁拳”政策。看犹太、波兰等民族不能与亚利安民族平等①，所以限制他人权。彼等又看拉丁民族、盎格鲁撒克逊民族又不能与日耳曼民族平等，所以唱“德意志超过一切”，想先管理全欧，然后管理全世界。此次大战争，便是这等迷信酿成的。现今不是已经失败了么？更看协商国一方面，不但白种的各民族团结一致，便是黄人、黑人也都加入战团，或尽力战争需要的工作。义务平等，所以权利也渐渐平等。如爱尔兰的自治、波兰的恢复、印度民权的申张、美境黑人权利的提高，都已成了问题。美总统所提出的民族自决主义，更可包括一切。现今不是已占胜利了么？这岂不是大同主

---

① 亚利安：即雅利安。

义发展的机会么？

世界的大势已到这个程度，我们不能逃在这个世界以外，自然随大势而趋了。我希望国内持强权论的、崇拜武断主义的、好弄阴谋的、执著偏见想用一派势力统治全国的，都快快抛弃了这种黑暗主义，向光明方面去呵！

(1918 年 11 月 15 日演说，
原刊 1918 年 11 月 27 日《北京大学日刊》第 260 号)

劳工神圣

——在北京天安门举行庆祝协约国胜利大会上的演说词

诸　君！

此次世界大战争，协商国竟得最后胜利，可以消灭种种黑暗的主义，发展种种光明的主义，我昨日曾经说过，可见此次战争的价值了。但是我们四万万同胞，直接加入的，除了在法国的十五万华工，还有什么人，这不算怪事，此后的世界，全是劳工的世界呵！

我说的劳工，不但是金工、木工等等，凡用自己的劳力作成有益他人的事业，不管他用的是体力、是脑力，都是劳工。所以农是种植的工，商是转运的工，学校职员、著述家、发明家，是教育的工，我们都是劳工。我们要自己认识劳工的价值。劳工神圣！

我们不要羡慕那凭藉遗产的纨绔儿！不要羡慕那卖国营私的官吏！不要羡慕那克扣军饷的军官！不要羡慕那操纵票价的商人！不要羡慕那领干脩的顾问谘议！不要羡慕那出售选举票的议员！他们虽然奢侈点，但是良心上不及我们的平安多了。我们要认清我们的价值。劳工神圣！

（1918 年 11 月 16 日演说，

与 15 日演说刊于同期《北京大学日刊》）

洪水与猛兽

二千二百年前，中国有个哲学家孟轲[①]，他说国家的历史，常是“一乱一治”的。他说第一次大乱，是四千二百年前的洪水；第二次大乱，是三千年前的猛兽。后来说到他那时候的大乱，是杨朱、墨翟的学说。他又把自己的距杨、墨，比较禹的抑洪水、周公的驱猛兽。所以崇奉他的人，就说杨、墨之害，甚于洪水猛兽。后来一个学者，要是攻击别种学说，总是袭用“甚于洪水猛兽”这句话。譬如唐宋儒家攻击佛老，用他；清朝程朱派攻击陆王派[②]，也用他；现在旧派攻击新派，也用他。

我以为用洪水来比新思潮，很有几分相像。他的来势很勇猛，把旧日的习惯冲破了，总有一部分人感受痛苦，仿佛水源太旺，旧有的河槽不能容受他，就泛滥岸上，把田庐都扫荡了。对付供水，要是如鲧的用湮法，便愈湮愈决，不可收拾。所以禹改用导法，这些水归了江河，不但无害，反有灌溉之利了。对付新思潮，也要舍湮法，用导法，让他自由发展，定是有利无害的。孟氏称“禹之治水，行其所无事”，这正是旧派对付新派的好方法。

至于猛兽，恰好作军阀的写照。孟氏引公明仪的话：“庖有肥肉，厩有肥马，民有饥色，野有饿殍，此率兽而食人也。”[③] 现在军阀的要人，都有几百万、几千万的家产，奢侈的了不得；别种好好

---

① 孟轲：即孟子，战国时期的思想家。著有《孟子》。下文墨翟，即墨子。

② 程朱派：以宋代程颐、程颢兄弟和朱熹为代表的理学学派。陆王派：以宋代陆九渊和明代王阳明为代表的心学学派。

③ 此处引语出自《孟子·梁惠王上》。公明仪：春秋时鲁国贤人。

作工的人，穷的饿死，这不是率兽食人的样子么？现在天津、北京的军人，受了要人的指使，乱打爱国的青年，岂不明明是猛兽的派头么？

所以中国现在的状况，可算是洪水与猛兽竞争。要是有人能把猛兽驯伏了，来帮同疏导洪水，那中国就立刻太平了。

（本文是作者为北京出版的英文报纸《导报》特别增刊所写，后刊1920年4月1日《新青年》第7卷第5号）

我的新生活观

什么叫旧生活？是枯燥的，是退化的。什么叫新生活？是丰富的，是进步的。旧生活的人，是一部分不作工，又不求学的，终日把吃喝嫖赌作消遣。物质上一点也没有生产，精神上也一点没有长进。又一部分是整日作苦工，没有机会求学，身体上疲乏得了不得，所作的工是事倍功半，精神上得过且过，岂不全是枯燥的么？不作工的人，体力是逐渐衰退了；不求学的人，心力又逐渐委靡了。一代传一代，更衰退，更萎靡，岂不全是退化么？新生活是每一个人，每日有一定的工作，又有一定的时候求学，所以制品日日增加。这还不是丰富的么？工是愈练愈熟的，熟了出产必能加多；而且“熟能生巧”，就能增出新工作来。学是有一部分讲现在作工的道理，懂了这个道理，工作必能改良。又有一部分讲别种工作的道理，懂了那种道理，又可以改良别种的工；从简单的工改到复杂的工，从容易的工改到繁难的工，从出产较少的工改到出产较多的工。而且有一种学问，虽然与工作没有直接的关系，但是学了以后，眼光一日一日地远大起来，心也一日一日地平和起来，生活上无形中增进许多幸福。这还不是进步吗？要是有一个人肯日日作工，日日求学，便是一个新生活的人；有一个团体里的人，都是日日作工，日日求学，是一个新生活的团体；全世界的人都是日日作工，日日求学，那就是新生活的世界了。

（收入北京大学新潮社编印《蔡孑民先生言行录》）

何谓文化

——在湖南长沙的第一次演说[①]

我没有受过正式的普通教育，曾经在德国大学听讲，也没有毕业，那里配在学术讲演会开口呢？我这一回到湖南来，第一，是因为杜威、罗素两先生，是世界最著名的大哲学家，同时到湖南讲演，我很愿听一听。第二，是我对于湖南，有一种特别感想。我在路上，听一位湖南学者说："湖南人才，在历史上比较的很寂寞，最早的是屈原；直到宋代，有个周濂溪；直到明季，有个王船山，真少得很。"[②] 我以为蕴蓄得愈久，发展得愈广。近几十年，已经是湖南人发展的时期了。可分三期观察。一是湘军时代：有胡林翼、曾国藩、左宗棠及同时死战立功诸人。他们为满清政府尽力，消灭太平天国，虽受革命党菲薄，然一时代人物，自有一时代眼光，不好过于责备。他们为维持地方秩序，保护人民生命，反对太平，也有片面的理由。而且清代经康熙、雍正以后，汉人信服满人几出至诚。直到湘军崛起，表示汉人能力，满人的信用才丧尽了。这也是间接促成革命。二是维新时代：梁启超、陈宝箴、徐仁铸等在湖南设立时务学堂，养成许多维新的人才。戊戌政变，被害的六君子中，以谭嗣同为最[③]。他那思想的自由，眼光的远大，影响于后学

---

① 1920年底赴欧美考察教育之前，蔡元培曾应湖南省之邀，与罗素、杜威等同往长沙，举行学术演讲会。蔡元培在湖南共进行过七次演讲，演讲记录稿先在长沙各报披露，后在湖南结集，修改后又刊于《北京大学日刊》。

② 周濂溪：即周敦颐，宋代理学家、文学家。王船山：即王夫之，明清之际思想家、文学家。

③ 六君子：指戊戌六君子，即谭嗣同、林旭、杨锐、刘光第、杨深秀、康广仁。谭嗣同是湖南浏阳人，世称谭浏阳。

不浅。三是革命时代：辛亥革命以前，革命党重要分子，湖南人最多，如黄兴、宋教仁、谭人凤等，是人人知道的。后来洪宪一役，又有蔡锷等恢复共和。已往的人才，已经如此热闹，将来宁可限量？此次驱逐张敬尧以后，励行文治，且首先举行学术讲演会，表示凡事推本学术的宗旨，尤为难得。我很愿来看看。这是我所以来的缘故。已经来了，不能不勉强说几句话。我知道湖南人对于新文化运动，有极高的热度。但希望到会诸君想想，那一项是已经实行到什么程度？应该什么样的求进步？

文化是人生发展的状况，所以从卫生起点，我们衣食住的状况，较之茹毛饮血、穴居野处的野蛮人，固然是进化了，但是我们的着衣吃饭，果然适合于生理么？偶然有病能不用乩方药签与五行生克等迷信，而利用医学药学的原理么？居室的光线空气，足用么？城市的水道及沟渠，已经整理么？道路虽然平坦，但行人常觉秽气扑鼻，可以不谋改革么？

卫生的设备，必需经费，我们不能不联想到经济上。中国是农业国，湖南又是产米最多的地方，俗语说“湖广熟，天下足”，可以证明。但闻湖南田每亩不过收谷三石，又并无副产。不特不能与欧美新农业比较，就是较之江浙间每亩得米三石，又可兼种蔬麦等，亦相差颇远。湖南富有矿产，有铁，有锑，有煤。工艺品如绣货、瓷器，亦皆有名。现在都还不大发达。因为交通不便，输出很不容易。考湖南面积比欧洲的瑞士、比利时、荷兰等国为大，彼等有三千以至七千启罗迈当的铁路[①]，而湖南仅占有粤汉铁路的一段，尚未全筑。这不能不算是大缺陷。

经济的进化，不能不受政治的牵掣。湖南这几年，政治上苦痛，终算受足了。幸而归到本省人的手，大家高唱自治，并且要从确定省宪法入手，这真是湖南人将来的生死关头。颇闻为制宪机关问题，各方面意见不同，此事或不免停顿。要是果有此事，真为可

---

① 启罗迈当：德文音译，公里。

惜。还望大家为本省全体幸福计，彼此排除党见，协同进行，使省宪法得早日产出，自然别种政治问题，都可迎刃而解了。

近年政治家的纠纷，全由于政客的不道德，所以不能不兼及道德问题。道德不是固定的，随时随地，不能不有变迁，所以他的标准，也要用归纳法求出来。湖南人性质沉毅，守旧时固然守得很凶，趋新时也趋得很急。遇事能负责任，曾国藩说的“扎硬寨，打死仗”，确是湖南人的美德。但也有一部分的人似带点夸大、执拗的性质，是不可不注意的。

上列各方面文化，要他实行，非有大多数人了解不可，便是要从普及教育入手。凡一种社会，必先有良好的小部分，然后能集成良好的大团体。所以要有良好的社会，必先有良好的个人；要有良好的个人，就要先有良好的教育。教育并不是专在学校，不过学校是严格一点，最初自然从小学入手。各国都以小学为义务教育，有定为十年的，有八年的；至少如日本，也有六年。现在有一种人，不满足于小学教育的普及，提倡普及大学教育；我们现在这小学教育还没有普及，还不猛进么？

若定小学为义务教育，小学以上，尚应有一种补习学校。欧洲此种学校，专为已入工厂或商店者而设，于夜间及星期日授课。于普通国语、数学而外，备有各种职业教育，任学者自由选习。德国此种学校，有预备职业到二百余种的。国中有一二邦，把补习教育规定在义务教育以内，至少二年。我们学制的乙种实业学校，也是这个用意，但仍在小学范围以内。于已就职业的人，不便补习，鄙意补习学校，还是不可省的。

进一步，是中等教育。我们中等教育，本分两系：一是中学校，专为毕业后再受高等教育者而设；一是甲种实业学校，专为受中等教育后即谋职业者而设。学生的父兄沿了科举时代的习惯，以为进中学与中举人一样，不筹将来能否再进高等学校，姑令往学；及中学毕业以后，即令谋生，殊觉毫无特长，就说学校无用。有一种教育家，遂想在中学里面加职业教育，不知中等的职业教育，自可在甲种实业学校中增加科目，改良教授法，初不必破坏中学本体。又现在女学生愿受高等教育的，日多一日，各地方收女生的中学很少，湖南止有周南代用女子中学校一所，将来或增设女子中学，或各中学都兼收女生，是不可不实行的。

再进一步，是高等教育。德国的土地比湖南止大了一倍半，人口多了两倍，有大学二十。法国的土地，比湖南大了一倍半，人口也止多了一倍半，有大学十六。别种专门学校，两国都有数十所。现在我们不敢说一省，就全国而言，止有国立北京大学，稍为完备，如山西大学、北洋大学，规模都还很小。尚有外人在中国设立的大学，也是有名无实的居多。以北大而论，学生也止有两千多人，比较各国都城大学学生在万人以上的，就差得远了。湖南本来有工业、法政等专门学校，近且筹备大学；为提高文化起见，不可不发展此类高等教育。

教育并不专在学校，学校以外，还有许多的机关。第一是图书馆。凡是有志读书而无力买书的人，或是孤本、抄本，极难得的书，都可以到图书馆研究。中国各地方差不多已经有图书馆，但往往止有旧书，不添新书。并且书目的编制，取书的方法，借书的手续，都不便利于读书的人，所以到馆研究的很少。我听说长沙有一个图书馆，不知道内容什么样？

其次是研究所。凡大学必有各种科学的研究所，但各国为便利学者起见，常常设有独立的研究所。如法国的巴斯笃研究所①，专研究生物化学及微生物学，是世界最著名的。美国富人，常常创捐基金，设立各种研究所，所以工艺上新发明很多。我们北京大学，虽有研究所，但设备很不完全。至于独立的研究所，竟还没有听到。

其次是博物院。有科学博物院，或陈列各种最新的科学仪器，随时公开讲演，或按着进化的秩序，自最简单的器械，到最复杂的

---

① 巴斯笃：今译巴斯德（1822—1895），法国微生物学家、化学家，细菌的发现者，首创疫苗接种。

装置，循序渐进，使人一览了然。有自然历史博物院，陈列矿物及动植物标本，与人类关于生理病理的遗骸，可以见物质进化的痕迹，及卫生的需要。有历史博物院，按照时代，陈列各种遗留的古物，可以考见本族渐进的文化。有人类学博物院，陈列各民族日用器物、衣服、装饰品，以及宫室的模型、风俗的照片，可以作文野的比较。有美术博物院，陈列各时代各民族的美术品，如雕刻、图画、工艺、美术以及建筑的断片等，不但可以供美术家的参考，并可以提起普通人优美高尚的兴趣。我们北京有一个历史博物馆，但陈列品很少。其余还没有听到的。

其次是展览会。博物院是永久的，展览会是临时的。最通行的展览会，是工艺品，商品，美术品，尤以美术品为多。或限于一个美术家的作品，或限于一国的美术家，或征集各国的美术品。其他特别的展览会，如关于卫生的，儿童教育的，还多。我们前几年在南京开过一个劝业会，近来在北京、上海，开了几次书画展览会，其余殊不多见。

其次是音乐会。音乐是美术的一种，古人很重视的。古书有乐经《乐记》。儒家礼乐并重，除墨家非乐外，古代学者，没有不注重音乐的。外国有专门的音乐学校，又时有盛大的音乐会。就是咖啡馆中，也要请几个人奏点音乐。我们全国还没有一个音乐学校，除私人消遣，沿照演旧谱，婚丧大事，举行俗乐外，并没有新编的曲谱，也没有普通的音乐会，这是文化上的大缺点。

其次是戏剧。外国的剧本，无论歌词的，白话的，都出文学家手笔。演剧的人，都受过专门的教育。除了最著名的几种古剧以外，时时有新的剧本。随着社会的变化，时有适应的剧本，来表示一时代的感想。又发表文学家特别的思想，来改良社会，是最重要的一种社会教育的机关。我们各处都有戏馆，所演的都是旧剧。近来有一类人想改良戏剧，但是学力不足，意志又不坚定，反为旧剧所同化，真是可叹。至于影戏的感化力，与戏剧一样，传布更易。我们自己还不能编制，外国输入的，又不加取缔，往往有不正当的片子，是很有流弊的。

其次是印刷品，即书籍与报纸。他们那种类的单复，销路的多寡，与内容的有无价值，都可以看文化的程度。贩运传译，固然是文化的助力，但真正文化是要自己创造的。

以上将文化的内容，简单的说过了。尚有几句紧要的话，就是文化是要实现的，不是空口提倡的；文化是要各方面平均发展的，不是畸形的；文化是活的，是要时时进行的，不是死的，可以一时停滞的。所以要大家在各方面实地进行，而且时时刻刻的努力，这才可以当得文化运动的一句话。

（原刊1921年2月14日《北京大学日刊》第806号）

东西文化结合

——在华盛顿乔治城大学演说词

当一九一九年九月间国立北京大学行暑假后开学式，请杜威博士演说。彼说："现代学者当为东西文化作媒介，我愿尽一分子之义务，望大学诸同人均尽力此事"云云。此确为现代的重要问题。其中包有两点：（一）以西方文化输入东方；（二）以东方文化传布西方。

综观历史，凡不同的文化互相接触，必能产出一种新文化。如希腊人与埃及及美琐波达米诸国接触[1]，所以产生雅典的文化。罗马人与希腊文化接触，所以产出罗马的文化。撒克逊人、高卢人、日耳曼人与希腊、罗马文化接触，所以产出欧美诸国的文化。这不是显著的例证么？就在中国，与印度文化接触后，产出十世纪以后的新文化，也是这样。

东方各国输入西方文化，在最近一世纪内，各方面都很尽力。如日本，如暹罗，传布的很广。中国地大人众，又加以四千余年旧文化的抵抗力，输入作用，尚未普及。但现今各地方都设新式学校，年年派学生到欧美各国留学，翻译欧美学者的著作，都十分尽力。我想十年或二十年后，必能使全国人民都接触欧美文化。

至于西方文化，固然用希伯来的基督教与希腊、罗马的文化为中坚，但文艺中兴时代，受了阿拉伯与中国的影响，已经不少。到近代，几个著名的思想家，几乎没有不受东方哲学的影响的。如Sehopenhauer的厌世哲学[2]，是采用印度哲学的；Nietsche［Nie-

---

① 美琐波达米：今通译美索不达米亚。

② 此处和下文提及的几个西文人名分别是：叔本华，尼采，托尔斯泰，柏格森。

tzsche］的道德论，是采用阿拉伯古学的；Tolstoy 的无抵抗主义，是采用老子哲学的；现代 Bergson 的直觉论，也是与印度古代哲学有关系的。尤是此次大战以后，一般思想界，对于旧日机械论的世界观，对于显微镜下专注分析而忘却综合的习惯，对于极端崇拜金钱、崇拜势力的生活观，均深感为不满足。欲更进一步，求一较为美善的世界观、人生观，尚不可得。因而推想彼等所未发见的东方文化，或者有可以应此要求的希望。所以对于东方文化的了解，非常热心。

我此次游历，经欧洲各国，所遇的学者，无不提出此一问题。举其最重要者，如德国哲学家 Eucken 氏，深愿依 Dewey、Russell 的前例①，往中国一游。因年逾七十，为其夫人所阻。近请吾友张嘉森（C. S. Chang）译述中国伦理旧说，新著《为中国人的伦理学》一书。法国的数学家 Painlevé 氏既发起中国学院于巴黎大学②，近益遍访深通中国学术的人延任教授。英国的社会学家 Wells 教授与其同志与我约③，由英、华两方面各推举学者数人，组织一互相报告的学术通讯社，互通学术上的消息。欧洲学者热心于了解东方文化，可见一斑了。至于欧洲新派的诗人，崇拜李白及其他中国诗人；欧洲的新派图画家，如 Impresionism，Expressionism 等④，均自称深受中国画的影响，更数见不鲜了。加以中国学者，近亦鉴于素朴之中国学说或过度欧化的中国哲学译本，均不足以表示东方文化真相于欧美人，现已着手用科学方法整理中国旧籍而翻译之。如吾友胡适的《墨子哲学》，是其中的一种。

照这各方面看起来，东西文化交通的机会已经到了。我们只要大家肯尽力就好。

（据蔡元培手稿）

---

① 此处提及的西文人名分别是：倭铿（伊奥肯），杜威，罗素。

② Painlevé：班乐卫。

③ Wells：威尔斯。

④ Impresionism：印象主义。Expressionism：表现主义。

中国的文艺中兴

——在比利时沙洛王劳工大学演说词

（上略）鄙人今日的讲题，为《中国的文艺中兴》。中国虽离欧洲很远，而且中国的语言文字，欧洲人很不易懂，因此中国人的思想，很难传过欧洲来。在西方所得到的中国消息，多是由游客的记述、多少著作家对于中国的著作和日常报纸所录的短小新闻等等得来。但游历的人往往仅在中国居住几个月，就以为游完中国，他们所见的，自然多是皮毛的事。描写中国的著作家，大多数也是没有很精深的观察的。至于日常报纸的新闻，真实的地方更少。所以中国的真面目，往往被他们说错。

考欧洲的群众，多以为中国是一个很秘密的、不可知的地方。其实照懂得欧洲也懂得中国的人看来，中国和欧洲，只表面上有不同的地方，而文明的根本是差不多的。倘再加留意，并可以察出两方文明进步的程序，也是互相仿佛的，至于这方面的进步较速，那方较迟，是因为环境不同等等的缘故。欧洲历史上邻近的国家，大都已经有很高的文明，欧洲常可以吸收他们的文化，故“文艺的中兴”，在欧洲久已成为过去事实。至于中国，则所有相近的民族，除印度以外，大都绝无文明可言。数千年来，中国文明只在他固有的范围内、固有的特色上进化，故“文艺的中兴”，在中国今日才开始发展。

鄙人今试将中国文明在时间上进化的程序说来，并将他和欧洲文明进化的程序略为比较。欧洲文化最远，推源埃及，其次是希腊、罗马。后来容纳希伯来文化，演成中世纪的经院哲学（Scolastique）。后来又容纳阿拉伯文化，并回顾希腊、罗马文化，演成文艺中兴的学术（Renaissance）。仅此科学、美术，积渐发展，有今日的文明。

中国的文化，自西历纪元前二十七世纪至二十世纪，有农、林、工、商等业，有封建与公举元首的制度，有法律，有教育制度，有天文学、医学，有音乐、雕刻、图画，正与埃及相类。

从纪元前十二世纪到三世纪，所定的制度，见《周礼》一书的，从饮食、衣服、居室，到疗病、葬死，都有很详明的规画；农业上已经有地质学、化学的预备；工业上开矿、冶金、陶器等，都已有专门的研究；教育上自小学以至大学，粗具规模，且提倡胎教方法；美术上音律的调节，色彩与花纹的分配，材料与形式的选择，都很有合于美术公例的。那时候，说水、火、木、金、土五行的箕子，很像说天气水土四元的 Empdoclee；专以人生哲学为教育，而以问答为教授的孔子，很像 Socrates；由玄学演出处世治事方法的老子、庄子，很像 Plato；以数学、物理学、论理学、政治学、道德学教人的墨子，很像 Aristotle；其余哲学家、法学家，与希腊、罗马时代学者相像的，还有许多，时代也相去不远。所以这个时期的文明，可以与欧洲的希腊罗马时代相比较。

从西历纪元一世纪起，印度佛教传入，与老子、庄子的玄学相接近，而暴进一步，所以大受信仰；这一时期内翻译的、著作的都很多，而且建设几种学派，为印度所没有的，比较欧洲的新柏拉图（Neo-Platonisme）还要热闹。

十一世纪以后到十七世纪，讲孔子学的学者，采用印度哲学，发展中国固有的学说，他们严正的行为，与 Stoicisme 相像；他们深沉的思想，与 Scolastiques 相像。这一时期可与欧洲中古时代的文明相比。

十八世纪起，有许多学者专门研究言语学、历史学、考古学，他们所用的方法，与欧洲科学家一样，这是中国文艺中兴的开端。因为欧洲自然科学的情形，还没有介绍到中国，所以研究的范围小一点儿。直到最近三十年，在国内受高等教育与曾经在欧美留学的学者，才把欧洲的真正文化输入中国，中国才大受影响，与从前接触印度文化相像，也与欧洲人从前受阿拉伯文化的影响相像，这是中国文艺中兴发展的初期。现在中国曾受高等教育而在各界服务的人，大多数都尽力于介绍欧洲文化，或以近代科学方法，整理中国固有的学术，俾适用于现代。国内学校和学生人数，均日有增加。女子教育向来忽略，今亦发展，国内各大学及多少专门学校，均有女子足迹。除此新式学校外，还有多少旧式学校，继续在乡下传布初级教育。其余每年派往欧美留学的少年男女，以千数百计，这些智识分子，将来都是尽力于文艺中兴事业的。现时所有的进步，本已不少，不过与中国的面积和人口比较起来，还觉得他很稀微。但正是因为面积大，人口多，故只能慢慢儿进步。譬如一小杯水，投糖少许，不久而甜味已透；若水量加多，要得同样的甜味，不但要加糖，还要加溶解的时间。

中国现时大局，觉有些不安，但这也不过是一千九百十年革命应有的结果。这革命以完全改变中国为目的，有改变，当然有些扰乱，暂时这样，不久秩序当然恢复。而且虽有这些政治的扰乱，进步的程序，并没有中辍。近数年来，各种新工厂、银行等增加之数，和对外贸易之数，很可以给我们几个良好的证据。照我个人推想，再加四十年的功夫，则欧洲自十六世纪至十九世纪所得的进步，当可实现于中国。那时候中国文化，必可以与欧洲文化齐等，同样的有贡献于世界。

说到中国将来的乐观，一定有人想起德皇威廉第二的“黄祸论”①，以为中国兴盛起来，必将侵略欧洲，为白种人的大害。这也是一种误会。我意欲将中国五千年历史的根本思想说一说，就可以见得中国文化发展后，一定能与欧洲文化融合，而中国人与欧洲人，必更能为最亲切的朋友。试举几条最重要的中国人根本思想如下：

---

① 德皇威廉第二：即威廉二世（1859—1941），德意志第二帝国皇帝和普鲁士国王，1888—1918年在位。

（一）平民主义　照西历纪元前四世纪的学者孟子所说的，中国当纪元前二十四世纪时，君主的后继人，由君王推荐后，必要经国民的承认。以纪元前十二世纪的学者箕子所说的：“国王若有大疑，于谋及卿士外，还要谋及庶人。”纪元前十二世纪，已经有大事询众庶的制度，那时候的国王曾经说：“天视自我民视，天听自我民听。”纪元前四世纪学者孟子说：“民为贵，君为轻。”又说君主的用人、杀人，要以“国人皆曰可用，皆曰可杀”作标准。后来凡有评论君主或官吏的贤否的，没有不以得民心与否作标准的。至于贵族、平民的阶级，纪元前六世纪的学者，如孔子、墨子等已经反对，纪元前四世纪已渐渐革除，纪元前三世纪以后，已一概废绝。凡有政治舞台上人物，不是从同乡选举的，就是由政府考取的。所以前十二年一次革命，就能变君主专制为共和立宪。

（二）世界主义　西元前二十四世纪的君主，已经被历史家称为协和万邦。前六世纪的哲学者孔子，分政治进化为三级：第一级是视本国人为自家人，而视野蛮国为外人；第二级视各种文明国都为自家人，而视野蛮国为外人；第三是野蛮国都被感化为文明国，大小远近合一，人人有士君子的人格，就叫作太平的世界。他的学生曾参作《大学》，就于治国以外，再说平天下。所以中国历代的学者，从没有提倡偏隘的爱国主义的。

（三）和平主义　因为中国从没有持偏隘爱国主义的学说，所以各学者没有不反对侵略政策而赞成德化政策的。西元前二十三世纪的历史家，曾纪一段古事说：虞朝的时候，有苗国不来修好，派兵来打，他仍不服，这边就罢兵兴文治，隔了七十日，有苗就来修好了。前六世纪的孔子说：“远人不服，则修文德以来之。”同世纪的墨子主张练兵自卫，对于侵略的国家，比为盗贼。前七世纪已经有人发起弭兵会。前四世纪有一派学者专以运动“非攻”为标帜。孟子说：“善战者服上刑。”又有人曰：“我善为战大罪也。”后来的文学家，没有不描写战争的苦痛，而讴歌和平时代的。现在因为外国帝国主义的可怕，我们当然提倡体育，想做到人人有可以当兵的资格，然而纯为自卫起见，决不是主张侵略的。

（四）平均主义　现今世界最大的问题，是劳工与资本的交涉。在俄国已经执行最激烈的办法，为各国所恐怖。也有疑中国的鲍尔希维克化的，但中国决用不着这种过虑。中国古代已经有过一个比较他舒服很多的无产制度了。照孟子所说，与纪元二世纪的历史家所记的，中国自西元前二十三世纪到前四世纪，都是行平均地权的制度，就是划九百亩为一方，分作井式，中百亩为公田，外八百亩由家分受，每家自耕百亩外，又合力以耕公田。人民二十岁受田，六十岁归田。二十岁以下、六十岁以上，皆为国家所养。这种制度，到西元前二十三世纪，才渐渐改变。然而纪元一、五及十一世纪，均有试验恢复，虽没有成功，然可见这种制度，没有极端的死去。而且自纪元前四世纪至纪元后十九世纪，多数政治学者，还是要主张恢复他的。在理论上，相传五千年以前，创立农业的君主，有两句格言：“一夫不耕，天下或受其饥；一妇不织，天下或受其寒。”就是人人应作工的意义。后来四世纪的许行[①]，就主张君主要与民并耕，不得自居劳心的阶级，空受人民豢养，那其余的更不待言了。就是孔子也说：“不患寡而患不均，不患贫而患不安。”又说：“货恶其弃于地也，不必归于己；力恶其不出于身也，不必为己。”总之，均劳逸，均产业，是中国古今的普通思想，说政治的总以“民多甚富，亦无甚贫”为标准，巨富的人常以财产平均分授于儿女，数传以后，便与常人无异。而且富人必须为族人、亲戚、朋友代谋生利，小的为宗族置义田、设义学，大的为地方办公益及慈善事业。若有自私自利的人，积财而不肯散，人人都看不起他。其次，则富人生活，与贫人之单简几相等。所以中国的贫富阶级，相去终不很远。就是新式的大公司组织输入中国，一方面一切优待工人的善法同时输入，中国人尽量采用；一方面公司股票并不集中于少数人，不能产生欧洲式资本家。若将来平均产业的理论，全世

① 许行：战国时期农家学派代表，主张“贤者与民并耕而食，饔飧而治”。

界都能实行的时候，中国自可很和平的行起来，决用不着马克思的阶级战争主义[①]，决没有赤化的疑虑[②]。

（五）信仰自由主义　希腊 Aristotles 曾提出中庸主义，但与欧洲人凡事都趋极端的性质不很相投，所以继承的很少。中国自西元前二十四世纪的贤明的君主，已经提出“中”字作为一切行为的标准。后来前六世纪的孔子极力提倡“中庸”。中庸是没有过、也没有不及，所以两种相反的性质如刚柔和介等类，一到中庸的境界，都没有不可以调和的。故中国从没有宗教战争，如欧洲基督教与回教，或如基督教中新教与旧教的样子。中国有一种固有的祖先教，经儒家修正后，完全变为有意识的纪念，以不神秘为象征，与 Auguste Comte 所提议的人道教相似。旧有的多神教变为道教，并不曾与儒教有多大的冲突；佛教传入以后，也是这样；有注意佛、儒相同的。总之，中国人是从异中求出相同的点，去调和他们，不似欧洲人专从异处着眼。回教传入以后，也是这样，基督教传入以后，也是这样。很有许多书说基督教与儒教的主张有相同的，各教的主持者虽间或有夸张本教攻击异教的理论，但是普通人很少因信仰而起争执的。所以信仰自由主义，在欧洲没有定入宪法以前，在中国早已实行了。

在欧洲，很有人以为中国人排外，尤排异教，常以义和团那事为证据，这也是一种误会。试一研究义和团暴动的远近原因，就可以明白了。我记得义和团动作的前数年，有德国人因两个德国天主教师被杀而占据胶州的事情，德国那一次的横暴，比最近意大利占领希腊哥甫岛还要利害[③]。今次全球反对意大利这个行动，而在德国横压中国那时候，各国没有一句话说反对。所谓公义者，何其善变？不独不反对，而且各国先后效德人的行为，三数年间，中国港

① 阶级战争：即阶级斗争。

② 赤化：20 世纪初沙俄被苏共推翻后，遗留下来的政治敏感性字眼。新中国成立前，称无产阶级革命或受共产党的影响为“赤化”。

③ 哥甫岛：今通译科孚岛，位于希腊西部伊奥尼亚海中的岛屿。

口完全为外人所占据。其次，则外国人在中国种种强横，几不视中国人是人的样子。说到外国传教师，则其中固有真正的传教师，然而行动出了他教师范围以外的，不知多少，他们的宗教，大都教人互相亲爱，而他们常常把人民分作种种派别。复次，则他们借政府的力量，常常阻抗中国行政及司法的动作。譬如，遇有他们教民犯罪，为官吏判罚等等，他们居然直来干涉，阻止行刑，或要求放人。诸如此类，说也不尽，到后来凡遇因犯法被法庭搜捕的，多走去外国教堂躲避，教堂变了犯人的安乐国。这种事情，无论中国人难忍，我想在任何国，也无人能忍受的。以上所说的，就是激起义和团暴动的直接或间接的原因。当时适遇满洲皇室中有几个人物，愤外交和战争的失败，或痛恨外人对于中国不公平的行为，常存报复的心。义和团一起，他们于是有机可乘。照此说来，那一次的事情，外人实应负一部分责任。今完全将责任推归于中国，是绝对不公平的。且除直隶及山西一部分，其余全国都没有人赞成，在扬子江流域及南方，外人均受特别的保护。所以义和团暴乱，并非中国一种国民的运动，尤为显明。

照鄙人所见到的中国人根本思想是如此的。所以敢说：中国文艺中兴完成后，中国复兴以后，不独无害于欧洲，而且可与欧洲互相辅助，和尽力赞助国际事业，为人类谋最大的幸福。

（原刊 1924 年 2 月 10 日《东方杂志》第 21 卷第 3 号）

中华民族与中庸之道

——在亚洲学会演说词

我等所生活的世界，是相对的，而我人恒取其平衡点。例如在生理上，循环系动脉与静脉相对而以心脏为中点，消化系吸收与排泄相对而以胃为中点；在心理概念上，就空间言，有左即有右，有前即有后，有上即有下，而我等个人即为其中心；以时间言，有过去即有将来，而我人即以现在为中点。这都是自然而然，谁也不能反对的。在行为上，也应有此原则，而西洋哲学家，除雅里士多德曾提倡中庸之道外（如勇敢为怯懦与卤莽的折中，节制为吝啬与浪费的折中等），鲜有注意及此的。不是托尔斯泰的极端不抵抗主义，便是尼采的极端强权主义；不是卢梭的极端放任论，就是霍布斯的极端干涉论。这完全因为自希腊民族以外，其他民族性，都与中庸之道不投合的缘故。独我中华民族，凡持极端说的，一经试验，辄失败；而为中庸之道，常为多数人所赞同，而且较为持久。这可用两种最有权威的学说来证明他：一是民元十五年以前二千余年传统的儒家；一是近年所实行的孙逸仙博士的三民主义。

儒家所标举以为模范的人物，始于四千年前的尧、舜、禹，而继以三千五百年前的汤，三千年前的文、武。《论语》记尧传位于舜，命以“允执厥中”。舜的执中怎样？《礼记·中庸》篇说道：“舜好察迩言，执其两端，用其中于民。”《尚书》说舜以典乐的官司教育，命他教子弟要“直而温，宽而栗，刚而无虐，简而无傲”；直宽与刚简，虽是善德，但是过直就不温，过宽就不栗，过刚就虐，过简就傲，用温、栗、无虐、无傲作界说，就是中庸的意思。舜晚年传位于禹，也命他允执厥中。禹的执中怎样？孔子说：“禹非饮食而致孝乎鬼神，恶衣服而致美乎黻冕，卑宫室而尽力乎沟洫。”若是因个人衣食住的尚俭而对于祭品、礼服与田间工事都从简率，便是不及；又若是因祭品礼服与田间工事的完备，而对于个人的衣食住也尚奢侈，便是太过。禹没有不及与过，便是中庸。汤的事迹，可考的很少，但孟子说“汤执中”，是与尧、舜、禹一样。文、武虽没有中庸的标榜，但孔子曾说：“张而弗弛，文、武弗能也；弛而弗张，文、武弗为也；一张一弛，文武之道也。”是文、武不肯为张而弗弛的太过，也不肯为弛而弗张的不及，一张一弛，就是中庸。至于儒家的开山孔子曾说：“道之不行也，贤者过之，不肖者不及也；道之不明也，知者过之，愚者不及也。”又尝说：“过犹不及。”何等看重中庸！又说：“质胜文则野，文胜质则史，文质彬彬，然后君子。”是求文质的中庸。又说：“君子之于天下也，无过也，无莫也，义之与比。”又说：“我无可无不可。”是求可否的中庸。又说：“君子惠而不费，劳而不怨，欲而不贪，泰而不骄，威而不猛。”他的弟子说：“孔子温而厉，威而不猛，泰而安。”这都是中庸的态度。孔子的孙子子思作《中庸》一篇，是传述祖训的。

在儒家成立的时代，与他同时并立的，有极右派的法家，断言性恶，取极端干涉论；又有极左派的道家，崇尚自然，取极端放任论。但法家的政策，试于秦而秦亡；道家的风习，试于晋而晋亡。在汉初，文帝试用道家，及其子景帝，即改用法家；及景帝之子武帝，即罢黜百家，专尊孔子，直沿用至清季。可见极右派与极左派均与中华民族性不适宜，只有儒家的中庸之道最为契合，所以沿用至二千年。现在国际交通，科学输入，于是有新学说继儒家而起，是为孙逸仙博士的三民主义。

三民主义虽多有新义，为往昔儒者所未见到，但也是以中庸之道为标准。例如持国家主义的，往往反对大同；持世界主义的，又往往蔑视国界。这是两端的见解。而孙氏的民族主义，既谋本民族的独立，又谋各民族的平等，是为国家主义与世界主义的折中。尊民权的或不愿有强有力的政府，强有力的政府又往往蹂躏民权，这又是两端的见解。而孙氏的民权主义，给人民以四权，专关于用人、制法的大计，谓之政权；给政府以五权，关于行政、立法、司法、监察、考试等庶政，谓之治权；人民有权而政府有能，是为人民与政府权能的折中。持资本主义的，不免压迫劳动；主张劳动阶级专政的，又不免虐待资本家。这又是两端的见解。而孙氏的民生主义，一方面以平均地权、节制资本，防资本家的专横；又一方面行种种社会政策，以解除劳动者的困难。要使社会上大多数的经济利益相调和而不相冲突，这是劳资间的中庸之道。其他保守派反对欧化的输入，进取派又不注意国粹的保存；孙氏一方面主张恢复固有的道德与智能，一方面主张学外国之所长，是为国粹与欧化的折中。又如政制上，或专主中央集权，或专主地方分权，而孙氏则主张中央与地方之权限采均权制度。凡事务有全国一致之性质的，划归中央；有因地制宜之性质的，划归地方。不偏于中央集权或地方分权，是为集权与分权的折中。其他率皆类此。

由此可见，孙博士创设这种主义，成立中国国民党，实在是适合于中华民族性，而与古代的儒家相当；与其他共产党的太过、国家主义派不及大异。所以当宪政时期尚未达到以前，中国国民党不能不担负训政的责任。

（1930年11月20日演说，刊于1931年1月10日《东方杂志》第28卷第1号，又刊1931年《中学生》元旦号）

保障民权

“民权”二字虽为新名词，然保障民权的意义，则自二千年前已多有人主张。当时虽没有想到选举、罢免、创制、复决等政权，如孙先生民权演讲中所列举的周到，但对于生命、财产的爱护，言论、集会诸自由的获得，已甚注意于保障了。

那时候，以省刑罚、薄赋敛为仁政，固然生命与财产的保障并重，然尤注意者为生命。例如孟子说：“天下定于一，……不嗜杀人者能一之。”又说：“杀一无罪，非仁也。”又说：“左右皆曰‘可杀’，勿听；诸大夫皆曰‘可杀’，勿听；国人皆曰‘可杀’，然后察之；见可杀也，然后杀之。故曰：‘国人杀之也。’”老子说：“民不畏死，奈何以死惧之?”这可见当时保障生命的热烈了。

对于思想、言论、集会的自由，尤以言论自由为集点。孔子说：“一言可以丧邦，……惟其言而莫予违也。”《孝经》说：“士有争友，则身不离于令名；父有争子，则身不陷于不义。”荀子说：“非我而当者，吾师也；是我而当者，吾友也；谄谀我者，吾贼也。”《国语》记：“周厉王虐，国人谤王。……王怒，得卫巫，使监谤者，以告，则杀之。国人莫敢言，道路以目。王喜曰：‘吾能弭谤矣，乃不敢言。’召公曰：‘是障之也。防民之口，甚于防川；川壅而溃，伤人必多；民亦如之。是故为川者决之使导，为民者宣之使言。’王弗听，于是国人莫敢出言。三年，乃流王于彘。”《左传》鲁襄公三十一年记：“郑人游于乡校以论执政；然明谓子产曰：‘毁乡校何如?’子产曰：‘何为? 夫人朝夕退而游焉，以议执政之善否。其所善者，吾则行之；其所恶者，吾则改之；是吾师也。若之何毁之？我闻忠善以损怨，不闻作威以防怨，岂不遽止？然犹防川，大决所犯，伤人必多，吾不克救也；不如小决使导；不如吾闻而药之也。'”观召公、子产，均以防川为喻；厉王强弭之而被逐，子产利用之而得师。孰得孰失，显而易见。

至于历史上给我们的教训，甚多甚多，举其最著者：秦始皇时，偶语诗书弃市，以古非今者族，秦以速亡。汉季党锢之祸，以干涉集会之自由，杀捕党人，遂以亡汉。

袁世凯如不箝制言论、草菅人命，亦不至受群小之包围，试行帝制以自杀。

他例尚多，不必赘述。

到了现在，觉民权保障，尤为特别需要：

（一）国民党训政时期的需要　宪政时期，人民要先使四种政权。若训政时期，尚不能得到最最初步的自由，则何以为行使四权的训练？此其一。为宪政的预备，重在地方自治，人民若生命尚无保障，一切不得自由，则何以励行自治？此其二。训政时期约法，已列举人民各种自由，非依法律不得限制之；若不能实行此等条文，则何以取信于人民，使知训政期满后确能实行宪政？

（二）国难时期的需要　现际空前国难，大家都说要全国总动员，始可渡过难关。政府为集思广益起见，亦曾有国难会议的召集。若对于言论、出版、集会等自由尚不许充分运用，则所谓集思广益者何在？此其一。且各种事业，均感人才缺乏；若有为之才，偶因言论稍涉偏激，或辗转联带的嫌疑，而辄加逮捕，甚思处死，则益将感为事择人之困难，而无术以救国，此其二。

所以民权保障，是考诸哲人的遗训，证诸历史的事实，按诸目前的时势，都是必不可少的运动，我们安能不注意呢？

（此文为手稿，作者 1932 年 2 月 18 日曾以此题在上海八仙桥青年会演讲，演讲提纲与此文内容一致而略有文字出入）

孔子之精神生活

精神生活，是与物质生活对待的名词。孔子尚中庸，并没有绝对的排斥物质生活，如墨子以自苦为极，如佛教的一切惟心造；例如《论语》所记“失饪不食，不时不食”，“狐貉之厚以居”，谓“卫公子荆善居室”，“从大夫之后，不可以徒行”，对衣食住行，大抵持一种素富贵行乎富贵、素贫贱行乎贫贱的态度。但使物质生活与精神生活在不可兼得的时候，孔子一定偏重精神方面。例如孔子说：“饭疏食，饮水，曲肱而枕之，乐亦在其中矣；不义而富且贵，于我如浮云。”可见他的精神生活，是决不为物质所摇动的。今请把他的精神生活分三方面来观察。

第一，在智的方面。孔子是一个爱智的人，尝说：“盖有不知而作之者，我无是也；多闻，择其善者而从之，多见而识之。”又说：“多闻阙疑”、“多见阙殆”；又说：“知之为知之，不知为不知，是知也。”可见他的爱智，是毫不含糊，决非强不知为知的。他教子弟通礼、乐、射、御、书、数的六艺，又为分设德行、言语、政事、文学四科，彼劝人学诗，在心理上指出“兴”、“观”、“群”、“怨”，在伦理上指出“事父”、“事君”，在生物上指出“多识于鸟兽草木之名”。（他如《国语》说孔子识肃慎氏之石砮，防风氏骨节，是考古学；《家语》[1] 说孔子知萍实，知商羊，是生物学；但都不甚可信。）可以见知力范围的广大。至于知力的最高点，是道，就是最后的目的，所以说：“朝闻道，夕死可矣。”这是何等的

① 《家语》：即《孔子家语》。

高尚！

第二，在仁的方面。从亲爱起点，“泛爱众，而亲仁”，便是仁的出发点。他的进行的方法用恕字，消极的是“己所不欲，勿施于人”；积极的是“己欲立而立人，己欲达而达人”。他的普遍的要求，是“君子无终食之间违仁，造次必于是，颠沛必于是”。他的最高点，是“伯夷、叔齐，古之贤人也，求仁而得仁，又何怨？”“志士仁人，无求生以害仁，有杀人〔身〕以成仁。”这是何等伟大！

第三，在勇的方面。消极的以见义不为为无勇；积极的以童汪踦能执干戈卫社稷可无殇。但孔子对于勇，却不同仁、智的无限推进，而时加以节制。例如说：“小不忍则乱大谋”；“一朝之忿，忘其身以及其亲，非惑欤？”“好勇不好学，其蔽也乱。”“君子有勇而无义为乱，小人有勇而无义为盗。”“暴虎凭河，死而无悔者，吾不与焉，必也临事而惧，好谋而成者也。”这又是何等谨慎！

孔子的精神生活，除上列三方面观察外，尚有两特点：一是毫无宗教的迷信；二是利用美术的陶养。孔子也言天，也言命，照孟子的解释，莫之为而为是天，莫之致而至是命，等于数学上的未知数，毫无宗教的气味。凡宗教不是多神，便是一神；孔子不语神，敬鬼神而远之，说“未能事人，焉能事鬼？”完全置鬼神于存而不论之列。凡宗教总有一种死后的世界；孔子说：“未知生，焉知死？”“之死而致死之，不仁而不可为也；之死而致生之，不知而不可为也”；毫不能用天堂地狱等说来附会他。凡宗教总有一种祈祷的效验，孔子说：“丘之祷久矣”，“获罪于天，无所祷也”，毫不觉得祈祷的必要。所以孔子的精神上，毫无宗教的分子。

孔子的时代，建筑、雕刻、图画等美术虽然有一点萌芽，还算是实用与装饰的工具，而不信为独立的美术；那时候认为纯粹美术的是音乐。孔子以乐为六艺之一，在齐闻韶，三月不知肉味。[1] 谓：

---

① 六艺：即礼、乐、射、御、书、数。韶：一种高雅纯美的音乐。

“韶尽美矣，又尽善也。”对于音乐的美感，是后人所不及的。

孔子所处的环境与二千年后的今日，很有差别；我们不能说孔子的语言，到今日还是句句有价值，也不敢说孔子的行为，到今日还是样样可以做模范。但是抽象的提出他精神生活的概略，以智、仁、勇为范围，无宗教的迷信而有音乐的陶养，这是完全可以为师法的。

（原刊 1936 年 9 月《江苏教育》月刊第 5 卷第 9 期）

我在五四运动时的回忆[①]

民国五年的冬季，我正在法国，接到教育部的电报，要我回国任北大校长。本来，在民元我长教育部以前[②]，那时名叫京师大学堂，我便在那大学堂一部分的译学馆任国文及西洋史的教员。现在要我来任北大校长，我算是第二次为北大服务了。

当我从法国回到上海的时候，友人中劝不必就职的颇多，说北大太腐败，进去了，若不能整顿，反于自己的声名有碍。这当然是出于爱我的意思。但也有些朋友说：既然知道他的腐败，更应进去整顿，就是失败，也算尽了心。这也是爱人以德的说法。我到底接受了后说，到北大来。

到北大以后，我们第一要改革的是学生的观念。我在译学馆教书的时候，就知道北京学生的习惯，他们平日对于学问上并没有什么兴会，只要年限满后，可以得到一张毕业文凭，便算功德完满了。尤其北京大学的学生，是从京师大学堂“老爷”式学生嬗继下来。他们的目的不但在毕业，而尤注重在毕业以后的出路。所以我到校第一次演说，就说明“大学学生当以研究学术为天职，不当以大学为升官发财之阶梯”。然而要打破这些习惯，只有从聘请积学而热心的教授着手。

因此，我到北大，由医专校长汤尔和君的介绍[③]，便首先聘请了主编《新青年》的陈独秀君任北大文科学长，同时在《新青年》

---

① 本文是作者应《中国学生》杂志之请而写的。

② 民元：民国元年（1912）。

③ 汤尔和（1878—1940）：曾任民国政府教育次长、总长。

上，我们认识了留美的胡适之君，他回国后，即请他到北大任教职。

五四运动发生的时候，我对于学生运动素有一种成见，以为学生在学校里面，应以求学为最大目的，不应有何等政治组织。其有年在二十岁以上、对于政治有特殊兴趣者，可以个人资格参加政治团体，不必牵涉学校。所以民国七年夏间，北京各校学生曾为外交问题结队游行，向总统府请愿。当北大学生出发时，我曾力阻他们，而他们一定要参加，我因此引咎辞职，经慰留而罢。

到八年五月四日，学生不签字于巴黎和约与罢免亲日派曹、陆、章的主张①，仍以结队游行为表示，我也就不去阻止他们了。他们因愤激的缘故，遂有焚曹汝霖住宅及攒殴章宗祥的事。学生被警厅逮捕者数十人，各校皆有，而北大的学生居多数。我与各专门学校的校长向警厅力保，始释放。但被拘的虽已保释，而学生尚抱再接再厉的决心，政府亦且持不做不休的态度。都中喧传政府将明令免我职，而以马其昶君任北大校长。我恐若因此增加学生对于政府的纠纷，我个人且将有运动学生保持地位的嫌疑，不可以不速去，乃一面呈政府引咎辞职，一面秘密出京，时为五月九日。

我离京之时，学生仍每日分队出去演讲，政府逐队逮捕，因人数太多，就把学生都监禁在北大第三院。北京学生受了这样大的压迫，于是引起全国学生的罢课，而且引起各大都会工商界的同情与公愤，将以罢工、罢市为同样的要求。政府知势不可侮，乃释放被逮诸生，并决定不签和约，罢免曹、章、陆，于是“五四”运动的目的完全达到了。

虽然“五四”运动的目的既达，北京各校的秩序均恢复，独北大因校长辞职问题又起多少纠纷。政府曾一度任命胡次珊君继任，而为学生所反对，不能到校。各方面需要我复职。我离校时本预定决不回去，不但为校务的困难，实因校务以外常常有许多不相干的

---

① 曹、陆、章：指曹汝霖、陆宗舆、章宗祥，当时分别任袁世凯政府外交次长、驻日公使等职。

缠绕，度一种劳苦而无功的生活。

但是，隔了几个月，校中的纠纷仍在非我回校不能解决的状态中，我不得已，乃允回校。回校以前，先发表《告北京大学学生及全国学生联合会书》，告以学生救国，重在研究学术，不可常常为救国运动而牺牲。至此，北大因“五四”运动而起的纠纷才算平息了。

（原刊1936年10月23日《中国学生》第3卷第9期）

对于新教育之意见

近日在教育部与诸同人新草学校法令，以为征集高等教育会议之预备，颇承同志饷以说论。顾关于教育方针者殊寡，辄先述鄙见以为喤引，幸海内教育家是正之。

教育有二大别：曰隶属于政治者，曰超轶乎政治者。专制时代（兼立宪而含专制性质者言之），教育家循政府之方针以标准教育，常为纯粹之隶属政治者。共和时代，教育家得立于人民之地位以定标准，乃得有超轶政治之教育。清之季世，隶属政治之教育，腾于教育家之口者，曰军国民教育。夫军国民教育者，与社会主义僢驰，在他国已有道消之兆。然在我国，则强邻交逼，亟图自卫，而历年丧失之国权，非凭借武力，势难恢复。且军人革命以后，难保无军人执政之一时期，非行举国皆兵之制，将使军人社会永为全国中特别之阶级，而无以平均其势力。则如所谓军国民教育者，诚今日所不能不采者也。

虽然，今之世界，所恃以竞争者，不仅在武力，而尤在财力。且武力之半，亦由财力而孳乳。于是有第二之隶属政治者，曰实利主义之教育，以人民生计为普通教育之中坚。其主张最力者，至以普通学术，悉寓于树艺、烹饪、裁缝及金、木、土工之中。此其说创于美洲，而近亦盛行于欧陆。我国地宝不发，实业界之组织尚幼稚，人民失业者至多，而国甚贫。实利主义之教育，固亦当务之急者也。

是二者，所谓强兵富国之主义也。顾兵可强也，然或溢而为私斗，为侵略，则奈何？国可富也，然或不免知欺愚，强欺弱，而演贫富悬绝，资本家与劳动家血战之惨剧，则奈何？曰教之以公民道德。何谓公民道德？曰法兰西之革命也，所标揭者，曰自由、平等、亲爱。道德之要旨，尽于是矣。孔子曰：匹夫不可夺志。孟子曰：大丈夫者，富贵不能淫，贫贱不能移，威武不能屈。自由之谓也。古者盖谓之义。孔子曰：己所不欲，勿施于人。子贡曰：我不欲人之加诸我也，吾亦欲毋加诸人。《礼记·大学》曰：所恶于前，毋以先后；所恶于后，毋以从前；所恶于右，毋以交于左；所恶于左，毋以交于右。平等之谓也。古者盖谓之恕。自由者，就主观而言之也。然我欲自由，则亦当尊人之自由，故通于客观。平等者，就客观而言之也。然我不以不平等遇人，则亦不容人之以不平等遇我，故通于主观。二者相对而实相成，要皆由消极一方面言之。苟不进之以积极之道德，则夫吾同胞中，固有因生禀之不齐、境遇之所迫，企自由而不遂，求与人平等而不能者。将一切恝置之，而所谓自由若平等之量，仍不能无缺陷。孟子曰：鳏寡孤独，天下之穷民而无告者也。张子曰[①]："凡天下疲癃残疾、茕独鳏寡，皆吾兄弟之颠连而无告者也。"禹思天下有溺者，由己溺之；稷思天下有饥者，由己饥之；伊尹思天下之人，匹夫匹妇有不与被尧舜之泽者，若己推而纳之沟中。孔子曰：己欲立而立人，己欲达而达人。亲爱之谓也。古者盖谓之仁。三者诚一切道德之根源，而公民道德教育之所有事者也。

教育而至于公民道德，宜若可为最终之鹄的矣。曰未也。公民道德之教育，犹未能超轶乎政治者也。世所谓最良政治者，不外乎以最大多数之最大幸福为鹄的。最大多数者，积最少数之一人而成者也。一人之幸福，丰衣足食也，无灾无害也，不外乎现世之幸福。积一人幸福而为最大多数，其鹄的犹是。立法部之所评议，行政部之所执行，司法部之所保护，如是而已矣。即进而达《礼运》之所谓大道为公，社会主义家所谓未来之黄金时代，人各尽所能，

---

① 张子：即张载（1020—1077），宋代理学家。字子厚，陕西眉县横渠镇人，世称横渠先生。因其为关中人，所创学说被称为"关学"。

而各得其所需要，要亦不外乎现世之幸福。盖政治之鹄的，如是而已矣。一切隶属政治之教育，充其量亦如是而已矣。

虽然，人不能有生而无死。现世之幸福，临死而消灭。人而仅仅以临死消灭之幸福为鹄的，则所谓人生者有何等价值乎？国不能有存而无亡，世界不能有成而无毁，全国之民，全世界之人类，世世相传，以此不能不消灭之幸福为鹄的，则所谓国民若人类者，有何等价值乎？且如是，则就一人而言之，杀身成仁也，舍生取义也，舍己而为群也，有何等意义乎？就一社会而言之，与我以自由乎，否则与我以死，争一民族之自由，不至沥全民族最后之一滴血不已，不至全国为一大塚不已，有何等意义乎？且人既无一死生、破利害之观念，则必无冒险之精神，无远大之计划；见小利，急近功，则又能保其不为失节堕行、身败名裂之人乎？谚曰：当局者迷，旁观者清。非有出世间之思想者，不能善处世间事，吾人即仅仅以现世幸福为鹄的，犹不可无超轶现世之观念，况鹄的不止于此者乎？

以现世幸福为鹄的者，政治家也；教育家则否。盖世界有二方面，如一纸之有表里：一为现象，一为实体。现象世界之事为政治，故以造成现世幸福为鹄的；实体世界之事为宗教，故以摆脱现世幸福为作用。而教育者，则立于现象世界，而有事于实体世界者也。故以实体世界之观念为其究竟之大目的，而以现象世界之幸福为其达于实体观念之作用。

然则现象世界与实体世界之区别何在耶？曰：前者相对，而后者绝对；前者范围于因果律，而后者超轶乎因果律；前者与空间时间有不可离之关系，而后者无空间时间之可言；前者可以经验，而后者全恃直观。故实体世界者，不可名言者也。然而既以是为观念之一种矣，则不得不强为之名，是以或谓之道，或谓之太极，或谓之神，或谓之黑暗之意识，或谓之无识之意志。其名可以万殊，而观念则一。虽哲学之流派不同，宗教家之仪式不同，而其所到达之最高观念皆如是（最浅薄之唯物论哲学，及最幼稚之宗教祈长生求福利者，不在此例)。

然则，教育家何以不结合于宗教，而必以现象世界之幸福为作用？曰：世固有厌世派之宗教若哲学，以提撕实体世界观念之故，而排斥现象世界。因以现象世界之文明为罪恶之源，而一切排斥之者。吾以为不然。现象实体，仅一世界之两方面，非截然为互相冲突之两世界。吾人之感觉，既托于现象世界，则所谓实体者，即在现象之中，而非必灭乙而后生甲。其现象世界间所以为实体世界之障碍者，不外二种意识：一、人我之差别，二、幸福之营求是也。人以自卫力不平等而生强弱，人以自存力不平等而生贫富。有强弱贫富，而彼我差别之意识起；弱者贫者，苦于幸福之不足，而营求之意识起。有人我，则于现象中有种种之界画，而与实体违。有营求则当其未遂，为无已之苦痛；及其既遂，为过量之要索。循环于现象之中，而与实体隔。能剂其平，则肉体之享受，纯任自然，而意识界之营求泯，人我之见亦化合现象世界各别之意识为浑同，而得与实体吻合焉。故现世幸福，为不幸福之人类到达于实体世界之一种作用，盖无可疑者。军国民、实利两主义，所以补自卫自存之力之不足；道德教育，则所以使之互相卫互相存，皆所以泯营求而忘人我者也。由是而进以提撕实体观念之教育。

提撕实体观念之方法如何？曰：消极方面，使对于现象世界，无厌弃而亦无执著；积极方面，使对于实体世界，非常渴慕而渐进于领悟。循思想自由、言论自由之公例，不以一流派之哲学、一宗门之教义梏其心，而惟时时悬一无方体无始终之世界观以为鹄。如是之教育，吾无以名之，名之曰世界观教育。

虽然，世界观教育，非可以旦旦而聒之也；且其与现象世界之关系，又非可以枯槁单简之言说袭而取之也。然则何道之由？曰美感之教育。美感者，合美丽与尊严而言之，介乎现象世界与实体世界之间，而为津梁。此为康德所创造，而嗣后哲学家未有反对之者也。在现象世界，凡人皆有爱恶惊惧、喜怒悲乐之情，随离合生死、祸福利害之现象而流转。至美术，则即以此等现象为资料，而能使对之者，自美感以外，一无杂念。例如采莲煮豆，饮食之事也，而一入诗歌，则别成兴趣；火山赤舌，大风破舟，可骇可怖之景也，而一入图画，则转堪展玩。是则对于现象世界，无厌弃而亦无执著也。人既脱离一切现象世界相对之感情，而为浑然之美感，则即所谓与造物为友，而已接触于实体世界之观念矣。故教育家欲由现象世界而引以到达于实体世界之观念，不可不用美感之教育。

五者，皆今日之教育所不可偏废者也。军国民主义、实利主义、德育主义三者，为隶属于政治之教育（吾国古代之道德教育，则间有兼涉世界观者，当分别论之）。世界观、美育主义二者，为超轶政治之教育。

以中国古代之教育证之，虞之时，夔典乐而教胄子以九德，德育与美育之教育也。周官以卿三物教万民，六德六行，德育也。六艺之射御，军国民主义也；书数，实利主义也；礼为德育，而乐为美育。以西洋之教育证之，希腊人之教育为体操与美术，即军国民主义与美育也；欧洲近世教育家，如海尔巴脱氏纯持美育主义①；今日美洲之杜威派，则纯持实利主义者也。

以心理学各方面衡之，军国民主义毗于意志，实利主义毗于知识，德育兼意志、情感二方面，美育毗于情感；而世界观则统三者而一之。

以教育界之分言三育者衡之，军国民主义为体育，实利主义为智育，公民道德及美育皆毗于德育；而世界观则统三者而一之。

以教育家之方法衡之，军国民主义、世界观、美育，皆为形式主义；实利主义为实质主义；德育则二者兼之。

譬之人身：军国民主义者，筋骨也，用以自卫；实利主义者，胃肠也，用以营养；公民道德者，呼吸机循环机也，周贯全体；美育者，神经系也，所以传导；世界观者，心理作用也，附丽于神经系，而无迹象之可求。此即五者不可偏废之理也。

---

① 海尔巴脱：今通译赫尔巴特（1776—1841），德国哲学家、心理学家和教育家。著有《普通教育学》等。

本此五主义而分配于各教科，则视各教科性质之不同，而各主义所占之分数亦随之而异。国语国文之形式，其依准文法者属于实利，而依准美词学者属于美感。其内容则军国民主义当占百分之十，实利主义当占其四十，德育当占其二十，美育当占其二十五，而世界观则占其五。

修身，德育也，而以美育及世界观参之。

历史、地理，实利主义也。其所叙述，得并存各主义。历史之英雄、地理之险要及战绩，写国民主义也；记美术家及美术沿革，写各地风景及所出美术品，美育也；记圣贤，述风俗，德育也。因历史之有时期，而推之于无终始；因地理之有涯涘，而推之于无方体，及夫烈士、哲人、宗教家之故事及遗迹，皆可以为世界观之导线也。

算学，实利主义也，而数为纯然抽象者。希腊哲人毕达哥拉士以数为万物之原①，是亦世界观之一方面；而几何学各种线体，可以资美育。

物理化学，实利主义也。原子电子，小莫能破；爱耐而几(Energy)，范围万有，而莫知其所由来，莫穷其所究竟，皆世界观之导线也。视官听官之所触，可以资美感者尤多。

博物学，在应用一方面，为实利主义；而在观感一方面，多为美感。研究进化之阶段，可以养道德，体验造物之万能，可以导世界观。

图画，美育也，而其内容得包含各种主义：如实物画之于实利主义，历史画之于德育是也。其至美丽、至尊严之对象，则可以得世界观。

唱歌，美育也，而其内容，亦可以包含种种主义。

手工，实利主义也，亦可以兴美感。

游戏，美育也；兵式体操，军国民主义也；普通体操，则兼美

---

① 毕达哥拉士：今通译毕达哥拉斯（约前580—约前497），古希腊数学家、哲学家。他用演绎法证明了勾股定理。

育与军国民主义二者。

上之所著，仅具辜较，神而明之，在心知其意者。

满清时代，有所谓钦定教育宗旨者，曰忠君，曰尊孔，曰尚公，曰尚武，曰尚实。忠君与共和政体不合，尊孔与信教自由相违(孔子之学术，与后世所谓儒教、孔教当分别论之。嗣后教育界何以处孔子，及何以处孔教，当特别讨论之，兹不赘)，可以不论。尚武，即军国民主义也。尚实，即实利主义也。尚公，与吾所谓公民道德，其范围或不免有广狭之异，而要为同意。惟世界观及美育，则为彼所不道，而鄙人尤所注重，故特疏通而证明之，以质于当代教育家，幸教育家平心而讨论焉。

(初刊 1912 年 2 月 8—10 日《民主报》，
后又刊 1921 年 2 月 10 日《教育杂志》第 3 卷第 11 号，
1921 年 4 月《东方杂志》第 8 卷第 10 号)

教育理念之革新

——全国临时教育会议开会词

民国教育与君主时代之教育，其不同之点何在？君主时代之教育方针，不从受教育者本体上着想，用一个人主义或用一部分人主义，利用一种方法，驱使受教育者迁就他之主义。民国教育方针，应从受教育者本体上着想，有如何能力，方能尽如何责任，受如何教育，始能具如何能力。从前瑞士教育家（沛斯泰洛齐[①]）有言：昔之教育，使儿童受教于成人；今之教育，乃使成人受教于儿童。何谓成人受教于儿童？谓成人不敢自存成见，立于儿童之地位而体验之，以定教育之方法。民国之教育亦然。君主时代之教育，不外利己主义。君主或少数人结合之政府，以其利己主义为目的物，乃揣摩国民之利己心，以一种方法投合之，引以迁就于君主或政府之主义。如前清时代承科举余习，奖励出身，为驱诱学生之计；而其目的，在使受教育者皆富于服从心、保守心，易受政府驾驭。现在此种主义，已不合用，须立于国民之地位，而体验其在世界、在社会有何等责任，应受何种教育。

社会逃不出世界，个人逃不出社会。世界尚未大同，社会与世界之利害未能完全一致。国家为社会之最大者，对于国家之责任与对于世界之责任，未必无互相冲突之时，犹之对于家庭之责任与对于国家之责任，不能无冲突也。国家、家庭两种责任，不得兼顾，常牺牲家庭以就国家；则对于国家之责任，自以与对世界之责任无

---

① 沛斯泰洛奇：今通译裴斯泰洛奇（1746—1827），瑞士教育家，一生从事贫民教育。著有《林哈德和葛笃德》、《隐者夕话》、《论教学方法》、《天鹅之歌》、《葛笃德怎样教育她的孩子们》等。

冲突者为范围，可以例而知之。至于人之恒言，辄曰权利、义务。而鄙人所言责任，似偏于义务一方面，则以鄙人对于权利、义务之观念，并非相对的。盖人类上有究竟之义务，所以克尽义务者，是谓权利；或受外界之阻力，而使不恪尽其义务，是谓权利之丧失。是权利由义务而生，并非对待关系。而人类所最需要者，即在克尽其种种责任之能力，盖无可疑。由是教育家之任务，即在为受教育者养成此种能力，使能尽完全责任，亦无可疑也。

当民国成立之始，而教育家欲尽此任务，不外乎五种主义，即军国民教育、实利主义、公民道德、世界观、美育是也。五者以公民道德为中坚，盖世界观及美育皆所以完成道德，而军国民教育及实利主义，则必以道德为根本。我国人本以善营业闻于世界。侨寓海外，忍非常之困苦，以致富者常有之，是其一例。所以不免为贫国者，因人民无道德心，不能结合为大事业，以与外国相抗；又不求自立而务侥幸。故欲提倡实利主义，必先养其道德。至于军国民主义之不可以离道德，则更易见。我国从前有勇于公战、怯于私斗之语。现在军队时生事端，何尝非尚武之人由无道德心以裁制之故耳。教育者，非为已往，非为现在，而专为将来。从前言人才教育者，尚有十年树木、百年树人之说，可见教育家必有百世不迁之主义，如公民道德是也。其他因时势之需要，而亦不能不采用，如实利主义及军国民主义是也。吾人会议之时，不可不注意。

又有一层，我中国人向有一弊，即是自大；及其反动，则为自弃。自大者，保守心太重，以为我中国有四千年之文化，为外国所不及，外国之法制皆不足取；及屡经战败，则转而为崇拜外人，事事以外国为标准，有欲行之事，则曰是某某国所有也。遇不敢行之事，则曰某某等国尚未行者，我国又何能行？此等几为议事者之口头禅，是由自大而变为自弃也。普通教育废止读经，大学校废经科，而以经科分入文科之哲学、史学、文学三门，是破除自大旧习之一端。

至现在我等教育规程，取法日本者甚多。此并非我等苟且，我等知日本学制本取法欧洲各国。惟欧洲各国学制，多从历史上渐演而成，不甚求其整齐划一，而又含有西洋人特别之习惯；日本则变法时所创设，取西洋各国之制而折衷之，取法于彼，尤为相宜。然日本国体与我不同，不可不兼采欧美相宜之法。即使日本及欧美各国尚未实行，而教育家正是鼓吹者，我等亦可采而行之。我等须从原理上观察，可行则行，不必有先我而为之者。例如十三个月之年历，十二音符之新乐谱，在欧美各国为习惯所限，明知其善而尚未施行，我国亦不妨先取而行之。学制之中，间亦有类此者。

……

（原刊1912年9月《教育杂志》第4卷第6号）

教育之高尚理想

人类者，动物之一种。保持生命，继续种性之本能，动物所同具也。人类之所以视他动物为进化者，以有理想。教育者，养成人格之事业也。使仅仅为灌注知识、练习技能之作用，而不贯之以理想，则是机械之教育，非所以施于人类也。教育界中所不可缺之理想，大要如下：

一曰调和之世界观与人生观。夫世界果为何物，吾人之在世界，究居何等地位，是为哲学界聚讼之问题，诚不宜以举一废百之道强立标准。然无论何人，不可不有其一种之世界观及其与是相应之人生观，则教育之通则也。夫以世界之溥博如是，悠久如是，而吾人仅仅于其间占有数尺之形体，数十年之生命。然则以人生为本位，而忘有所谓世界观者，其见地之湫隘，所不待言。然溥博者，极微之所积；悠久者，至暂之所延；且所谓溥博而悠久者，亦无以质言其为世界之真相，而特为极微而至暂者之所想象。然则持宇宙论而不认有人生之价值者，亦空漠之主义也。纯正之理想，不可不为世界观与人生观之调和。中国宋代哲学家陆象山曰[①]："宇宙内事，即己分内事；己分内事，即宇宙内事。"其一例也。

二曰担负将来之文化。世界，进化者也。后起者得前辈之事业以为凭借，苟其能力不逊于前人，则其所成立者，必较前人为倍蓰之进步。况教育为播种之业，其收效尚在十年以后，决不得以保存固有之文化为的，而当为更进一步之理想。中国古代之《盘铭》

① 陆象山：陆九渊（1139—1193），南宋思想家、教育家。字子静，号象山先生。有《象山全集》传世。

曰："苟日新，日日新，又日新。"此其例也。

三曰独立不惧之精神。夫教育之业，既致力于将来之文化，则凡抱陈死之思想、扭目前之功利而干涉教育为其前途之障碍者，虽临以教会之势力，劫以政府之权威，亦当孤行其是而无为所屈。昔苏格拉底行其服从真理之教育，为守旧者所嫉，至于下狱、受鸩而不易其操。此其例也。

四曰安贫乐道之志趣。教育之关系，至为重大，而其生涯，乃至为冷淡。各国小学教员之俸给，有不足以赡其家者。夫人苟以富贵为鹄的，则政治、实业之途，惟其所择；今舍之而委身于教育，则必于淡泊宁静之中，独有无穷之兴趣，虽高官厚禄，不与易焉。孔子曰："饭疏食，（饮水，）曲肱而枕之，乐亦在其中矣，不义而富且贵，于我如浮云。"谛阿舍纳 Diogene 偃息桶中，亚历山大王问何所欲？对曰：欲汝无掩我日光而已。此其例也。

夫以当今物质文明之当王，拜金主义之盛行，上述诸义，几何不被目为迂阔；然教育指导社会，而非随逐社会者也，则乌得不于是加之意焉。

（据蔡元培手稿）

华法教育会之意趣

今日为华法教育会发起之日[①]，鄙人既感无限之愉快，尤抱无限之希望。

盖尝思人类事业，最普遍、最悠久者，莫过于教育。人类之进化，虽其间有迟速之不同，而其进行之涂辙，常相符合。则人类之教育，宜若有共同之规范。欲考察各民族之教育，常若不能不互相区别者，其障碍有二：一曰君主，二曰教会。二者各以其本国、本教之人为奴隶，而以他国、他教之人为仇敌者也。其所主张之教育，乌得不互相歧异？

现今世界之教育，能完全脱离君政及教会障碍者，以法国为最。法国自革命成功，共和确定，教育界已一洗君政之遗毒。自一八八六年、一九〇一年、一九一二年三次定律，又一扫教会之霉菌，固吾侪所公认者。其在中国，虽共和成立，不过四年有奇，然追溯共和成立以前二千余年间，教育界所讲授之学说，自孔子、孟子以至黄梨洲氏，无不具有民政之精神[②]。故君政之障碍，拔之甚易，而决不虑其复活。中国又素行信仰自由之风。道、佛、回、耶诸教，虽得自由流布，而教育界则自昔以儒家言为主。儒家言本非宗教，虽有祭祀之礼，然其所崇拜者，以有功德于民及以死勤事等

---

① 华法教育会：20世纪20年代留法学生组织的中、法教育交流机构，由李石曾、汪精卫、吴玉章等发起，1916年3月29日成立，蔡元培和欧乐（法国巴黎大学历史学教授）任会长。

② 黄梨洲：即黄宗羲（1610—1695），明清之际思想家、史学家。字太冲，号南雷。学者称梨洲先生。民政：与上文的君政相对，指民主。

条件为准，与法国哲学家孔德所提议之“人道教”相类[①]。至今日新式之学校，则并此等儒家言而亦去之。是中国教育之不受君政、教会两障碍，固与法国为同志也。

教育界之障碍既去，则所主张者，必为纯粹人道主义。法国自革命时代，既根本自由、平等、博爱三大义，以为道德教育之中心点，至于今且益益扩张其势力之范围。近吾于弥罗君所著《强权嬗于强权论》中，读去年二月间法国诸校长恳亲会之宣言，有曰：“我等之提倡人权，既历一世纪矣，我等今又为各民族之自由而战。”又于本年三月十五日之日报，读欧乐君之《理想与意志竞争论》，有曰：“法人之理想，不问其为一人、为一民族，凡弱者亦有生存及发展之权利，与强者同；而且无论其为各人、为各民族，在生存期间，均有互助之义务。例如比利时、塞尔维亚、葡萄牙等，虽小在体魄，而大在灵魂，大在权利，不可不使占正当地位于世界以独立而进行。”其为人道主义之代表，所不待言。

其在中国，虽自昔有闭关之号，然教育界之所传诵，则无非人道主义。例如孔子作《春秋》，区人治之进化为三世：一曰据乱世（由乱而进于治），二曰升平世（小康），三曰太平世。据乱之世，内其国而外诸夏（内者亲也，外者疏也）；升平之世，内诸夏而外夷狄；太平之世，夷狄进至于爵（与诸夏同），天下远近大小若一（以上见何休《公羊传解诂》）。教化流行，德泽大洽，天下之人人有士君子之行而少过矣（以上见董仲舒《春秋繁露·俞序篇》）。孔子又尝告子游曰[②]：“大道之行也，天下为公，选贤与能（与者举也），讲信修睦。故人不独亲其亲，不独子其子，使老有所终，壮有所用，幼有所长，鳏寡孤独废疾者皆有所养，男有分，女有归，货恶其弃于地也，不必藏于己；力恶其不出于身也，不必为己。是故谋闭而不兴，盗窃乱贼而不作，故外户而不闭，是谓大同。”又曰：“圣人以天下为一家，中国为一人。”其他如子夏言“四海之内皆兄弟”、张

---

① 孔德（1798—1857）：法国实证主义哲学家，著有《实证哲学教程》等。

② 子游：与下文的子夏，都是孔子的学生。

横渠言“民吾同胞”①，尤与法人所唱之博爱主义相合。是中国以人道为教育，亦与法国为同志也。

夫人道主义之教育，所以实现正当之意志也。而意志之进行，常与知识及感情相伴。于是所以行人道主义之教育者，必有资于科学及美术。法国科学之发达，不独在科学固有之领域，而又夺哲学之席，而有所谓科学的哲学。法国美术之发达，即在巴黎一市，观其博物院之宏富、剧院与音乐会之昌盛、美术家之繁多，已足证明之而有余。至中国古代之教育，礼、乐并重，亦有兼用科学与美术之意义。《书》云：“天秩有礼。”礼之始，固以自然之法则为本也。惟是数千年来，纯以哲学之演绎法为事，而未能为精深之观察、繁复之实验，故不能组成有系统之科学。美术则自音乐以外，如图画、书法、饰文等，亦较为发达，然不得科学之助，故不能有精密之技术，与夫有系统之理论。此诚中国所深欲以法国教育为师资，而又多得法国教育之助力，以促成其进化者也。

今者承法国诸学问家之赞助，而成立此教育会。此后之灌输法国学术于中国教育界，而为开一新纪元者，实将有赖于斯会。此鄙人之所以感无限之愉快而抱无限之希望者也。敬为中国教育界感谢诸君子赞助之盛意，并预祝华法教育会之发展。华法教育会万岁！

① 张横渠：即张载，宋代哲学家。

在北京通俗教育研究会演说词

鄙人出游列邦日久，于祖国内情诸多隔阂。此次重履故土，辱承诸君子不弃，敦嘱演说。惟鄙人自顾学识谫陋，有负诸君子厚望，然又不敢自秘，兹将此次游历各国时，于通俗教育上所见所闻，为诸君子缕陈之。

夫通俗教育研究会创立未久，聆诸君报告，各项成绩已属昭然，足征贵会诸君子热心毅力，始克臻此。鄙人良深钦仰。窃以通俗教育在二十世纪中，实为当务之急。尝谓世界各事之进步，其动因皆由于有不平者而欲使之平。总观世界史乘，最初以不平而起潮流者，厥为宗教。彼时教皇之势力，虽君主莫敌。不特此教与彼教争，即一教之中，亦阶级悬殊，争斗蜂起。甚有因仇视异教而施之极刑者。说者谓教祸时代之教规，实较专制君主之刑法为厉，洵不虚也。其结果遂有信教自由之说，以救济其不平。乃宗教之潮流方息，而政治上不平之潮流即继之而起。盖一国之政治，操之少数人之手，权势偏重，最易生反动力。法兰西之大革命，美利坚之脱离羁束[①]，各起极大之战争，其结果遂有立宪政治之产出，而剂其不平。乃政治之潮流方息，而社会不平之潮流又因之而起，如挽近因贫富之不平，而启劳动家与资本家之纠讼。盖因少数之资本家役使大多数之劳动家，以增殖其产业；而劳动家乃转不免于冻馁，其不平也实甚。于是有社会主义之发现。近日欧美各国，此种主义日益发展。顾欲达到目的，事亦非易。盖贫富阶级，最不易消弭也。近

---

① 美利坚之脱离羁束：指北美十三州通过独立战争脱离英国而独立。

日之富人，亦或赞成此种主义而试行之者，散其资财以与贫农，或画一区域以试验共产主义之实行，乃其结果转与初旨相反。追加以研究，始知彼劳动家之失败，由于未受平等之教育。近时欧西各国，义务教育虽已甚完备，然此制仅施之全国学龄之儿童，且所授者仅为初级之普通知识，若高深之学术，则仍为有力者所垄断。各国贤者，已图力矫此弊。鄙人在德国时，尝见彼邦之大学生徒，每于校外出其所长，教授一般工人以实用知识或外国语言。至法国则有所谓平民大学，为大学教员所组织，专在夜间讲演，无论何人，均得入校听讲，不因贫富、年龄之故稍有歧异。凡此皆所以济教育之不平，而期于普及。今通俗教育研究会之设，所研究者即此，使不平者渐跻于平之义也。顷聆诸君报告，各股成绩，已甚优美，将来转移风化，实惟诸君是赖。惟以鄙见所及，三股虽均属重要，而以讲演之范围为较广，着手亦难。盖讲演者之心理，纯借口讲指画为表示，务须有得于心，尽人皆晓，庶得良好之结果。佛教中之讲演经典，耶教中之传播《圣经》，均用此法。在昔宋明儒者之讲学亦然。鄙人对于此事，亦未能多有所贡献。惟望诸君尽力以为之而已。

小说于教育上尤有密切之关系，往往有寝馈其中而得获知识者。昔时尚无人注意及此。近自西学输入，翻译彼邦小说日渐繁多，国人始稍稍注意。小说家之名，已见于《汉书·艺文志》。自唐以后，小说渐盛。综观我国小说，强半多涉男女之情。其故由于我国男女之防素严，作小说者，往往多借文字以发泄其怀抱。其他则不外乎鬼怪神仙之谈。如《水浒》、《红楼梦》等书，在昔人已有目为诲淫诲盗者。足征论者已认此种小说为有教育之价值。著《水浒传》者，实抱有一种革命思想。此种思想，在今日视之，固已为过去之成迹，然在当时，亦可谓有价值之书矣。又如《三国演义》一书，尽人皆知。其中结构，以诸葛孔明为主要之人物，而曹孟德则为其对待者。其于曹孟德，固目为奸雄，然亦极写其智谋材力，为人所莫及。而其写诸葛也，亦适成为一机械变诈之人物，实与其写曹孟德不甚相远。要之此书之写上等人物，实不外乎权术用事，纯恃手段制胜而已。颇有人谓我国近时最著名之某公，其一生行事即取法乎《三国演义》所写之人物，其后卒因以致败。昔人之思想，其不适用于今日之世界也，审矣。又如《石头记》一书，世人多视为言情小说，其实为政治小说。书中述男女交际，皆取放任主义。其后有《儿女英雄传》一书，则专持与《石头记》相反之主义，为旧思想之代表而已。总计中国小说，其著名者大略如此。欧洲各国小说，在文学界中位置素高。近时则自然派盛行，如法国之弗罗贝尔及淑拉①，德国之许特曼等皆是②。俄国之托尔斯泰，吾国人多知其名，彼亦即自然派中之一人，且尝著书反对英国之大戏剧家莎士比亚，谓其所著不合自然。所谓自然派者，其所述事实必皆为情理上所可有，而绝不容有虚无缥缈之谈，如我国小说之侈言神仙鬼怪。此亦因近世科学日臻发达，故小说亦因科学之潮流而转移也。就教育家之眼光审谛小说，固必取隐恶扬善之意。惟小说家之笔墨，写君子难而写小人易。试观各国之操新闻事业者，为动阅者之目起见，往往搜集各种新奇之侦探案，将案中细情曲意描摹，载诸报纸之上。为营业起见，计固良得。然阅者之脑筋，日日印入此非法行为，难保不因之而感染。尝闻有人日阅医家之治症告白，久而久之，其人果患与告白相类之病症。以此例彼，其关系于人心也巨矣。世界万事，有阴必有阳，有暗必有明。作小说者讵能违乎此旨？顾西国所谓自然派之小说，笔底虽写黑暗之状，而目光常注光明之点。我国之作者则不然，如近时所传之《官场现形记》等书，其描写黑暗情形，可谓淋漓尽致。然不能觅得其趋向光明之径线，则几何不牵帅读者而使之沉溺于黑暗社会耶！

讲演能转移风气，而听者未必皆有兴会。小说之功，仅能收之于粗通文义之人。故二者所收效果，均不若戏剧之大。戏剧之有关

---

① 弗罗贝尔：今通译福楼拜（1821—1880），法国作家，代表作为《包法利夫人》、《情感教育》等。淑拉：今通译左拉（1840—1946），法国作家，作品有《娜娜》等。

② 许特曼：今通译霍普特曼（1828—1946），德国剧作家，作品有《织工》。

风化，人所共认。盖剧中所装点之各种人物，其语言动作，无一不适合世人思想之程度，故舞台之描摹，最易感人；且我国旧剧中之白口，均为普通语言，听之者绝无隔膜之弊，未受教育之人，因戏剧而受感触者，恒较为锐敏。尝见北京旧日戏园有所谓池座者，大抵为不识字之人所占，而每次采声，必先发自池座。近人主张改良戏剧，莫不致力于新剧之编纂。窃谓新剧初起，其感化社会之力，或尚不及改良之旧剧。盖旧剧之体裁，久已印入人心，而新剧则尚未习惯，又编演者程度幼稚，或不足以动人，故不能与旧剧相抗衡也。就中国往事观之，旧剧感人之魔力实为至巨，如清季拳匪之祸，肇于刚毅诸人，而此辈之见识，纯由观剧而得。刚毅尝谓人曰："董福祥者，我之黄天霸也。"是即受施公案等戏剧之教育者。拳匪之不曰"神仙下界"，即曰"天将来助"，亦即本之于我国戏剧。更有一事与西人相反者，即西人重视悲剧，而我国则竞尚喜剧。如旧剧中述男女之情，大抵其先必受种种挫折，或男子远离，女子被难，一旦衣锦荣归，复相团聚。此等情节，千篇一律。例如《续西厢记》之必述张生及第归来，复与莺莺团圆之类。曾不知天下事，有成必有败，岂能尽如人愿而无丝毫之缺憾？即以历史人物而论，颜渊敏而好学，不幸短命；屈原，楚之贤大夫也，而自沉于汨罗。惟其如此，始足使千载下动无穷之凭吊。然我国人绝无演此类事于舞台之上者。盖我国人之思想，事事必求其圆满。专制时代之为皇帝者，已属无上之尊，而贪心犹未已，秦皇、汉武，至欲求长生不死之术，亦其例也。西人之重视戏剧也，有将剧本采入学校中之教科书者，其价值可想。考其戏剧，约有数种。其第一种为歌舞剧，即所谓阿泊拉[1]，为戏剧中之最正式者，所演多为悲剧，此种专重歌舞，而无科白，佐以音乐。又有一种，专用科白者，则与中国近时所演之新剧相类，亦以悲剧为多。其所用语言，皆彼国最正国语。故外国之人在彼国者，多借听剧以练习彼国语言。又有小

---

① 阿泊拉：西文歌剧 Opera 的音译。

品歌舞剧，则参用歌舞与科白，而多为喜剧。又有一种杂剧院，以滑稽戏、跳舞及各种杂技相间演之。此西国戏剧之大概也。其演剧时间，大率自晚间八时至十二时。自杂剧院外，所演者大抵为完全之一剧。至若中国旧剧，往往截各种全剧之一节而演之，则甚类西洋之杂剧院也。歌舞剧中之音乐，感人至深，晚近欧洲各国，研究不遗馀力，亦时有单纯之音乐会。若以我国之音乐与相比拟，则瞠乎后矣。

关于通俗教育，尚有一轻而易举之法，则电光影戏是也。影戏之成本较轻，而收效至易。近闻英国新流行一种影戏器，尤为省事。盖不必制玻片，即以邮片插入，亦能影出者是也。通行之活动影戏，为迎合观者之心理起见，亦有加入不正当之影片者。德国影戏院中，凡中学校以下生徒，平时不得入览，而于每星期三、六或休假日，特择其较为纯正者演之，始许学生入观。大半为关于科学事理之片，间有滑稽之作，要皆无害于身心者。再如外国模范戏园，国家恒每年酌予巨款以补助之。我国现值财政困难之际，恐一时未克仿行。然如美术馆、博物馆、展览会、科学器械陈列所等，均足以增进普通人之智德，而所费亦皆不甚巨。愿希望研究通俗教育者，设法提倡此种有益之举，则获益尤非浅鲜也。

以上皆第就个人所见及者陈说于诸君之前。自愧学识有限，不能多所贡献，惟诸君谅之。

（原刊 1927 年 4 月 15 日《东方杂志》
第 14 卷第 4 号“内外时报”栏）

普通教育和职业教育

——在新加坡南洋华侨中学演说词

兄弟已经几次到过新加坡了，今天得有机会，和诸位共话一堂，实在荣幸得很！只是今天没有什么预备，所以不能有多少贡献，还望诸君原谅。

在座诸君，大半是学界中人，因此可知这里的学校多了。我今天就把普通教育和职业教育说一说。刚才从中学校来，知道中学内有商科一班，这却是职业教育的性质，不在普通小学校或中学校的普通教育范围以内。

普通教育和职业教育，显有分别：职业教育好像一所房屋，内分教室、寝室等，有各别的用处；普通教育则像一所房屋的地基，有了地基，便可把楼台亭阁等建筑起来。故职业教育所注重的，是专门的技能或知识，有时研究到极精微处，也许有和日常生活绝不相干的情形。例如研究卫生的，查考起微生虫来，分门别类，精益求精，有一切另外的事都完全不管的态度。这是从事专门学问的特异点。

可是我们要起盖房子时，必得先求地基坚实，若起初不留意，等到高屋将成，才发见地基不稳，才想设法补救，已经来不及了。我刚才讲过普通教育好像房屋的地基一样，所以教育者和被教育者都要特别注意才是。现今欧美各大学中的课程，非常严重，对于各种基本的知识，差不多不很注意了。为什么呢？因为学生在中小学的时代，早已受了很重的训练，把高深学术的基础筑固了，入大学时自然不觉得困难。若在中小学内，并没有建筑好基础，等到自悟不够时，再要补习起来，那就很不容易了。

因此，前年我国审查教育会，把普通教育的宗旨定为：（一）养成健全的人格，（二）发展共和的精神。

所谓健全的人格，内分四育，即：（一）体育，（二）智育，（三）德育，（四）美育。

这四育是一样重要，不可放松一项的。先讲体育。在西洋有一句成语，叫做“健全的精神，宿于健全的身体”。足见体育的不可轻忽。不过体育是要发达学生的身体，振作学生的精神，并不是只在赌赛跑跳或开运动会博得名誉体面上头，其所以要比赛或开运动会，只是要引起研究体育的兴味；因恐平时提不起锻炼身体的精神，故不妨常和人家较量较量。我们比不过人家时，便要在平常用功了。其实体育最要紧的是合于生理。若只求个人的胜利，或一校的名誉，不管生理上有无危险，这不要说于身体上有妨害，且成一种机械的作用，便失却体育的价值了。而且只骛虚名，在心理上亦易受到恶影响。因为常常争赛的结果，可使学生的虚荣心旺盛起来；出去服务社会，一切举动，便也脱不了虚荣心的气味，这是贻害社会不浅的。不过开运动会和竞技等，在平时操练有些呆板乏味时，偶然举行一下，倒很可以调剂机械作用。因变化常态而添出兴趣，是很好的，只要在心理上使学生彻底明白体育的目的，是为锻炼自己的身体，不是在比赛争胜上，要使他们望正鹄做去。

次讲智育。案我们教书，并不是像注水入瓶一样，注满了就算完事，最要是引起学生读书的兴味。做教员的，不可一句一句，或一字一字的都讲给学生听。最好使学生自己去研究，教员竟不讲也可以，等到学生实在不能用自己的力量了解功课时，才去帮助他。至于常用口头的讲授，或恐有失落系统的毛病，故定出些书本来，而定书本也要看学生的程度，高下适宜才对。做学生的，也不是天天到校把教科书熟读了，就算完事。要知道书本是不过给我一个例子，我要从具体的东西内抽出公例来，好应用到别处去。譬如从书上学得菊花，看见梅花时，便知也是一种植物；从书上学得道南学校，看见端蒙学校，便也知道是什么处所；若果能像这样的应用，就是不能读熟书本，也可说书上的东西都学得了。

再现在各学校内，每把学生分为班次，要知这是不得已的办法，缘学生的个性不同：有的近文学，有的喜算术等；所以各人于各科进步的快慢，也不能一致，但因经济方面，或其他的关系，一时竟没法子想。然亦总须活用为妙。就是遇有特别的天才的，总宜施以特别的教练。在学生方面，也要自省，我于那几科觉得很困难的，须格外用功些；那几科觉得特别喜欢的，也不妨多学些。总之，教授、求学，两不可呆板便了。

至于德育，并不是照前人预定的格言做去就算数。有些人心目中，以为孔子或孟子所讲的总是不差，照他们圣人的话实行去，便是有道德了。其实这种见解是不对的。什么叫道德？并不是由前人已造成的路走去的意义，乃是在不论何时何地照此做法，大家都能适宜的一种举措标准。是以万事的条件不同，原理则一。譬如人不可只爱自己，于是有些人讲要爱家，这便偏于家庭，或有些人提倡爱群，又偏于群的方面了；可是他的原理，只是爱人一语罢了。故我们要一方考察现时的风俗情形，一方推求出旧道德所以酿成的缘故，拿来比较一下。若是某种旧道德成立的缘故，现在已经没有了，也不妨把他改去，不必去死守他。我刻在中学校看见办有图书馆、童子军等，这些事物，于许多人很适宜，于四周办事人亦无妨害，这便不是不道德。总之，道德不是记熟几句格言就可以了事的，要重在实行。随时随地，抱着试验的态度。因为天下没有一劳永逸的事情，若说今天这样，便可永远这样，这是大误。要随时随地，看事势的情形，而改变举措的标准。去批评人家时，也要考察他人所处的环境怎样而下断语才是。

第四美育。从前将美育包在德育里的，为什么审查教育会要把他分出来呢？因为挽近人士太把美育忽略了。按我国古时的礼、乐二艺，有严肃优美的好处。西洋教育，亦很注重美感的。为要特别警醒社会起见，所以把美育特提出来，与体、智、德并为四育。

美育之在普通学校内，为图、工、音乐等课。可是亦须活用，不可成为机械的作用。从前写字的，往往描摹古人的法帖，一点一划，依样葫芦，还要说这是赵字哪，这是柳字哪，其实已经失却生气，和机器差不多，美在那里？

图画也是如此，从前学子，往往临摹范本，圆的圆，三角的三角，丝毫不变，这亦不可算美。现在新加坡的天气很好，故到处有自然的美，要找美育的材料，很容易。最好叫学生以己意取材，喜图画的，教他图画；喜雕刻的，就教他雕刻；引起他美的兴趣。不然，学生喜欢的不教，不喜欢的硬叫他去做，要求进步，很难说的。像儿童，本喜自由游戏，有些人却去教他们很繁难的舞蹈，儿童本喜自由嬉唱，现在的学校内，却多照日本式用1234567等，填了谱，不管有无意义，教儿童去唱。这样完全和儿童的天真天籁相反。还有看见西洋教音乐要用风琴的，于是也就买起风琴来，叫小孩子和着唱。实则我们中国也有箫笛等简单的乐器，何尝不可用？必要事事模仿人家，终不免带着机械性质，于美育上，就不可算是真美。

以上四育，都宜时时试验演进，要一无偏枯，才可教练得儿童有健全的人格。

学校教育注重学生健全的人格，故处处要使学生自动。通常学校的教习，每说我要学生圆就圆，要学生方就方，这便大误。最好使学生自学，教者不宜硬以自己的意思压到学生身上。不过看各人的个性，去帮助他们作业罢了。但寻常一级的学生，总有二十人左右。一位教员，断不能知道个个学生的个性；所以在学生方面，也应自觉，教我的先生既不能很知道我，最知我的，便是我自己了。如此，则一切均须自助才好。大概受毕普通教育，至少要获得地平线以上的人格，使四育平均发展。

又我们人类，本是进化的动物，对于现状常觉不满足的。故这里有了小学，渐觉中学的不可少；办了普通教育，又觉职业教育的不可少了。南洋是富于实业的地方，我们华侨初到这里的，大多数从工事入手以创造家业。不过发大财成大功的，都从商务上得来。

商业在南洋，的确很当注意的，这里的中学，就应社会的需要，而先办商科。然若进一步去研究，商业的发达，必借原料的充裕，那原料又怎样能充裕呢？不消说，全在农业的精进了。农业更须种种的农具，要求器械的供给，又宜先开矿才行，这又侧重到工艺上头。按我国制造的幼稚，实在不容不从速补救。开了铁矿自己不会炼钢，却将原料卖给别国，岂不可惜？若精了制造术，便不怕原料的一时跌价，因为我们能自己制造应用品出售，也可不吃大亏啦。

照现在的社会看来，商务的发达，可算到极点了，以后能否保持现状，或更有所进步，这都不能有把握。万一退步起来，那么，急须从根本上补救。像研究农业和开工厂等，都足为经商的后盾，使商务的基础十分稳固，便不愁不能发展。故学生中有天性近农近工的，不妨分头去研究，切不可都走一条路。

农、商、工的应用，我们都知道了。但在西洋，这三项都极猛进。而我国自古以农立国，工业一途，亦发达极早。何以到了今日，都远不如他们呢？这便因他们有科学的缘故。一个小孩子知识未足时，往往不知事物的源本。所以若去问小孩子，饭是从那里来的？他便说“从饭桶里来的”；聪明些的，或能说“从锅子里来的”。都不能说从田里来的。我国的农夫，不能使用新法，且连一亩田能出多少米、养活多少人，都不能计算出来，这岂不是和小孩子差不多么？故现在的学生，对于某种科学有特别的兴味的，大可去专门研究。即如性喜音乐的，将来执业于社会，能调养他人的精神，提高社会的文化，也尽有价值，尽早自立。做教师的，不妨去鼓舞他们，使有成功。总之，受毕普通教育，还要力图上进，不可苟安现状。若愁新洲没有专门学校，那可设法回国，或出洋去。

我最后还有几句关于女学校的话要说：这里的学校，固已不少，但可惜还没有女子中学。刚才在中学时，涂先生也曾提及这一层。我想男女都可教育的，况照现在的世界看来，凡男子所能做的，女子也都能做。不过我国男女的界限素严，今年内地各校要试办男女合校时，有许多人反对。若果真大众都以为非分校不可，那就另办一所女子中学也行。若经济问题上不能另办时，我看也可男女合校的。在美国的学校，大都男女兼收，虽有几校例外，也是历来习惯所致。在欧洲还有把一校划分男女二部的，这也是一种方法。总之，天下无一定不变的程式，只有原理是不差的。我们且把胆子放大了，试试男女合校也好。若家庭中父兄有所怀疑时，就可另办一所女子中学，或把男子中学划分二部，或把讲堂上男女座位分开，便极易办到了。这女子中学一事，只要父兄与学生两方面多数要求起来，我想一定可以实现的。我今日所说的，就是这些了。

（1920 年 12 月 5 日演说，初刊 1920 年 12 月《教育杂志》第 13 期第 1 号，又刊 1921 年 1 月 7 日《北京大学日刊》第 780 号）

教育独立议

教育是帮助被教育的人，给他能发展自己的能力，完成他的人格，于人类文化上能尽一分子的责任；不是把被教育的人，造成一种特别器具，给抱有他种目的的人去应用的。所以，教育事业当完全交与教育家，保有独立的资格，毫不受各派政党或各派教会的影响。

教育是要个性与群性平均发达的。政党是要制造一种特别的群性，抹杀个性。例如，鼓励人民亲善某国，仇视某国；或用甲民族的文化，去同化乙民族。今日的政党，往往有此等政策，若参入教育，便是大害。教育是求远效的；政党的政策是求近功的。中国古书说："一年之计树谷；十年之计树木；百年之计树人。"可见教育的成效，不是一时能达到的。政党不能掌握政权，往往不出数年，便要更迭。若把教育权也交与政党，两党更迭的时候，教育方针也要跟着改变，教育就没有成效了。所以，教育事业不可不超然于各派政党以外。

教育是进步的：凡有学术，总是后胜于前，因为后人凭着前人的成绩，更加一番功夫，自然更进一步。教会是保守的：无论什么样尊重科学，一到《圣经》的成语，便绝对不许批评，便是加了一个限制。教育是公同的：英国的学生，可以读阿拉伯人所作的文学；印度的学生，可以用德国人所造的仪器，都没有什么界限。教会是差别的：基督教与回教不同；回教又与佛教不同。不但这样，基督教里面，天主教与耶稣教又不同。不但这样，耶稣教里面，又有长老会、浸礼会、美以美会……等等派别的不同。彼此谁真谁伪，永远没有定论。止好让成年的人自由选择，所以各国宪法中，都有“信仰自由”一条。若是把教育权交与教会，便恐不能绝对自由。所以，教育事业不可不超然于各派教会以外。

但是，什么样可以实行超然的教育呢？鄙人拟一个办法如下：

分全国为若干大学区，每区立一大学；凡中等以上各种专门学术，都可以设在大学里面，一区以内的中小学校教育，与学校以外的社会教育，如通信教授、演讲团、体育会、图书馆、博物院、音乐、演剧、影戏……与其他成年教育、盲哑教育等等，都由大学办理。

大学的事务，都由大学教授所组织的教育委员会主持。大学校长，也由委员会举出。

由各大学校长，组织高等教育会议，办理各大学区互相关系的事务。

教育部，专办理高等教育会议所议决事务之有关系于中央政府者，及其他全国教育统计与报告等事，不得干涉各大学区事务。教育总长必经高等教育会议承认，不受政党内阁更迭的影响。

大学中不必设神学科，但于哲学科中设宗教史、比较宗教学等。

各学校中，均不得有宣传教义的课程，不得举行祈祷式。以传教为业的人，不必参与教育事业。各区教育经费，都从本区中抽税充用。较为贫乏的区，经高等教育会议议决后，得由中央政府拨国家税补助。

注：分大学区与大学兼办中小学校的事，用法国制。

大学可包括各种专门学术，不必如法、德等国别设高等专门学校，用美国制。

大学兼任社会教育，用美国制。

大学校长，由教授公举，用德国制。

大学不设神学科，学校不得宣传教义与教士不得参与教育，均用法国制。瑞士亦已提议。

抽教育税，用美国制。

（原刊1922年3月《新教育》第4卷第3期）

教育的目标

——在南京特别市教育局的演说词

今日承市教育界诸君欢迎，极感愉快。

教育事业重要，已为各方所公认。但教育程度愈高愈妙，故由小学而中学，而大学，而研究院。惟欲高级教育昌明，则非使低级教育良好不可，所谓基础教育是。小学教育不良，则中学教育必不佳，大学更不能问，遑云研究院。若然，则普通教育实为各级教育之根本。

中国新教育事业，迄今不过三十年。在此三十年，而至今日，吾人能否指出某一校能满意？结果无论任何学校，均似太不完备。但如何而能良好，而能满意？言及于此，则非先有良好模范与榜样不为功。南京为首都之区，即榜样场所，此地能将教育办理完美，则他省亦受良好之影响；反是，则是影响他方教育之不良。余言至此，余认为今日之首都，普通教育职员，实负非常之责任。今日就余所知所觉者，认为人人对教育确有三点应特别注意，兹分别述之，以资贡献。

（一）养成科学头脑。余所谓养成科学头脑者，不但养成几许之科学家，而实希望教育家无论何地何时，对于任何事件，均以科学眼光观察之，思考之，断定之。余意任一事之结果，自己相信，决不盲从，务以科学有条理的方法去应付，然后方能不说乱话，不做错事。总理所著《三民主义》、《建国大纲》等，皆依社会现象与国家环境，本科学手腕与各方法而著成。诸位信任三民主义，亦非强迫的与盲从的，盖凭科学方法观察之结果而信任之，服从之。国民政府现设大学院，院中设中央研究院，院中各种学科，如天文、地理、历史、教育、心理、美术、哲学等，皆依科学方法研究之，探讨之。研究之人，专召集各大学区之大学教授及大学高材生等。中、小学生虽无研究此高深学科之能力，但亦须慢慢养成此种科学头脑，以待将来之用。

（二）养成劳动习惯。人之动作，非仅凭脑，脑部之外，尚有手足。苟只凭用脑力研究学问而不劳力，则身体上不能获得平均之发达，以致年龄愈大、脑力愈衰。劳力者一字不识，仅以力量工作，有如蜂、蚁，结果恐永无进步。是故研究教育事业，必须脑力、劳力同时互用，否则不能有良好结果。一般文学家，往往有特殊脾气，其原因即系脑与力不能并用，身体发达不平均，致有此种流弊。孔子所谓应洒扫应对进退，即劳动之意。而今日学校中运动，本劳动之本旨。他如猫在幼时，常以爪为游戏，即将来捕鼠之预备工作；幼女抱小儿，即将来为人母之预备工作。凡此种种，均劳动之意也。至此，余乃忆及从前杜威博士在希腊办一师范学校，不上课，只作工。同时即利用此机，以运用教授方法。其所做工作，如缝衣、烹调、造饭等。而此种工作，必需调味料、动植物及布匹丝棉等，于是植物学、动物学、地理学、历史学、物理学、几何学、卫生学、化学等课程，随之而出。进一层言，脑力与劳动同时并进之好处，非独养成身体发达之平均，而最大关键，乃在打破劳动阶级与智识阶级之界限。现在上海办一劳动大学，内分两部：一部招收一般高级工业校毕业生人肄业，以工厂为学业，为生活；另设劳工补习班，以灌输相当知识给一般劳工。浙江亦有劳农学院，半工半读；乡间设夜班，或冬季班。凡此种种，均系实现教育之劳动习惯也。

（三）提倡艺术兴味。人生由小而长，而老，而死，苟无艺术之调和，则一世生活，真无兴趣之可言。孩提之童，信口歌唱，即美术上之天籁以口。教育方面之艺术，并不限于课程范围内，课程之外，如举止谈话，亦有美术兴趣。而美之重要条件，在复杂与条理。今有一物，外观建筑极为美观，但内部一无所有，殊少兴趣。

又如南京之夫子庙，组织固复杂，但太散漫，亦不甚好。美术事业，重在合各派于一炉而支配之，如金陵大学、金陵女大、燕京、协和等大学，其建筑外观，均为宫殿式，所谓东方艺术；而内部则以西洋美术方法组织之。美术事业，又重在改良自己之固有者及改造环境现象为第一要义，不能盲从，更不可强人盲从。苟仅知描写模仿，而不知创造，则不配称之曰美术家。故艺术兴味，确为教育上第一要义。

以上三点，望到会诸位深思之。

（据蔡元培演说词记录稿）

学校是为研究学术而设

——在国立西湖艺术院开学式演说词[1]

今天是艺术院补行开学式。大学院为什么在这个时候、这个地方设立艺术院？平常，西湖有很多的人来，远些来的人，可分两种：一是游览，一是为烧香。游览的人，是因为西湖风景很美丽，天气很温和，所以相率来游，以满足其私人的爱美欲望。一种是烧香的人，烧香的人为什么一定要来西湖拜佛呢？西湖的寺庙最多，所以他们都来了。但是为什么这些寺庙都建筑在风景美好的湖山之中呢？宗教是靠人心信仰而存在的，但是宗教是空空渺渺的，不能使人都信，永久维持着他的势力，故必须借着优美的山林，才能无形之中引诱一般人来信他的，一般人之所以拜佛，而又必定相率来西湖的，虽其信心觉得是为佛而来，实际上他们的潜在主因，仍就是为西湖的风景好才来的，也就是因为借此能满足他们的爱美欲望才来的。自然美不能完全满足人的爱美欲望，所以必定要于自然美外有人造美。艺术是创造美的、实现美的，西湖既有自然美，必定要再加上人造美，所以大学院在此地设立艺术院。宗教是靠着自然美，而维持着他们的势力存在。现在要以纯粹的美来唤醒人的心，就是以艺术来代宗教。因为西湖的寺庙最多，来烧香的人也最多，所以大学院在西湖设立艺术院，创造美，使以后的人都移其迷信的心为爱美的心，借以真正的完成人们的生活。

现在最重要的是北伐，有人以为在这紧张的时候，不必马上设立艺术院。但事实上，大家的革命主要目的，不纯在消极的打倒军

---

① 国立西湖艺术院经蔡元培倡议而于1928年成立，蔡兼任首任院长。

阀，抵御外人的侵略，而在三民主义的积极建设起来。三民主义，无非为民生而设，总理四十年的革命，可说最后的目的是在民生问题。但文化与物质生活之改造同时重要。原始的人类，于艰难苦斗的生活中，仍有纹身、雕刻、装饰器物的精神生活之需要，可见文化与物质生活同时发生，同样重要。生活问题既有物质与精神的两种，那末我们为民生问题而有的国民革命，必须于打倒阻碍民生进行的北伐工作之外，同时兼到精神上的建设，将来方能有完满的成功。再就目前事实上说，我们的北伐军也必须有美的、纯然无私的、勇敢的艺术精神，然后才能真的胜利。如法国人的在欧洲大战，因他们以前有艺术的陶养，故有那样从容不迫的精神。

大学院看艺术与科学一样重要。艺术能养成人有一种美的精神，纯洁的人格。艺术美，照日本人译来的西洋语有两种：一是优美，一是壮美。优美能使人和蔼、安静，对于一切能持静，遇事不乱，应付裕如。壮美使人有如受压迫，如瞻望高山，观览广洋狂涛，使人感到压迫，因而有反抗，勇往直前，一种大无畏的精神，奋发的情感。法国在优美之中养育，故不怕一切，虽强兵临于巴黎近郊，而仍能从容不迫，应付敌人。德人则壮美，他们做事，一往直前，气盖一世。我们北伐军必须有这两种精神，才能一切胜利。现在北伐军中有艺术科，也就是想以艺术精神来陶养军人，使他们有美的、纯然无私的勇敢精神，使北伐胜利。

人类有两种欲望：一是占有欲，一是创造欲。占有欲属于物质生活，为科学之事。创造欲为纯然无私的，归之于艺术。人人充满占有欲，社会必战争不已，紊乱不堪，故必有创作欲，艺术以为调剂，才能和平。艺术纯以创作为主，无现实上的一切因占有欲而起的束缚，艺术家不要名誉、财产，不迎合社会，因此，中外的艺术家每每一生很苦。中国古话说：文人贫而后工。并不是贫而后工，是去掉了一切个人的、现实的私欲，而能纯以创造为主才工。大学院设立艺术院，纯粹为提倡此种无私的、美的创造精神。所以艺术院不在学生多少，而在能创造。能创作，就是一个学生也可以；不能创作，一百、一千个学生也没有用。艺术院的林先生及教职员，他们都是有创作能力的人，希望他们自己去创作，不要顾到别的。

大家要认明白，艺术院不但是教学生，仍是为教职员创作而设的。学生愿意跟他们创作的就可以进来，不然不必来这里。这次的风潮，不是真的学生，是有别的政治作用，已竟［经］为浙江省政府除去。你们可以安心上课，教职员努力创作。不愿跟着教职员创作的学生，想作别的政治活动的学生，可以离开这里，到别处去，到社会上去做政客，不要妨碍他们创作。总之，艺术院是纯为艺术的，有天才能创作的学生，一万不为多，一个不为少。

来宾、新闻记者也请注意：学校为纯粹的学术机关，神圣之地，一个学生没有也不要紧，教职员能创作，一样可以办下去。不要以为学生少了，就不成学校，这一点大家不要误会了。艺术院的教职员诸先生，要大家一致的努力创作，不要看见发生了一点小事，就怕起来。嗣后再有什么不正当的活动，有浙江省政府来防御、制止。学生要安心上课，教职员诸先生一致创作，供之于社会，这是大学院所最希望的。

（原刊 1928 年 4 月 16 日《中央日报》“艺术运动”副刊第 9 号）

大学教育

大学教育者，学生于中学毕业以后，所受更进一级之教育也。其科目为文、理、神学、法、医、药、农、工、商、师范、音乐、美术、陆海军等。前五者自神学以外，为各国大学所公有。惟旧制合文、理为一科，而名为哲学，现今德语诸国，尚仍用之。农、工、商以下各科，多独立而为专门学校，如法国之国立美术专门学校（Ecole Nationale Supérieure des Beaux Arts）之类；抑或谓之高等学校，如德国之理工高等学校（Techniche Hochschnle）之类；或仅称学校，如法国百工学校（Ecole Polytechnique）之类；或单称学院，如法国巴士特学院（L'institut Pasteur）之类。用大学教育之广义，则可以包括之。我国旧仿日本制，于大学以下，有一种专门学校，如农业专门学校、医学专门学校之类。虽程度较低，年限较短，然既为中等学校以上之教育，不妨列诸大学教育之内。惟旧式之高等学校，后改为大学预科，而新制编入高级中学者，则当属于中学之范围，而于大学无关焉。

吾国历史上本有一种大学，通称太学，最早谓之上庠，谓之辟雍，最后谓之国子监。其用意与今之大学相类，有学生，有教官，有学科，有积分之法，有入学资格，有学位，其组织亦颇似今之大学。然最近时期，所谓国子监者，早已有名无实。故吾国今日之大学，乃直取欧洲大学之制而模仿之，并不自古之太学演化而成也。

欧洲大学，在拉丁原名，本为教者与学者之总会（Universitat Magrotrorumel Scholarium），其后演而为知识之总汇（Universitat Litterarum），而此后各国大学即取其总义为名。欧洲最早之大学，为十二、十三世纪间在意大利、法兰西、西班牙诸国所设者；十四世纪以后，盛行于德语诸国，即专设神学、法学、医学、哲学四科者是也。其初注重应用，几以哲学为前三科之预科。及科学与文哲之学各别发展，具有独立资格，遂演化而为文、理两科。然德语诸国，为哲学一科如故也。拿破仑时代，曾以神学、法学、医学为养成教士、法吏、医生之所，因指文理科为养成中学以上教员之所。各国虽不必皆有此种明文，而事实上自然有此趋势。所以各国皆于中学校以外，设师范学校，以养成小学教员；而于大学外，特设高等师范学校以养成中学教员者，不多见也。法国于革命时，曾解散大学为各种专门学校；但其后又集合之而组为大学，均不设神学科，而可设药科；惟新自德国争回史太师埠之大学，有天主教与耶稣教之神学科各一，为例外耳。法国分全国为十七大学区，大学总长兼该区教育厅长，不特为大学内部之行政长，而一区以内中小学校及其他一切教育行政，皆受其统辖焉。其保留中古时代教者与学者总会之旧制者，为英国之牛津、剑桥两大学。牛津由二十精舍(college)组成，剑桥由十七精舍组成。每一精舍，均为教员与学生共同生活之所。每一教员为若干学生之导师，示以为学之次第而监督之。学生于求学以外，尤须努力于交际与运动，以为养成绅士资格之训练。

大学教员有教授、额外教授与讲师等，以一定时间，在教室讲授学理。其为实地练习者，有研究所、实验室、病院等。研究所(Seminal 或作 Tuotitut)大抵为文、法等科而设，备有图书及其他必要之参考品。本为高等学生练习课程之机关，故常有一种课程，由教员指定条目，举出参考书，令学生同时研究，而分期报告，以资讨论；抑或指定名著，分段研讨，与讲义相辅而行。而教员与毕业生之有志研究学术者，亦即在研究所用功。如古物学、历史学、美术史等研究所，间亦附有陈列所，与地质学、生物学等陈列所相等；不但供本校师生之考察，且亦定期公开，以便校外人参观。至于较大之建设，如植物院、动物院、天文台、美术、历史、自然史、民族学等博物院，则恒由国立或市立，而大学师生有特别利用之权。实验室大抵为理科及农、工、医等科而设；然文科之心理学、教育学、美学、言语学等，亦渐渐有实验室之需要。病院为医科而设，一方面为病人施治疗，一方面即为学生实习之所也。此外，则图书馆亦为大学最要之设备。

欧洲各国大学，自牛津、剑桥而外，其中心点皆在智育。对于学生平日之行动，学校不复干涉，亦不为学生设寄宿舍。大学生自经严格的中学教育以后，多能自治，学校不妨放任也。惟中古时代学生组合之遗风，演存于德语诸国者，尚有一种学生会。每一学生会，各有其特别之服装与徽章，遇学校典礼，如开学式、纪念会等，各会之学生盛装驱车，招摇过市，而集于大学之礼堂，参与仪式焉。平日低年级学生有服役于高级生之义务，时时高会豪饮，又相与练习击剑之术。有时甲会与乙会有睚眦之怨，则相约而斗剑，非剺面流血不止。此等私斗之举，为警章所禁；而政府以其有尚武爱国之寓意，则故放任之，与牛津、剑桥之注重运动者同意也。然大学人数较多者，一部分学生，或以家贫，不能供入会费用；或以思想自由，不愿做无意识举动，则不入中古式之学生会，而有自由学生之号。所组织者，率为研究学术与服务社会之团体。大学生注重体育，为各国通例。美国大学，且有一部分学生特受军事教育者，不特卫生道德受其影响，而且为他日捍卫国家之准备。吾国各大学，近年于各种体育设备以外，又有学生军之组织，亦此意也。

大学有给予学位之权。德语诸国，仅有博士一级（Doktor)。学生非研究有得，提出论文，经本科教员认可，而又经过主课一种、副课两种之口试，完全通过者，不能得博士学位，即不能毕业。英语诸国，则有三级：第一学士（Bachelor of Arts)；第二硕士（Master of Arts)；第三博士。法国亦于博士以前有学士（la Licence）一级。大学又得以博士名义赠与世界著名学者，或国际上有特别关系之人物。

大学初设，惟有男生。其后虽间收女生，而入学之资格，学位之授予，均有严格制限。偶有特设女子大学者，程度亦较低。近年男女平权之理论逐渐推行，女子求入大学者，人数渐多；于是男女同入大学及同得学位之待遇，遂通行于各国。

大学行政自由之程度，各国不同。法国教育权，集中于政府，大学皆国立，校长由政府任命之。英、美各国，大学多私立，经济权操于董事会，校长由董事会延聘之。德国各大学，或国立、或市立，而其行政权集中于大学之评议会；评议会由校长、大学法官、各科学长与一部分教授组成之，校长及学长由评议会选举，一年一任。凡愿任大学教员者，于毕业大学而得博士学位后，继续研究；提出论文，经专门教授认可后，复在教授会受各有关系学科诸教授之质问，皆通过；又为公开讲演一次，始得为讲师。其后以著作与名誉之增进，值一时机，进而为额外教授，又递进而为教授，纯属大学内部之条件也。

大学以思想自由为原则。在中古时代，大学教科受教会干涉，教员不得以违禁书籍授学生。近代思想自由之公例既被公认，能完全实现之者，厥惟大学。大学教员所发表之思想，不但不受任何宗教或政党之拘束，亦不受任何著名学者之牵掣。苟其确有所见而言之成理，则虽在一校中，两相反对之学说，不妨同时并行，而一任学生之比较而选择。此大学之所以为大也。大学自然为教授、学生而设，然演进既深，已成为教员与学生共同研究之机关。所以一种讲义听者或数百人以至千余人，而别有一种讲义听者或仅数人，在学术上之价值，初不以是为轩轾也。如讲座及研究所之设备，既已成立，则虽无一学生，而教员自行研究，以其所得贡献于世界，不必以学生之有无为作辍也。

受大学教育者，亦不必以大学生为限。各国大学均有收旁听生之例，不问预备程度，听其选择自由。又有一种公开讲演，或许校外人与学生同听，或专为校外人而设，务与普通服务之时间不相冲突。此所以谋大学教育之普及也。

（据商务印书馆 1930 年版《教育大辞典》上册）

以美育代宗教说

——在北京神州学会演说词

兄弟于学问界未曾为系统的研究，在学会中本无可以表示之意见。惟既承学会诸君子责以讲演，则以无可如何中，择一于我国有研究价值之问题为到会诸君一言，即“以美育代宗教”之说是也。

夫宗教之为物，在彼欧西各国，已为过去问题。盖宗教之内容，现皆经学者以科学的研究解决之矣。吾人游历欧洲，虽见教堂棋布，一般人民亦多入堂礼拜，此则一种历史上之习惯。譬如前清时代之袍褂，在民国本不适用，然因其存积甚多，毁之可惜，则定为乙种礼服而沿用之，未尝不可。又如祝寿、会葬之仪，在学理上了无价值，然戚友中既以请帖、讣闻相招，势不能不循例参加，藉通情愫。欧人之沿习宗教仪式，亦犹是耳。所可怪者，我中国既无欧人此种特别之习惯，乃以彼邦过去之事实作为新知，竟有多人提出讨论。此则由于留学外国之学生，见彼国社会之进化，而误听教士之言，一切归功于宗教，遂欲以基督教劝导国人。而一部分之沿习旧思想者，则承前说而稍变之，以孔子为我国之基督，遂欲组织孔教，奔走呼号，视为今日重要问题。

自兄弟观之，宗教之原始，不外因吾人精神作用而构成。吾人精神上之作用，普通分为三种：一曰知识，二曰意志，三曰感情。最早之宗教，常兼此三作用而有之。盖以吾人当未开化时代，脑力简单，视吾人一身与世界万物，均为一种不可思议之事。生自何来？死将何往？创造之者何人？管理之者何术？凡此种种，皆当时之人所提出之问题，以求解答者也。于是有宗教家勉强解答之。如基督教推本于上帝，印度旧教则归之梵天①，我国神话则归之盘古。其他各种现象，亦皆以神道为惟一之理由。此知识作用之附丽于宗教者也。且吾人生而有生存之欲望，由此欲望而发生一种利己之心。其初以为非损人不能利己，故恃强凌弱、掠夺攫取之事所在多有。其后经验稍多，知利人之不可少，于是有宗教家提倡利他主义。此意志作用之附丽于宗教者也。又如跳舞、唱歌，虽野蛮人亦皆乐此不疲。而对于居室、雕刻、图画等事，虽石器时代之遗迹，皆足以考见其爱美之思想。此皆人情之常，而宗教家利用之，以为诱人信仰之方法。于是未开化人之美术，无一不与宗教相关联。此又情感作用之附丽于宗教者也。天演之例，由浑而昼。当时精神作用至为浑沌，遂结合而为宗教，又并无他种学术与之对，故宗教在社会上遂具有特别之势力焉。

迨后社会文化日渐进步，科学发达，学者遂举古人所谓不可思议者，皆一一解释之以科学。日星之现象，地球之缘起，动植物之分布，人种之差别，皆得以理化、博物、人种、古物诸科学证明之。而宗教家所谓吾人为上帝所创造者，从生物进化论观之，吾人最初之始祖，实为一种极小之动物，后始日渐进化为人耳。此知识作用离宗教而独立之证也。宗教家对于人群之规则，以为神之所定，可以永远不变。然希腊诡辩家，因巡游各地之故，知各民族之所谓道德往往互相抵触，已怀疑于一成不变之原则。近世学者据生理学、心理学、社会学之公例，以应用于伦理，则知具体之道德不能不随时随地而变迁，而道德之原理则可由种种不同之具体者而归纳以得之；而宗教家之演绎法全不适用。此意志作用离宗教而独立之证也。

知识、意志两作用，既皆脱离宗教以外，于是宗教所最有密切关系者，惟有情感作用，即所谓美感。凡宗教之建筑，多择山水最胜之处，吾国人所谓“天下名山僧占多”，即其例也。其间恒有古

① 梵天：印度婆罗门教的主神，即创造之神。

木名花，传播于诗人之笔，是皆利用自然之美以感人者。其建筑也，恒有峻秀之塔、崇闳幽邃之殿堂，饰以精致之造像、瑰丽之壁画，构成黯淡之光线，佐以微妙之音乐。赞美者必有著名之歌词，演说者必有雄辩之素养。凡此种种，皆为美术作用，故能引人入胜。苟举以上种种设施而屏弃之，恐无能为役矣。然而美术之进化史，实亦有脱离宗教之趋势。例如吾国南北朝著名之建筑则伽蓝耳[①]，其雕刻则造像耳，图画则佛像及地狱变相之属为多；文学之一部分，亦与佛教为缘。而唐以后诗文，遂多以风景、人情、世事为对象；宋元以后之图画，多写山水、花鸟等自然之美。周以前之鼎彝，皆用诸祭祀。汉唐之吉金，宋元以来之名瓷，则专供把玩。野蛮时代之跳舞，专以娱神，而今则以之自娱。欧洲中古时代留遗之建筑，其最著者率为教堂，其雕刻图画之资料，多取诸新旧约；其音乐，则附丽于赞美歌；其演剧，亦排演耶稣故事，与我国旧剧《目莲救母》相类。及文艺复兴以后，各种美术渐离宗教而尚人文。至于今日，宏丽之建筑，多为学校、剧院、博物院。而新设之教堂，有美学上价值者，几无可指数。其他美术，亦多取资于自然现象及社会状态。于是以美育论，已有与宗教分合之两派。以此两派相较，美育之附丽于宗教者，常受宗教之累，失其陶养之作用，而转以激刺感情。盖无论何等宗教，无不有扩张己教、攻击异教之条件。回教之谟罕默德[②]，左手持《可兰经》，而右手持剑，不从其教者杀之。基督教与回教冲突，而有十字军之战，几及百年。基督教中又有新旧教之战，亦亘数十年之久。至佛教之圆通，非他教所能及。而学佛者苟有拘牵教义之成见，则崇拜舍利受持经忏之陋习，虽通人，亦肯为之；甚至为护法起见，不惜于共和时代附和帝制。宗教之为累，一至于此，皆激刺感情之作用为之也。

鉴激刺感情之弊，而专尚陶养感情之术，则莫如舍宗教而易以纯粹之美育。纯粹之美育，所以陶养吾人之感情，使有高尚纯洁之

---

① 伽蓝：梵语音译“僧伽蓝摩”的省称，原指僧人居住的园林，后指佛寺。

② 谟罕默德：即穆罕默德，伊斯兰教创始人。下文《可兰经》即《古兰经》。

习惯，而使人我之见、利己损人之思念，以渐消沮者也。盖以美为普遍性，决无人我差别之见能参入其中。食物之入我口者，不能兼果他人之腹；衣服之在我身者，不能兼供他人之温，以其非普遍性也。美则不然。即如北京左近之西山，我游之，人亦游之；我无损于人，人亦无损于我也。隔千里兮共明月，我与人均不得而私之。中央公园之花石，农事试验场之水木，人人得而赏之。埃及之金字塔，希腊之神祠，罗马之剧场，瞻望赏叹者若干人，且历若干年，而价值如故。各国之博物院，无不公开者，即私人收藏之珍品，亦时供同志之赏览。各地方之音乐会、演剧场，均以容多数人为快。所谓独乐乐不如人乐乐，与寡乐乐不如与众乐乐，以齐宣王之惛，尚能承认之。美之为普遍性可知矣。且美之批评，虽间亦因人而异，然不曰是于我为美，而曰是为美，是亦以普遍性为标准之一证也。

美以普遍性之故，不复有人我之关系，遂亦不能有利害之关系。马牛，人之所利用者，而戴嵩所画之牛、韩幹所画之马①，决无对之而作服乘之想者；狮虎，人之所畏也，而芦沟桥之石狮、神虎桥之石虎，决无对之而生搏噬之恐者；植物之花，所以成实也，而吾人赏花，决非作果实可食之想。善歌之鸟，恒非食品；灿烂之蛇，多含毒液。而以审美之观念对之，其价值自若。美色，人之所好也，对希腊之裸像，决不敢作龙阳之想；对拉飞尔若鲁滨司之裸体画②，决不敢有周昉秘戏图之想③。盖美之超绝实际也如是。且于普通之美以外，就特别之美而观察之，则其义益显。例如崇闳之美，有至大至刚两种。至大者如吾人在大海中，惟见天水相连，茫无涯涘，又如夜中仰数恒星，知一星为一世界，而不能得其止境，顿觉吾身之小，虽微尘不足以喻，而不知何者为所有。其至刚者，

① 戴嵩、韩幹：均为唐代画家。

② 拉飞尔：今通译拉斐尔（1483—1520），意大利文艺复兴盛期画家、建筑师。鲁滨司：今通译鲁本斯（1577—1640），弗兰德斯画家。

③ 周昉：唐代画家，擅画仕女。相传作有《秘戏图》。

如疾风震霆，覆舟倾屋，洪水横流，火山喷薄，虽拔山盖世之气力，亦无所施，而不知何者为好胜。夫所谓大也，刚也，皆对待之名也。今既自以为无大之可言，无刚之可恃，则且忽然超出乎对待之境，而与前所谓至大至刚者肸合而为一体，其愉快遂无限量。当斯时也，又岂尚有利害得丧之见能参入其间耶！其他美育中，如悲剧之美，以其能破除吾人贪恋幸福之思想。《小雅》之怨悱，屈子之离忧，均能特别感人。《西厢记》若终于崔、张团圆，则平淡无奇；惟如原本之终于草桥一梦，始足发人深省。《石头记》若如《红楼后梦》等，必使宝、黛成婚，则此书可以不作；原本之所以动人者，正以宝、黛之结果一死一亡，与吾人之所谓幸福全然相反也。又如滑稽之美，以不与事实相应为条件。如人物之状态，各部分互有比例。而滑稽画中之人物，则故使一部分特别长大或特别短小。作诗则故为不谐之声调，用字则取资于同音异义者。方朔割肉以遗细君[①]，不自责而反自夸；优旃谏漆城[②]，不言其无益，而反谓漆城荡荡，寇来不得上。皆与实际不相容，故令人失笑耳。要之，美学之中，其大别为都丽之美，崇闳之美（日本人译言优美、壮美）。而附丽于崇闳之悲剧，附丽于都丽之滑稽，皆足以破人我之见，去利害得失之计较，则其所以陶养性灵，使之日进于高尚者，固已足矣。又何取乎侈言阴骘、攻击异派之宗教，以激刺人心，而使之渐丧其纯粹之美感为耶！

（1917年4月8日演说，原刊1917年8月1日《新青年》第3卷第6号，又刊1917年9月《学艺》第1年第2号）

---

① 方朔：东方朔，汉代文学家，汉武帝文学侍臣。细君：指东方朔的妻子。
② 优旃：秦代的侏儒倡优，善为言笑，曾用滑稽语言劝谏秦始皇、秦二世。

文化运动不要忘了美育

现在文化运动，已经由欧美各国传到中国了。解放呵！创造呵！新思潮呵！新生活呵！在各种周报上，已经数见不鲜了。但文化不是简单，是复杂的；运动不是空谈，是要实行的。要透澈复杂的真相，应研究科学；要鼓励实行的兴会，应利用美术。科学的教育，在中国可算有萌芽了；美术的教育，除了小学校中机械性的音乐、图画以外，简截可说是没有。

不是用美术的教育，提起一种超越利害的兴趣，融合一种划分人我的偏见，保持一种永久平和的心境；单单凭那个性的冲动、环境的刺激，投入文化运动的潮流，恐不免有下列三种的流弊：（一）看得很明白，责备他人也很周密，但是到了自己实行的机会，给小小的利害绊住，不能不牺牲主义。（二）借了很好的主义作护身符，放纵卑劣的欲望；到劣迹败露了，叫反对党把他的污点影射到神圣主义上，增了发展的阻力。（三）想用简单的方法、短少的时间，达他的极端的主义；经了几次挫折，就觉得没有希望，发起厌世观，甚且自杀。这三种流弊，不是渐渐发见了么？一般自号觉醒的人，还能不注意么？

文化进步的国民，既然实施科学教育，尤要普及美术教育。专门练习的，既有美术学校、音乐学校、美术工艺学校、优伶学校等，大学校又设有文学、美学、美术史、乐理等讲座与研究所；普及社会的，有公开的美术馆或博物院，中间陈列品，或由私人捐赠，或用公款购置，都是非常珍贵的。有临时的展览会，有音乐会，有国立或公立的剧院，或演歌舞剧，或演科白剧[①]，都是由著名的文学家、音乐家编制的。演剧的人，多是受过专门教育、有理想、有责任心的。市中大道，不但分行植树，并且间以花畦，逐次移植应时的花。几条大道的交叉点，必设广场，有大树，有喷泉，有花坛，有雕刻品。小的市镇，总有一个公园；大都会的公园，不只一处。又保存自然的林木，加以点缀，作为最自由的公园。一切公私的建筑，陈列器具，书肆与画肆的印刷品，各方面的广告，都是从美术家的意匠构成。所以不论那一种人，都时时刻刻有接触美术的机会。我们现在，除文字界稍微有点新机外，别的还有什么？书画是我们的国粹，都是模仿古人的；古人的书画，是有钱的收藏了，作为奢侈品，不是给人人共见的；建筑雕刻，没有人研究；在嚣杂的剧院中，演那简单的音乐、卑鄙的戏曲；在市街上散步，只见飞扬尘土、横冲直撞的车马，商铺门上贴着无聊的春联，地摊上出售那恶俗的花纸。在这种环境中讨生活，什么能引起活泼高尚的感情呢？所以我很望致力文化运动诸君，不要忘了美育。

（1919 年 12 月 1 日《晨报副刊》）

---

① 科白剧：即话剧。

美育实施的方法

我国初办新式教育的时候，只提出体育、智育、德育三条件，称为三育。十年来，渐渐地提到美育，现在教育界已经公认了。李石岑先生要求我说说“美育实施的方法”，我把我个人的意见写在下面。

照现在教育状况，可分为三个范围：一、家庭教育；二、学校教育；三、社会教育。我们所说的美育，当然也有这三方面。

我们要作彻底的教育，就要着眼最早的一步。虽不能溢出范围，推到优生学，但至少也要从胎教起点。我从不信家庭有完美教育的可能性，照我的理想，要从公立的胎教院与育婴院着手。

公立胎教院是给孕妇住的，要设在风景佳胜的地方，不为都市中混浊的空气、纷扰的习惯所沾染。建筑的形式要匀称，要玲珑，用本地旧派，略参希腊或文艺中兴时代的气味。凡埃及的高压式，峨特的偏激派，都要避去。四面都是庭园，有广场，可以散步，可以作轻便的运动，可以赏月观星。园中杂莳花木，使四时均有雅丽之花叶，可以悦目。选毛羽秀丽、鸣声谐雅的动物，散布花木中间；须避去用索系猴、用笼装鸟的习惯。引水成泉，勿作激流。汇水成池，蓄美观活泼的鱼。室内糊壁的纸、铺地的毡，都要选恬静的颜色、疏秀的花纹。应用与陈列的器具，要轻便雅致，不取笨重或过于琐巧的。一室中要自成系统，不可混乱。陈列雕刻、图画，都取优美一派；应有健全体格的裸体像与裸体画。凡有粗犷、猥亵、悲惨、怪诞等品，即使描写个性，大有价值，这里都不好加入。过度激刺的色彩，也要避去。备阅览的文字，要乐观的，和平的；凡是描写社会黑暗方面、个人神经异常的，要避去。每日可有音乐，选取的标准，与图画一样，激刺太甚的，卑靡的，都不取。总之，各种要孕妇完全在平和活泼的空气里面，才没有不好的影响传到胎儿。这是胎儿的美育。

孕妇产儿以后，就迁到公共育婴院，第一年是母亲自己抚养的；第二、三年，如母亲要去担任他的专业，就可把婴儿交给保姆。育婴院的建筑，与胎教院大略相同，或可联合一处。其中陈列的雕刻图画，可多选裸体的康健儿童，备种种动静的姿势；隔几日，可更换一套。音乐，选简单静细的。院内成人的言语与动作，都要有适当的音调态度，可以作儿童的模范。就是衣饰，也要有一种优美的表示。

在这些公立机关未成立以前，若能在家庭里面，按照上列的条件小心布置，也可承认为家庭美育。

儿童满了三岁，要进幼稚园了。幼稚园是家庭教育与学校教育的过渡机关，那时候儿童的美感，不但被动地领受，并且自动地表示了。舞蹈、唱歌、手工，都是美育的专课。就是教他计算、说话，也要从排列上、音调上迎合他们的美感，不可用枯燥的算法与语法。

儿童满了六岁，就进小学校，此后十一二年，都是普通教育时期，专属美育的课程，是音乐、图画、运动、文学等。到中学时代，他们自主力渐强，表现个性的冲动渐渐发展，选取的文字、美术，可以复杂一点。悲壮、滑稽的著作，都可应用了。

但是美育的范围，并不限于这几个科目，凡是学校所有的课程，都没有与美育无关的。例如数学，仿佛是枯燥不过的了；但是美术上的比例、节奏，全是数的关系，截金术是最显的一例。数学的游戏，可以引起滑稽的美感。几何的形式，是图案术所应用的。理化学似乎机械性了；但是声学与音乐，光学与色彩，密切得很。雄强的美，全是力的表示。美学中有“感情移人”论，把美术品形式都用力来说明他。文学、音乐、图画，都有冷热的异感，可以从热学上引起联想。磁电的吸拒，就是人的爱憎。有许多美术工艺，是用电力制成的。化学实验，常见美丽的光焰；元子、电子的排列法，可以助图案的变化。图画所用的颜料，有许多是化学品。星月的光辉，在天文学上不过映照距离的关系，在文学、图画上便有绝大的魔力。矿物的结晶、闪光与显色，在科学上不过自然的结果，在装饰品便作重要的材料。植物的花叶，在科学上不过生殖与呼吸机关，或供分类的便利，动物的毛羽与声音，在科学上作为保护生命的作用，或雌雄淘汰的结果，在美术、文学上都为美观的材料。地理学上云霞风雪的变态、山岳河海的名胜、文学家美术家的遗迹，历史上文学美术的进化、文学家美术家的轶事，也都是美育的资料。

由普通教育转到专门教育，从此关乎美育的学科，都成为单纯的进行了。爱音乐的进音乐学校，爱建筑、雕刻、图画的进美术学校，爱演剧的进戏剧学校，爱文学的进大学文科，爱别种科学的人就进了别的专科了。但是每一个学校的建筑式、陈列品，都要合乎美育的条件。可以时时举行辩论会、音乐会、成绩展览会、各种纪念会等，都可以利用他来行普及的美育。

学生不是常在学校的，又有许多已离学校的人，不能不给他们一种美育的机会；所以又要有社会的美育。

社会美育，从专设的机关起：

(一) 美术馆，搜罗各种美术品，分类陈列。于一类中，又可依时代为次。以原本为主，但别处所藏的图画，最著名的，也用名手的摹本。别处所藏的雕刻，也可用摹造品。须有精印的目录，插入最重要品的摄影。每日定时开馆。能不收入门券费最善，必不得已，每星期日或节日必须免费。

(二) 美术展览会，须有一定的建筑，每年举行几次，如春季展览、秋季展览等。专征集现代美术家作品，或限于本国，或兼征他国的。所征不胜陈列，组织审查委员选定。陈列品可开明价值，在会中出售。余时亦可开特别展览会，或专陈一家作品，或专陈一派作品。也有借他国美术馆或私人所藏展览的。

（三）音乐会，可设一定的会场，定期演奏。在夏季也可在公园、广场中演奏。

（四）剧院，可将歌舞剧、科白剧分设两院，亦可于一院中更番演剧。剧本必须出文学家手笔，演员必须受过专门教育。剧院营业，如不敷开支，应用公款补助。

（五）影戏馆，演片须经审查，凡无聊的滑稽剧，凶险的侦探案，卑猥的恋爱剧都去掉。单演风景片与文学家作品。

（六）历史博物馆，所收藏大半是美术品，可以看出美术进化的痕迹。

（七）古物学陈列所，所收藏的大半是古代的美术品，可以考见美术的起源。

（八）人类学博物馆，所收藏的不全是美术品，或者有很丑恶的，但可以比较各民族的美术，或是性质不同，或是程度不同。无论如何幼稚的民族，总有几种惊人的美术品。又往往不相交通的民族，有同性质的作品。很可以促进美术的进步。

（九）博物学陈列所与植物园、动物园，这固然不专为美育而设，但矿物的标本与动植物的化石，或色彩绚烂，或结构精致，或形状奇伟，很可以引起美感。若种种活的动植物，值得赏鉴，更不待言了。

在这种特别设备以外，又要有一种普遍的设备，就是地方的美化。若只有特别的设备，平常接触耳目的，还是些卑丑的形状，美育就不完全；所以不可不谋地方的美化。

地方的美化：第一是道路。欧洲都市最广的道路，两旁为人行道，其次公车来往道，又间以种树，艺花，及游人列坐的地方二三列，这自然不能常有的。但每条道路，都要宽平。一地方内各条道路，要有一点匀称的分配。道路交叉的点，必须留一空场，置喷泉、花畦、雕刻品等。

第二是建筑。三间东倒西歪屋，固然起脆薄、贫乏的感想；三四层匣子重叠式的洋房，也可起板滞、粗俗的感想。若把这两者并合在一处，真异常难受了。欧美海滨或山坳的别墅团体，大半是一层楼，适敷小家庭居住，二层的已经很少，再高是没有的。四面都是花园，疏疏落落，分开看各有各的意匠，合起来看，合成一个系统。现在各国都有“花园城”的运动，他们的建筑也大概如此。我们的城市改革很难，组织新村的人，不可不注意呵！

第三是公园。公园有两种：一种是有围墙，有门，如北京中央公园，上海黄浦滩外国公园的样子。里面人工的设备多一点，进去有一点限制。还有一种，是并无严格的范围，以自然美为主，最要的是一大片林木，中开无数通路可以散步。有几大片草地可以运动。有一道河流，或汇成小湖，可以行小舟。建筑品不很多，游人可自由出入。在巴黎、柏林等，地价非常昂贵，但是这一类大公园，都有好几所永远留着。

第四是名胜的布置。瑞士有世界花园的称号，固然是风景很好，也是他们的保护点缀很适宜，交通很便利，所以能吸引游人。美国有好几所国家公园，地面很大，完全由国家保护，不能由私人随意占领，所以能保留他的优点，不受损坏。我们国内，名胜很多，但如黄山等，交通不便，颇难游赏。交通较便的如西湖等，又漫无限制，听无知的人造了许多拙劣的洋房；把自然美缀了许多污点，真是可惜。

第五是古迹的保存。新近的建筑，破坏了很不美观。若是破坏的古迹，转可以引起许多历史上的联想，于不完全中认出美的分子来。所以保存古迹，以不改动他为原则。但有些非加修理不可的，也要不显痕迹，且按着原状的派式。并且留得原状的摄影，记述修理情形同时日，备后人鉴别。

第六是公坟。我们中国人的做坟，可算是混乱极了。贫的是随地权厝，或随地做一个土堆子。富的是为了一个死人，占许多土地。石工墓木，也是千篇一律，一点没有美意。照理智方面观察，人既死了，应交医生解剖，若是于后来生理上病理上可备参考的，不妨保存起来。否则血肉可作肥料，骨骼可供雕刻品，也算得是废物利用了。但是人类行为，还有感情方面的吸力，生人对于死人，决不肯把他哀感所托的尸体，简单地处置了。若是照我们南方各省，满山是坟，不但太不经济，也是破坏自然美的一端。现在不如先仿西洋的办法，他们的公坟有两种：一是土葬的，如上海三马路，北京崇文门，都有西洋的公坟。他是画一块地，用墙围着，布置一点林木。要葬的可以指区购定。墓旁有花草，墓上的石碑有花纹，有铭词，各具意匠，也可窥见一时美术的风尚。还有一种是火葬，他们用很庄严的建筑，安置电力焚尸炉。既焚以后，把骨灰聚起来，装在古雅的瓶里，安置在精美石坊的方孔中。所占的地位，比土葬减少，坟园的布置，也很华美。这些办法都比我们的随地乱葬好，我们不妨先采用。

我说美育，一直从未生以前，说到既死以后，可以休了。中间有错误的、脱漏的，我再修补，尤希望读的人替我纠正。

（原刊 1922 年 6 月《教育杂志》第 14 卷第 6 号）

美育

美育者，应用美学之理论于教育，以陶养感情为目的者也。人生不外乎意志，人与人互相关系，莫大乎行为，故教育之目的，在使人人有适当之行为，即以德育为中心是也。顾欲求行为之适当，必有两方面之准备：一方面，计较利害，考察因果，以冷静之头脑判定之；凡保身卫国之德，属于此类，赖智育之助者也。又一方面，不顾祸福，不计生死，以热烈之感情奔赴之。凡与人同乐、舍己为群之德，属于此类，赖美育之助者也。所以美育者，与智育相辅而行，以图德育之完成者也。

吾国古代教育，用礼、乐、射、御、书、数之六艺。乐为纯粹美育；书以记述，亦尚美观；射、御在技术之熟练，而亦态度之娴雅；礼之本义在守规则，而其作用又在远鄙俗。盖自数以外，无不含有美育成分者。其后若汉魏之文苑、晋之清谈、南北朝以后之书画与雕刻、唐之诗、五代以后之词、元以后之小说与剧本，以及历代著名之建筑与各种美术工艺品，殆无不于非正式教育中行其美育之作用。

其在西洋，如希腊雅典之教育，以音乐与体操并重，而兼重文艺。音乐、文艺，纯粹美育。体操者，一方以健康为目的，一方实以使身体为美的形式之发展；希腊雕像，所以成空前绝后之美，即由于此。所以雅典之教育，虽谓不出乎美育之范围，可也。罗马人虽以从军为政见长，而亦输入希腊之美术与文学，助其普及。中古时代，基督教徒，虽务以清静矫俗；而峨特式之建筑[1]，与其他音乐、雕塑、绘画之利用，未始不迎合美感。自文艺复兴以后，文艺、美术盛行。及十八世纪，经鲍姆嘉通（Baumgarten，1714—1762）[2] 与康德（Kant，1724—1804）[3] 之研究，而美学成立。经席勒（Schiller，1759—1805）[4] 详论美育之作用，而美育之标识，始彰明较著矣。（席勒尔所著，多诗歌及剧本；而其关于美学之著作，惟 Brisfe tiber die asthetische Erziehung，吾国"美育"之术语，即由德文之 Asthetische Erziehung 译出者也。）自是以后，欧洲之美育，为有意识之发展，可以资吾人之借鉴者甚多。

爰参酌彼我情形而述美育之设备如下：美育之设备，可分为学校、家庭、社会三方面。

学校自幼稚园以至大学校，皆是。幼稚园之课程，若编纸、若粘土、若唱歌、若舞蹈、若一切所观察之标本，有一定之形式与色泽者，全为美的对象。进而至小学校，课程中如游戏、音乐、图画、手工等，固为直接的美育；而其他语言与自然、历史之课程，亦多足以引起美感。进而及中学校，智育之课程益扩加；而美育之范围，亦随以俱广。例如，数学中数与数常有巧合之关系；几何学上各种形式，为图案之基础；物理、化学上能力之转移，光色之变化；地质学的矿物学上结晶之匀净，闪光之变幻；植物学上活色生香之花叶；动物学上逐渐进化之形体，极端改饰之毛羽，各别擅长之鸣声；天文学上诸星之轨道与光度；地文学上云霞之色彩与变动；地理学上各方之名胜；历史学上各时代伟大与都雅之人物与事迹；以及其他社会科学上各种大同小异之结构，与左右逢源之理

---

① 峨特式：今译哥特式，12 世纪末至 15 世纪末欧洲流行的一种建筑风格，特点是"高直"，法国的巴黎圣母院和德国的科隆大教堂等是其代表。

② 鲍姆嘉通（也译鲍姆加登，1714—1762）：德国启蒙运动时期哲学家、美学家。著有《美学》（未完成），有"美学之父"之誉。

③ 康德（1724—1804），德国哲学家、美学家。著有《纯粹理性批判》、《实践理性导论》、《判断力批判》等。其中后者的上半部《审美判断力批判》专门论述美学问题。

④ 席勒（1759—1805），德国文学家、文艺理论家。作品有《阴谋与爱情》、《威廉·退尔》，及《审美教育书简》等。

论，无不于智育作用中，含有美育之元素，一经教师之提醒，则学者自感有无穷之兴趣。其他若文学、音乐等之本属于美育者，无待言矣。进而至大学，则美术、音乐、戏剧等皆有专校，而文学亦有专科。即非此类专科、专校之学生，亦常有公开之讲演或演奏等，可以参加。而同学中亦多有关于此等美育之集会，其发展之度，自然较中学为高矣。且各级学校，于课程外，尚当有种种关于美育之设备。例如，学校所在之环境有山水可赏者，校之周围，设清旷之园林。而校舍之建筑，器具之形式，造像摄影之点缀，学生成绩品之陈列，不但此等物品之本身，美的程度不同，而陈列之位置与组织之系统，亦大有关系也。

其次家庭：居室不求高大，以上有一二层楼，而下有地窟者为适宜。必不可少者，坏室之园，一部分杂莳花木，而一部分可容小规模之运动，如秋千、网球之类。其他若卧室之床几、膳厅之桌椅与食具、工作室之书案与架柜、会客室之陈列品，不问华贵或质素，总须与建筑之流派及各物品之本式，相互关系上，无格格不相入之状。其最必要而为人人所能行者，清洁与整齐。其他若鄙陋之辞句，如恶谑与谩骂之类，粗暴与猥亵之举动，无论老幼、男女、主仆，皆当屏绝。

其次社会：社会之改良，以市乡为立足点。凡建设市乡，以上水管、下水管为第一义；若居室无自由启闭之水管，而道路上见有秽水之流演、粪桶与粪船之经过，则一切美观之设备，皆为所破坏。次为街道之布置，宜按全市或全乡地面而规定大街若干、小街若干，街与街之交叉点，皆有广场。场中设花坞，随时移置时花；设喷泉，于空气干燥时放射之，如北方各省尘土飞扬之所，尤为必要。陈列美术品，如名人造像，或神话、故事之雕刻等。街之宽度，预为规定，分步行、车行各道，而旁悉植树。两旁建筑，私人有力自营者，必送其图于行政处，审为无碍于观瞻而后认可之；其无力自营而需要住所者，由行政处建筑公共之寄宿舍。或为一家者，或为一人者，以至廉之价赁出之。于小学校及幼稚园外，尚有寄儿所，以备孤儿或父母同时作工之子女可以寄托，不使抢攘于街头。对于商店之陈列货物，悬挂招牌，张贴告白，皆有限制，不使破坏大体之美观，或引起恶劣之心境。载客运货之车，能全用机力，最善。必不得已而利用畜力，或人力，则牛马必用强壮者，装载之量与运行之时，必与其力相称。人力间用以运轻便之物，或负担，或曳车、推车。若为人舁轿挽车，惟对于病人或妇女，为徜徉游览之助者，或可许之。无论何人，对于老牛、羸马之竭力以曳重载，或人力车夫之袒背浴汗而疾奔，不能不起一种不快之感也。设习艺所，以收录贫苦与残疾之人，使得于能力所及之范围，稍有所贡献，以偿其所享受，而不许有沿途乞食者。设公墓，可分为土葬、火葬两种，由死者遗命或其子孙之意而选定之。墓地上分区、植树、莳花、立碑之属，皆有规则。不许于公墓以外，买地造坟。分设公园若干于距离适当之所，有池沼亭榭、花木鱼鸟，以供人工作以后之休憩。设植物园，以观赏四时植物之代谢。设动物园，以观赏各地动物特殊之形状与生活。设自然历史标本陈列所，以观赏自然界种种悦目之物品。设美术院，以久经鉴定之美术品，如绘画、造像及各种美术工艺，刺绣、雕镂之品，陈列于其中，而有一定之开放时间，以便人观览。设历史博物院，以使人知一民族之美术，随时代而不同。设民族学博物院，以使人知同时代中，各民族之美术，各有其特色。设美术展览会，或以新出之美术品，供人批评；或以私人之所收藏，暂供众览；或由他处陈列所中，抽借一部，使观赏者常有新印象，不为美术院所限也。设音乐院，定期演奏高尚之音乐，并于公园中为临时之演奏。设出版物检查所，凡流行之诗歌、小说、剧本、画谱，以至市肆之挂屏、新年之花纸，尤其儿童所读阅之童话与画本等，凡粗犷、猥亵者禁止之，而择其高尚优美者助为推行。设公立剧院及影戏院，专演文学家所著名剧及有关学术，能引起高等情感之影片，以廉价之入场券引人入览。其他私人营业之剧院及影戏院，所演之剧与所照之片，必经公立检查所之鉴定，凡卑猥陋劣之作，与真正之美感相冲突者，禁之。婚丧仪式，凡陈陈相因之仪仗、繁琐无理之手续，皆废之；定一种简单而可以表示哀乐之公式。每年遇国庆日，或本市本乡之纪念日，则于正式祝典以外，并可有市民极端欢娱之表示；然亦有一种不能越过之制限，盖文明人无论何时，总不容有无意识之举动也。以上所举，似专为新立之市乡而言，其实不然。旧有之市乡，含有多数不合美育之分子者，可于旧市乡左近之空地，逐渐建设，以与之交换，或即于旧址上局部改革。

要之，美育之道，不达到市乡悉为美化，则虽学校、家庭尽力推行，而其所受环境之恶影响，终为阻力，故不可不以美化市乡为最重要之工作也。

（据商务印书馆 1930 年版《教育大辞书》上册）

美育与宗教

——在上海中华基督教青年会上的演说词

我记得十余年前，在丙辰学社讲演，曾提出以美育代宗教的问题。今日承中华基督教青年会同仁的请属，再把这个问题提出来，向诸位请教，这在我个人是个很难得的机会。

我要预先说明的是，我们说的宗教，并不是指个人自由的信仰心，而仅是指一种拘泥形式，以有历史的组织干涉个人信仰的教派。

又我所说的美育，并不能易作美术。因从前引我说的，屡有改作以美术代宗教者，故不能不声明。盖欧洲人所谓美术，恒以建筑、雕刻、图画与其他工艺美术为限；而所谓美育，则不仅包括音乐、文学等，而且自然现象、名人言行、都市建设、社会文化，凡合于美学的条件而足以感人的，都包括在内，所以不能改为美术。

我所以主张以美育代宗教，有下列两种原因：

（一）宗教的初期，本兼有智育、德育、美育三事，而尤以美育为引入信仰之重要成分。及人智进步，物质科学与社会科学逐渐成立，宗教上智育、德育的教训，显见幼稚，不能不让诸科学家之研究，而宗教之所以尚能维持场面，使信徒尚恋恋不忍去者，实恃其所保留之关系美育的部分而已。（现象上的美与精神上的美。）

（二）以代宗教上所保留的关系美育部分，在美育上实只为一部分，而并不足以揽其全。且以其关系宗教之故，而时时现出矛盾之迹，例如美育是超越的，而宗教则计较的；美育是平等的，而宗教则差别的；美育是自由的，而宗教则限制的；美育为创造的，而宗教是保守的。所以到现时代，宗教并不足为美育之助而反为其累。

因是我等看出美育的初期，虽系赖宗教而发展，然及其养成独立资格以后，则反受宗教之累；而且我等已承认现代宗教，除美育成分以外，别无何等作用，则我等的结论就是以美育代宗教。在家庭间，子女当幼稚时期，不能不受父母之抚养及教训，及其长大，而父母业已衰老，则子女当出而自负责任，俾父母得以休息。其他各种事业上之先进与后进，亦复互相乘除，随时期而更迭。美育之代宗教，亦犹是耳。但是这个问题，甚为复杂。我所说有不明了、不合适之处，还请诸位指教。

（据蔡元培手稿）

美育与人生

人的一生，不外乎意志的活动，而意志是盲目的，其所恃以为较近之观照者，是知识；所以供远照、旁照之用者，是感情。

意志之表现为行为。行为之中，以一己的卫生而免死、趋利而避害者为最普通。此种行为，仅仅普通的知识，就可以指导了。进一步的，以众人的生及众人的利为目的，而一己的生与利即托于其中。此种行为，一方面由于知识上的计较，知道众人自死而一己不能独生，众人皆害而一己不能独利；又一方面，则亦受感情的推动，不忍独生以坐视众人的死，不忍专利以坐视众人的害。更进一步，于必要时，愿舍一己的生以救众人的死，愿舍一己的利以去众人的害，把人我的分别、一己生死利害的关系，统统忘掉了。这种伟大而高尚的行为，是完全发动于感情的。

人人都有感情，而并非都有伟大而高尚的行为，这由于感情推动力的薄弱。要转弱而为强，转薄而为厚，有待于陶养。陶养的工具，为美的对象，陶养的作用，叫作美育。

美的对象，何以能陶养感情？因为他有两种特性：一是普遍，一是超脱。

一瓢之水，一人饮了，他人就没得分润；容足之地，一人占了，他人就没得并立。这种物质上不相入的成例，是助长人我的区别、自私自利的计较的。转而观美的对象，就大不相同。凡味觉、嗅觉、肤觉之含有质的关系者，均不以美论；而美感的发动，乃以摄影及音波辗转传达之视觉与听觉为限，所以纯然有“天下为公”之概：名山大川，人人得而游览；夕阳明月，人人得而赏玩；公园的造像，美术馆的图画，人人得而畅观。齐宣王称“独乐乐不若与人乐乐”，“与少乐乐不若与众乐乐”；陶渊明称“奇文共欣赏”，这都是美的普遍性的证明。

植物的花，不过为果实的准备；而梅、杏、桃、李之属，诗人所咏叹的，以花为多。专供赏玩之花，且有因人择的作用，而不能结果的。动物的毛羽，所以御寒，人固有制裘、织呢的习惯；然白鹭之羽，孔雀之尾，乃专以供装饰。宫室可以避风雨就好了，何以要雕刻与彩画？器具可以应用就好了，何以要图案？语言可以达意就好了，何以要特制音调的诗歌？可以证明美的作用，是超越乎利用的范围的。

既有普遍性以打破人我的成见，又有超脱性以透出利害的关系，所以当着重要关头，有“富贵不能淫，贫贱不能移，威武不能屈”的气概；甚且有“杀身以成仁”而不“求生以害仁”的勇敢。这种是完全不由于知识的计较，而由于感情的陶养，就是不源于智育，而源于美育。

所以吾人固不可不有一种普通职业，以应利用厚生的需要；而于工作的余暇，又不可不读文学，听音乐，参观美术馆，以谋知识与感情的调和。这样，才算是认识人生的价值了。

（收入孙常炜编《蔡元培先生全集》）

美育与人格

——在香港圣约翰大礼堂美术展览会上的演说词

今日承保卫中国大同盟及香港国防医药筹赈会之际，得参与此最有意义的展览会，不胜荣幸。

当此全民抗战期间，有些人以为无赏鉴美术之余地，而鄙人则以为美术乃抗战时期之必需品。

抗战时期所最需要的，是人人有宁静的头脑，又有强毅的意志。“羽扇纶巾”，“轻裘缓带”，“胜亦不骄，败亦不馁”，是何等宁静？“衽金革，死而不厌”，“鞠躬尽瘁，死而后已”，是何等强毅？这种宁静而强毅的精神，不但前方冲锋陷阵的将士，不可不有，就是在后方供给军需，救护伤兵，拯济难民及其他从事于不能停顿之学术或事业者，亦不可不有。有了这种精神，始能免于疏忽、错乱、散漫等过失，始在全民抗战中担得起一份任务。

为养成这种宁静而强毅的精神，固然有特殊的机关，从事训练；而鄙人以为推广美育，也是养成这种精神之一法。美感本有两种：一为优雅之美，一为崇高之美。优雅之美，从容恬淡，超利害之计较，泯人我的界限。例如游名胜者，初不作伐木制器之想，赏音乐者，恒以与众同乐为快；而这样的超越而普遍的心境涵养惯了，还有什么卑劣的诱惑，可以扰乱他么？崇高之美，又可分为伟大与坚强之二类。存想恒星世界，比较地质年代，不能不惊小己的微渺；描写火山爆发，记述洪水横流，不能不叹人力的脆薄。但一经美感的诱导，不知不觉，神游于对象之中，于是乎对象的伟大，就是我的伟大；对象的坚强，就是我的坚强。在这种心境上锻炼惯了，还有什么世间的威武，可以胁迫他么？

且全民抗战之期，最要紧的，就是能互相爱护，互相扶助。而此等行为，全以同情为基本。同情的扩大与持久，可以美感上“感情移人”的作用助成之。例如画山水于壁上，可以卧游；观悲剧而感动，不觉流涕，这是感情移人的状况。儒家有设身处地之恕道，佛氏有现身说法之方便，这是同情的极轨。于美术上时有感情移人的经过，于伦理上自然增进同情的能力。

又今日所陈列的，都是木刻画（Graphic Art），纯以黑与白相间，而不用色彩，没有刺激性，而印象特为深刻。这也是这一次展览会的特色。

（原刊《1940年3月《东方画刊》第2卷第12期）

美术的进化

——在湖南长沙的第二次演讲

前次讲文化的内容，方面虽多，归宿到教育。教育的方面，虽也很多，他的内容不外乎科学与美术。科学的重要，差不多人人都注意了。美术一方面，注意的还少。我现在要讲讲美术的进化。

美术有静与动两类：静的美术，如建筑、雕刻、图画等，占空间的位置，是用目视的；动的美术，如歌词、音乐等，有时间的连续，是用耳听的。介乎两者之间是跳舞，他占空间的位置，与图画相类；又有时间的连续，与音乐相类。

跳舞的起源很简单，动物中，如鸽、雀，如猫、狗，高兴时候，都有跳舞的状态。澳洲有一种鸟，且特别用树枝造成一个跳舞厅。到跳舞之进化的时候，我们所知道的非、澳、亚、美等洲的未开化人，都有各种跳舞，他那舞人，必是身上画了花纹，或加上各种装饰，那就是图案与装饰品的起源。跳舞的地方，有在广场的，但也有在草舍或雪屋中间，这就是建筑的起源。又如跳舞会中必要唱歌，是诗歌与他种文学的起源。跳舞时，常用简单的乐器指示节拍，这就是音乐的起源。似乎各种美术，都随着跳舞而发生的样子。所以有人说最早的美术就是跳舞，也不为无因。

未开化人的跳舞，本有两种：一种是体操式，排成行列，注重节奏。中国古代的舞，有一部分属于此类，如现在文庙中所演的；欧洲人的跳舞会，也是此类——不过未开化人的跳舞，男女分班，男子跳舞时，女子组成歌队；女子的跳舞会，男子不参加。欧人现在的跳舞会，却是男女同舞的。欧人歌剧中，例有一段跳舞，全由女子组成，也是体操式的发展。

未开化人的跳舞，又有一种，是演剧式，或摹拟动物状态，或装演故事，这就是演剧的起源。我们周朝的武舞，一段一段演武王伐殷的样子，这已经近于演剧。后来优孟扮演孙叔敖，就是正式的演剧了。我们正式的演剧，元以后始有文学家的曲本。直到今日，还没有著明的进步，最流行的二黄、梆子等，意浅词鄙，反更不如昆曲了。欧洲现行的戏剧，约有三种：一是歌剧（Opera），全用歌词，以悲剧为多。二是白话剧（Drama），全用白话，亦不参用音乐；兼有悲剧、喜剧。现在中国人叫作新剧的就是这一类。三是小歌剧（Operetta），歌词与白话相间，与我们的曲本相类，多是喜剧。以上三种，都出自文学家手笔。时时有新的著作，有种种的派别，如理想派、写实派、神秘派等。他们的剧场，有专演一种的，也有兼演两种或三种的，但是一日内所演的剧，总是首尾完具，耐人寻味的。别有一种杂耍馆，各幕不相连续，忽而唱歌，忽而谐谈，忽而舞蹈，忽而器乐，忽而禽言，忽而兽戏，忽而幻术，忽而赛拳，纯为娱耳目起见，不含有何种理想。闻英国的戏场，多是此类，不过有少数的专演名家剧本，此亦英人美术观念与意、法等国不同的缘故。我们的剧场，虽然并不参入幻术、兽戏等等，但是第一，注重于唱工戏、武戏、小戏等如何排列；第二，注意于唱工戏中，生、旦、净、末的专戏应如何排列，纯从技术上分配平均起见，并无文学上的关系，尚是杂耍馆一类。

最早的装饰，是画在身上。热带的未开化人用不着衣服，就把各种花纹画在身上作装饰。现在妇女的擦脂粉、戏子的打脸谱，是这一类。

进步一点，觉得画的容易脱去，在皮肤上刻了花纹，再用颜色填上去。大约暗色的民族，用浅的瘢痕；黄色或古铜色的民族，用深的雕纹。我们古人叫作“纹身”，或叫作“雕题”。至于不用瘢痕，或雕纹的民族，也有在唇上或耳端凿一孔，镶上木片，叫他慢慢儿扩大的。总之，都是矫揉造作的装饰，在文明人的眼光里，只好算是丑状了。但是近时的缠足、束腰、穿耳，也是这一类。

进一步，不在皮肤上用工了，用别种装饰品，加在身上。头上的冠巾，头上的挂件，腰上的带，在未开化人，已经有种种式样。文化渐进，冠服等类，多为卫生起见，已经渐趋简单。但尚有叫作“时式”的，如男子时式衣服，以伦敦人为标准；女子时式衣服，以巴黎人为标准。往往几个月变一个样子，这也是未开化时代的遗俗罢了。

再进一步，不限于身上的装饰，移在身外的器具了。武器如刀、盾等，用器如舟、橹、锅、瓶等，均有画的或刻的花纹，这就是纯粹的图案画。起初是点、线等，后来采用动物的形式，后来又采用植物的形式。

更进一步，不但装饰在个人所用的器具上，更要装饰在大家公共的住所了。穴居时代，已经有壁画与摩崖的浮雕。到此时期，渐渐的脱卸装饰的性质，产生独立的美术。

器具不但求花纹同色彩的美，更求形式的美。如瓷器及金类、玉类等器，均有种种美观的形式。

雕刻的物像，不但附属在建筑上，演为独立的造像。中国墓前有石人、石马，寺观内有泥塑、木雕、玉刻、铜铸的像。虽然有几个著名的雕塑家，如晋的戴颙、元的刘玄，但是无意识的摹仿品居多数。西洋自希腊时代，已有著名造像家，流传下来的石像、铜像都优美得很。自文艺中兴时代，直至今日，常有著名的作家。

图画也不但附在壁上，演为独立的画幅，所画的也不但单纯的物体，演为复杂的历史画、风俗画、山水画等。中国的图画，算是美术中最发达的，但是创造的少，摹仿的多。西洋的图画家，时时创立新派，而且画空气，画光影，画远近的距离，画人物的特性，都比我们进步得多。

建筑的美观，起初限于家庭。后来推行到公共建筑，如宗教的寺观、帝王的宫殿。近来偏重在学校、博物院、图书馆、公园等。最广的，就是将一所都市，全用美观的计划布置起来。

以上都是说静的美术，今要说动的美术，就是诗歌与音乐。

在跳舞会上的歌词，是很简单的。演而为独立的小调，又演而为三派的文学。一是抒情诗，如中国的诗与词，起初专为歌唱，后来渐渐发展，专用发表感想，不过尚有长短音的分配、韵的呼应。到近来的新体诗，并长短音与韵也可不拘了。一是戏曲，起初全是歌词，后来参加科白；后来又有一体，完全离音乐而独立，通体用白话了。一是小说，起初是神话与动物谈，后来渐渐切近人事；起初描写的不过通性，后来渐渐的能表示特性；起初全凭讲演，语言与姿态同时发表，后来传抄印刷，完全是记述与描写的文学了。

跳舞会的音乐，是专为拍子而设，或用木棍相击，或用兽皮绷在木头上。由此进步，演为各种的鼓。澳洲土人有一种竹管，用鼻孔吹的。中国古书说音乐起于伶伦取竹制筒，大约吹的乐器都由竹管演成的。非洲土人有一种弓形的乐器，后来演成各种弦器。初民的音乐重在节奏，对于音阶的高下不很注意。近来有种种的曲谱，有各种关于音乐的科学，有教授音乐的专门学校，有超出跳舞会与戏剧而独立的音乐会，真非常的进步了。

观各种美术的进化，总是由简单到复杂，由附属到独立，由个人的进为公共的。我们中国人自己的衣服、宫室、园亭，知道要美观，不注意于都市的美化；知道收藏古物与书画，不肯合力设博物院。这是不合于美术进化公例的。

（初刊 1921 年 2 月 15 日《北京大学日刊》第 807 号，
又刊《东方杂志》第 17 卷第 22 号）

美学的进化

——在湖南长沙的第三次演讲

我已经讲过美术的进化了，但我们不是稍稍懂得一点美学，决不能知道美术的底蕴，我所以想讲讲美学。今日先讲美学的进化。

我们知道，不论那种学问，都是先有术，后有学；先有零星片段的学理，后有条理整齐的科学。例如上古既有烹饪，便是化学的起点。后来有药方，有炼丹法，化学的事实与理论，也陆续的发布了。直到十八世纪，始成立科学。美学的萌芽，也是很早。中国的《乐记》、《考工记》、《梓人篇》等，已经有极精的理论。后来如《文心雕龙》、各种诗话、各种评论书画古董的书，都是与美学有关。但没有人能综合各方面的理论，有统系的组织起来，所以至今还没有建设美学。

在欧洲古代，也是这样。希腊的大哲学家，如柏拉图、雅里士多德等，都有关于美学的名言。柏氏所言，多关于美的性质；雅氏更进而详论各种美术的性质。柏氏于美术上提出"模仿自然"的一条例，后来赞成他的很多，到近来觉得最高的美术，尚须修正自然，不能专说模仿了。雅氏对于美术，提出"复杂而统一"一条例，至今尚颠扑不破。譬如我在这个黑板上画一个圆圈，是统一的，但不觉得美，因为太简单。又譬如我左边画几个人，右边画个动物，中间画些山水、房屋、花木等类，是复杂的；但也不觉得美，因为彼此不相连贯，没有统系，就是不统一。所以既要复杂，又要统一，确是美术的公例。

罗马时代的文学家、雄辩家、建筑家，关于他的专门技术，间有著作。到文艺中兴时代，文喜（Leonardo da Vince）、埃尔倍西

(Leone Battista Alberti)、佘尼尼（Cemimo Cennine）等美术家[①]，尤注意于建筑与图画的理论。那时候科学还不很发达，不能大有成就。十七世纪，法国的诗人有点新的见解。其中如波埃罗（Bor-lean-Despeaux)[②] 于所著《诗法》中提出“美不外乎真”的主义，很震动一时。用学理来分析美的原素，为美学先驱的，要推十七、十八世纪的英国经验派心理学家，他们知道美的赏鉴，是属于感情与想象力的；美的判断，不专是认识的，而且美的感情，也与别种感情有不同的点。如呵末（Hume）说美的快感是超脱的[③]，与道德的实用的感情不同。又如褒尔克（Burke）研究美感的种类，说美，是一见就生快感的，这是与人类合群的冲动有关。高，初见便觉不快，仿佛是危险的，这是与人类自存的冲动有关。但后来仍有快感，因知道这是我们观察中的假象。都是美学家最注意的问题。

以上所举的哲学家，虽然有美学的理论，但都附属在哲学的或美术的著作中。不但没有专门美学的书，还没有美学的专名，与中国一样。直到一七五〇年，德国鲍格登（Alexander Baum garten）著《爱斯推替克》(Aesthetica）一书[④]，专论美感。“爱斯推替克”一字，在希腊文本是感觉的意义，经鲍氏著书后，就成美学专名，各国的学者都沿用了。这是美学上第一新纪元。

鲍氏以后，于美学上有重要关系的，是康德（Kant）的著作。康德的哲学是批评论。他著《纯粹理性批评》，评定人类和知识的性质；又著《实践理性批评》，评定人类意志的性质。前的说现象界的必然性，后的说本体界的自由性。这两种性质怎么能调和呢？依康德见解，人类的感情是有普遍的自由性，有结合纯粹理性与实

---

① 文喜：即达·芬奇。埃尔倍西：今通译阿尔贝蒂（利昂纳·巴蒂斯塔·阿尔贝蒂，1404—1472)，意大利建筑师、建筑理论家，著有《论绘画》、《论建筑》等。

② 波埃罗：今通译布瓦洛（1636—1711)，法国诗人、文学理论家。《诗艺》是其最重要的理论著作。

③ 呵末：今通译休谟（1711—1776)，英国哲学家、历史学家、经济学家。著有《人性论》、《道德和政治论说文集》、《人类理解研究》等。

④ 鲍格登：即鲍姆嘉通。

践理性的作用。由快不快的感情起美不美的判断，所以他又著《判断力批评》一书。书中分究竟论、美论二部。美论上说明美的快感是超脱的，与呵末同。他说官能上适与不适、实用上良与不良、道德上善与不善，都是用一个目的作标准。美感是没有目的，不过主观上认为有合目的性，所以超脱；因为超脱，与个人的利害没有关系，所以普遍。他分析美与高的性质，也比褒尔克进一步。他说高有大与强二种，起初感为不快，因自感小弱的原故。后来渐渐消去小弱的见，自觉与至大至强为一体，自然转为快感了。他的重要的主张，就是无论美与高，完全属于主观，完全由主观上想象力与认识力的调和，与经验上的客观无涉。所以必然而且普遍，与数学一样。自康德此书出后，美学遂于哲学中占重要地位，哲学的美学由此成立。

绍述康德的理论，又加以发展的，是文学家希洛（Schiller）①。他所主张的有三点：一，美是假象，不是实物，与游戏的冲动一致。二，美是全在形式的。三，美是复杂而又统一的，就是没有目的而有合目的性的形式。

以后盛行的，是理想派哲学家的美学。其中最著名的，如隋林（Schelling）② 的哲学，谓自然与精神，同出于绝对的本体。本体是平等的，无限的；但我们所生活的现象世界是差别的，有限的。要在现象世界中体认绝对世界，惟有观照。知的观照，属于哲学；美的观照，属于艺术。哲学用真理导人，但被导的终居少数；艺术可以使人人都观照绝对。隋氏的哲学，是抽象一元论。所以他独尊抽象，说具象美不过是抽象美的映象。

后来黑格尔（Hegel）不满意于隋林的抽象观念论，所以设具象观念论。他说美是在感觉上表现的理想。理想从知性方面抽象的认识，是真；若从感觉方面具象的表现，是美。表现的作用愈自由，美的程度愈高。最幼稚的是符号主义，如古代埃及、叙利亚、

---

① 希洛：今通译席勒。

② 隋林：今通译谢林，德国哲学家。

印度等艺术，是精神受自然压制，心能用一种符号表示不明了的理想。进一步是古典主义，如希腊人对于自然，能维持精神的独立；他们的艺术，是自然与精神的调和。又进一步，是浪漫主义，如中世纪基督教的美术，是完全用精神支配自然。

与黑氏同时有叔本华（Schopenhauer），他是说世界的本体，是盲目的意志。人类在现象世界，因有欲求，所以常感苦痛。要去此苦痛，惟有回向盲目的本体。回向的作用，就是赏鉴艺术。叔氏分艺术为四等：第一是高的，第二是美的，第三是美而有刺激性的，第四是丑的。

理想派的美学，多注重内容；于是有绍述康德偏重形式的一派。创于海伯脱（Herbart），大成于齐末曼（Kimmermann）。齐氏所定的三例：一，简平的对象，不能起美学的快感与不快感。二，复合的对象，有美学的快感与不快感；但从形式上起来。三，形式以外的部分（如材料等）全无关系。

由形式论转为感情论的是克尔门（Kirchmann），他说美是一种想体，就是实体的形象；但这实体必要有感兴的，且取他形象时，必要经理想化，可以起人纯粹的感兴。

把哲学的美学集大成的，是哈脱门（Hartmann）的美的哲学。哈氏说理想的自身，并不就是美；理想的内容表现为感觉上的假象，才是美。这个假象，是完全具象的。若理想的内容，不能完全表现为假象，就减少了美的程度。愈是具象的，就愈美。所以哈氏分美为七等，由抽象进于具象：第一是官能快感，第二是量美，第三是力美，第四是工艺品，第五是生物，第六是族性，第七是个性。

从鲍尔登到哈脱门，都是哲学的美学，都是用演绎法的。哈氏的《美的哲学》，在一八八七年出版。前十七年即一八七一年，费希耐（Gustav Theodor Fechner）发布一本小书，叫作《实验美学》（Zur experimentalen Aesthetik），及一八七六年又发布一书，叫作《美学的预科》（Vorschule der Aesthetik），他是主张用归纳法治美学，建设科学的美学，这是美学上第二新纪元。费氏的归纳法，用三种方法考验量美：一，选择法：用各种不同的长方形，令人选取最美观的。二，装置法：用硬纸两条，令人排成十字架，看他横条置在纵条那一点。三，用具观察法：把普通人日常应用品物，如信笺、信封、糖匣、烟盒、画幅等，并如建筑上门、窗等，都量度他纵横两面长度的比例，求得最大多数的比例是什么样。前两法的结果，是大多数人所选择或装置的，都与崔新（Adolf Zeising）所发见的截金法相合，就是三与五、五与八、八与十三等比例。但是第三种的结果费氏却没有报告。

费氏以后从事实验的，如惠铁梅（Witmer）、射加尔（Segal）等用量美；伯开（Baker）、马育（Major）等用色彩；摩曼（Meumann）、爱铁林该（Ettlinger）等用声音；孟登堡（Munstenberg）、沛斯（Piorce）等用各种简单线的排列法，都有良好的结果，但都是偏于一方面的。又最新的美学家，如康德派的科恩（Cohn）、黑格尔派的维绥（Vischer），注重感情移入主义的栗丕斯（Th. Lipps）、富开尔（Volkeh），英国证明游戏冲动说的斯宾塞尔（Spencer），法国反对超脱主义的纪约（Guyau）等，所著美学，也多采用科学方法，但是立足点仍在哲学。所以科学的美学至今还没完全成立。摩曼于一九〇八年发布《现代美学绪论》，又于一九一四年发布《美学的系统》，虽然都是小册，但对于美学上很有重要的贡献。他说建设科学的美学，要分四方面研究：（一）艺术家的动机，（二）赏鉴家的心理，（三）美术的科学，（四）美的文化。若照此计划进行，科学的美学当然可以成立了。

（初刊 1921 年 2 月 19 日《北京大学日刊》第 811 号，
又刊《绘学杂志》第 3 期）

就任北京大学校长之演说①

五年前，严畿道先生为本校校长时②，余方服务教育部，开学日曾有所贡献于同校。诸君多自预科毕业而来，想必闻知。士别三日，刮目相见，况时阅数载，诸君较昔当必为长足之进步矣。予今长斯校，请更以三事为诸君告。

一曰抱定宗旨。诸君来此求学，必有一定宗旨；欲求宗旨之正大与否，必先知大学之性质。今人肄业专门学校，学成任事，此固势所必然。而在大学则不然，大学者，研究高深学问者也。外人每指摘本校之腐败，以求学于此者，皆有做官发财思想，故毕业预科者多入法科，入文科者甚少，入理科者尤少，盖以法科为干禄之终南捷径也。因做官心热，对于教员，则不问其学问之浅深，惟问其官阶之大小。官阶大者，特别欢迎，盖为将来毕业有人提携也。现在我国精于政法者多入政界，专任教授者甚少，故聘请教员，不得不聘请兼职之人，亦属不得已之举。究之外人指摘之当否，姑不具论，然弭谤莫如自修，人讥我腐败，而我不腐败，问心无愧，于我何损？果欲达其做官发财之目的，则北京不少专门学校，入法科者尽可肄业法律学堂，入商科者亦可投考商业学校，又何必来此大学？所以诸君须抱定宗旨，为求学而来。入法科者，非为做官；入商科者，非为致富。宗旨既定，自趋正轨。诸君肄业于此，或三年，或四年，时间不为不多，苟能爱惜分阴，孜孜求学，则其造

---

① 蔡元培在 1917 年 1 月 4 日到校开始履职，1 月 9 日发表就职演说。

② 严畿道：严复（1853—1921）字畿道，又字又陵。近代启蒙思想家、翻译家。曾于 1912 年蔡元培任教育总长时担任北京大学校长兼文科学长，不久去职。

诣，容有底止！若徒志在做官发财，宗旨既乖，趋向自异。平时则放荡冶游，考试则熟读讲义，不问学问之有无，惟争分数之多寡；试验既终，书籍束之高阁，毫不过问，敷衍三四年，潦草塞责，文凭到手，即可借此活动于社会，岂非与求学初衷大相背驰乎？光阴虚度，学问毫无，是自误也。且辛亥之役，吾人之所以革命，因清廷官吏之腐败；即在今日，吾人对于当轴多不满意，亦以其道德沦丧。今诸君苟不于此时植其基、勤其学，则将来万一因生计所迫出而任事，担任讲席，则必贻误学生；置身政界，则必贻误国家。是误人也。误己误人，又岂本心所愿乎？故宗旨不可以不正大。此余所希望于诸君者一也。

二曰砥砺德行。方今风俗日偷，道德沦丧，北京社会，尤为恶劣，败德毁行之事，触目皆是，非根基深固，鲜不为流俗所染。诸君肄业大学，当能束身自爱。然国家之兴替，视风俗之厚薄，流俗如此，前途何堪设想。故必有卓绝之士以身作则，力矫颓俗。诸君为大学学生，地位甚高，肩此重任，责无旁贷，故诸君不惟思所以感己，更必有以励人。苟德之不修，学之不讲，同乎流俗，合乎污世，己且为人轻侮，更何足以感人？然诸君终日伏首案前，芸芸攻苦，毫无娱乐之事，必感身体上之苦痛。为诸君计，莫如以正当之娱乐，易不正当之娱乐，庶于道德无亏，而于身体有益。诸君入分科时，曾填写愿书，遵守本校规则，苛中道而违之，岂非与原始之意相反乎？故品行不可以不谨严。此余所希望于诸君者二也。

三曰敬爱师友。教员之教授，职员之任务，皆以图诸君求学便利，诸君能无动于衷乎？自应以诚相待，敬礼有加。至于同学共处一堂，尤应互相亲爱，庶可收切磋之效。不惟开诚布公，更宜道义相勖，盖同处此校，毁誉共之。同学中苛道德有亏，行有不正，为社会所訾詈，己虽规行矩步，亦莫能辩，此所以必互相劝勉也。余在德国，每至店肆购买物品，店主殷勤款待，付价接物，互相称谢。此虽小节，然亦交际所必需，常人如此，况堂堂大学生乎？对于师友之敬爱，此余所希望于诸君者三也。

余到校视事仅数日，校事多未详悉，兹所计划者二事：一曰改良讲义。诸君既研究高深学问，自与中学、高等不同，不惟恃教员讲授，尤赖一己潜修。以后所印讲义，只列纲要，细微末节，以及精旨奥义，或讲师口授，或自行参考，以期学有心得，能裨实用。二曰添购书籍。本校图书馆书籍虽多，新出者甚少，苟不广为购办，必不足供学生之参考。刻拟筹集款项，多购新书，将来典籍满架，自可旁稽博采，无虞缺乏矣。今日所与诸君陈说者只此，以后会晤日长，随时再为商榷可也。

（原刊 1917 年 4 月《东方杂志》第 14 卷第 4 号）

北大一九一八年开学式演说词

大学为纯粹研究学问之机关，不可视为养成资格之所，亦不可视为贩卖知识之所。学者当有研究学问之兴趣，尤当养成学问家之人格。本校一年以来，设研究所，增参考书，均为提起研究学问兴趣起见。又如设进德会，书法、画法、乐理研究会，开校役夜班，助成学生银行、消费公社等，均为养成学生人格起见。此皆诸生所当注意者。且诸生须知既名大学，则万不可有专己守残之习。一年以来，于英语外，兼提倡法、德、俄、意等国语，及世界语；于旧文学外，兼提倡本国近世文学，及世界新文学；于数、理、化等学外，兼征集全国生物标本，并与法京“巴斯德生物学院”协商设立分院。近并鉴于文科学生轻忽自然科学，理科学生轻忽文学、哲学之弊，为沟通文、理两科之计画。望诸生亦心知其意，毋涉专己守残之习也。

（1818年9月20日演说，收入《蔡孑民先生言行录》）

北大进德会旨趣书

今人恒言：西方尚公德，而东方尚私德；又以为能尽公德，则私德之出入，不足措意，是误会也。吾人既为社会之一分子，分子之腐败，不能无影响于全体。如疾症然，其传染之广，往往出人意表。昔仪狄作酒，禹饮而甘之，曰："后世必有以酒亡其国者。"遂疏仪狄而绝旨酒。司马迁曰："夏之亡也以妹喜，殷之亡也以妲己。"子反湎于酒，而楚以败；拿破仑惑于色，而普鲁士之军国主义以萌。私德不修，祸及社会，诸如此类，不可胜数。又如吾国五六年来，政治界、实业界之腐败，达于极端。而祸变纷乘，浸至亡国者，宁非由于少数当局骄奢淫佚之馀，不得已而出奇策以自救，遂不惜以国家为牺牲与？《易》曰："善不积，不足以成名；恶不积，不足以灭身。勿以小善为无益而弗为也；勿以小恶为无伤而为之。"鄙人二十年前，鉴于吾国谈社会主义者之因以自便，名为提倡，实增阻力，因言"惟于交际之间一介不苟者，夫然后可以言共产；又惟男女之间一毫不苟者，夫然后可以言废婚姻"（见《民国野史》乙编《蔡孑民事略》），正此意也。

民国元年，吴稚晖、李石曾、汪精卫诸君，发起进德会于上海。会员别为三等：持不赌、不嫖、不娶妾三戒者，为甲等会员；加以不作官吏、不吸烟、不饮酒三戒，为乙等会员；又加以不作议员、不食肉，为丙等会员。当时论者颇以不作官吏、不作议员二条为疑，然题名入会为甲等会员者踵相接矣。未几，鄙人以事由海道北行，同行者三十余人，李、汪二君亦与焉。舟中或提议进德会事，自李、汪二君外，同行者率皆当时之官吏若议员，群以官吏、议员两戒为不便，乃去此两戒，别组一会，即以同舟之三十余人为发起人，而宋遯初君提议名为“六不会”，[①] 众赞成之。又同时发起一“社会改进社”，所揭著者凡三十六条，第一曰不狎妓，第二曰不置婢妾，第十九曰不赌博，第二十九曰戒除伤生耗财之嗜好，犹“六不会”意也。其后为政潮所激荡，“六不会”若“社会改良社”之发起人，次第星散，未及进行；而进德会之新分子，则间见于上海之报纸焉。

北京自袁政府时代，收买议员，运动帝制，攫全国之公款，用之如泥沙，无所顾惜，则狂赌狂嫖，一方面驱于侥幸之心，一方面且用为钻营之术。谬种流传，迄今未已。鄙人归国以后，先至江浙各省，见夫教育、实业各界，凡崭然现头角者，几无不以嫖赌为应酬之具，心窃伤之。比抵北京，此风尤甚。尤可骇者，往昔昏浊之世，必有一部分之清流，与敝俗奋斗，如东汉之党人，南宋之道学，明季之东林，风雨如晦，鸡鸣不已。而今则众浊独清之士，亦且踽踽独行，不敢集同志以矫末俗，洵千古未有之现象也。曾于南洋公学同学会（中央公园）及译学馆校友会（江西会馆）中，提议以嫖、赌、娶妾三戒编入会章，闻者未之注意也。其后见“社会实进会”规则，有此三戒；而雍君所发起之“社会改良会”，则专以此三者为条件。吾道不孤，助以张目。惜其影响偏于一隅。既承乏北京大学，常欲以南洋同学会、译学馆校友会所提议而未行者，试之于此二千人之社会。会一年来鞅掌于大体之改革，未遑及此。今改组之议，业已实行；而内部各方面之组织，若研究所、若教授会之属，体育会、书画研究会之属，银行、消费公社之属，皆次第进行。而进德会之问题，遂亦应时势之要求，而不能不从事矣。会中戒律，如嫖、赌、娶妾三事，无中外，无新旧，莫不认为不德，悬为厉禁，谁曰不然？官吏、议员二戒，在普通社会或以为疑，而大学则当然有此（法科毕业生例外）。教育者，专门之业；学问者，

---

① 宋遯初：即宋教仁（1882—1913），字遯初，国民党元老。

终身之事。委身学校而萦情部院，用志不纷之谓何！且或在学生时代，营营于文官考试、律师资格，而要求提前保送，此其躁进，与科举时代之通关节何异？言之可为痛心！古谚曰："人不婚宦，情欲失半。"加特力教之神父，佛教之僧侣，例不婚娶；西洋大学问家，亦有持独身主义者。不婚尚可，不宦何难？至于烟、酒、肉食三戒，其贻害之大，虽不及嫖、赌、娶妾，其纷心之重，亦不及官吏、议员，然而卫生味道之乐，亦恒受其障碍，故并存之。《春秋》三世之义，治起于衰乱之中，用心尚粗觕；及历升平而至太平，用心乃深而详，故崇仁义、讥二名。今仿其例，而重定进德会之等第于下：

甲种会员　不嫖，不赌，不娶妾。

乙种会员　于前三戒外，加不作官吏、不作议员二戒。

丙种会员　于前五戒外，加不吸烟、不饮酒、不食肉三戒。

入会之条件：

（一）题名于册，并注明愿为某种会员。

（二）凡题名入会之人，次第布诸日刊。

（三）本会不咎既往。《传》曰："人谁无过，过而能改，善莫大焉。"袁了凡曰："从前种种，譬如昨日死；以后种种，譬如今日生。"凡本会会员，入会以前之行为，本会均不过问，（如已娶之妾，亦听之。）同会诸人，均不得引以为口实。惟入会以后，于认定之戒律有犯者，罚之。

（四）本会俟成立以后，当公定罚章，并举纠察员若干人执行之。

入会之效用：

（一）可以绳己。谚曰："从善如登，从恶如崩。"吾国人在乡里多谨饬，而一到都会租界，则有放荡者。欧美人在本国多谨饬，而一到外国，则亦有放荡者。社会之制裁，有及有不及也。今以本会制裁之，庶不至于自放。

（二）可以谢人。欧美之学者、官吏、商人，均视嫖、赌、娶妾为畏途；偶有犯者，均讳莫如深。而我则狎妓征优，文人以为韵事；看竹寻芳，公然著之柬帖；官吏商贾，且以是联络感情之一端。苟非画定范围，每苦无以谢人。今以本会为范围，则人有以是等相嬲者，径行拒绝，亦不致有伤感情。

（三）可以止谤。《语》曰："止谤莫如自修。"吾北京大学之被谤也久矣。两院一堂也，探艳团也，某某等公寓之赌窟也，捧坤角也，浮艳剧评、花丛趣事之策源地也，皆指一种之团体而言之。其他攻讦个人者，更不可以偻指计。果其无之，则礼义不愆，何恤于人言。然请本校同人一一自问，种种之谤，即有言之已甚者，其皆无因而至耶？既有此因，则正赖有此谤以提撕吾人，否则沦胥以铺耳！不去其因而求弭谤，犹急行而避影也，其又何益？今以本会为保障，苟人人能守会约，则谤因既灭，不弭谤而自弭。其或未灭，则造因之范围愈狭，而求之不难尽多数之力以灭之，岂无望耶？

（原刊1918年1月19日《北京大学日刊》第49号）

《北京大学月刊》发刊词

北京大学之设立，既二十年于兹，向者自规程而外，别无何等印刷品流布于人间。自去年有《日刊》，而全校同人始有联络感情、交换意见之机关，且亦借以报告吾校现状于全国教育界。顾《日刊》篇幅无多，且半为本校通告所占，不能载长篇学说，于是有《月刊》之计划。

以吾校设备之不完全，教员之忙于授课，而且或于授课以外，兼任别种机关之职务，则夫《月刊》取材之难，可以想见。然而吾校必发行《月刊》者，有三要点焉：

一曰尽吾校同人所能尽之责任　所谓大学者，非仅为多数学生按时授课，造成一毕业生之资格而已也，实以是为共同研究学术之机关。研究也者，非徒输入欧化，而必于欧化之中为更进之发明；非徒保存国粹，而必以科学方法，揭国粹之真相。虽曰吾校实验室、图书馆等，缺略不具；而外界学会、工场之属，无可取资，求有所新发明，其难固倍蓰于欧美学者。然十六七世纪以前，欧洲学者，其所凭借，有以逾于吾人乎？即吾国周秦学者，其所凭借，有以逾于吾人乎？苟吾人不以此自馁，利用此简单之设备、短少之时间，以从事于研究，要必有几许之新义，可以贡献于吾国之学者若世界之学者。使无《月刊》以发表之，则将并此少许之贡献，而靳而不与，吾人之愧歉当何如耶？

二曰破学生专己守残之陋见　吾国学子，承举子文人之旧习，虽有少数高才生知以科学为单纯之目的，而大多数或以学校为科举，但能教室听讲，年考及格，有取得毕业证书之资格，则他无所求；或以学校为书院，媛媛姝姝，守一先生之言，而排斥其他。于是治文学者，恒蔑视科学，而不知近世文学，全以科学为基础；治一国文学者，恒不肯兼涉他国，不知文学之进步，亦有资于比较；治自然科学者，局守一门，而不肯稍涉哲学，而不知哲学即科学之归宿。其中如自然哲学一部，尤为科学家所需要；治哲学者，以能读古书为足用，不耐烦于科学之实验，而不知哲学之基础不外科学，即最超然之玄学，亦不能与科学全无关系。有《月刊》以网罗各方面之学说，庶学者读之，而于专精之余，旁涉种种有关系之学理，庶有以祛其褊狭之意见，而且对于同校之教员及学生，皆有交换知识之机会，而不至于隔阂矣。

三曰释校外学者之怀疑　大学者，"囊括大典，网罗众家"之学府也。《礼记·中庸》曰："万物并育而不相害，道并行而不相悖。"足以形容之。如人身然，官体之有左右也，呼吸之有出入也，骨肉之有刚柔也，若相反而实相成。各国大学，哲学之唯心论与唯物论，文学、美术之理想派与写实派，计学之干涉论与放任论，伦理学之动机论与功利论，宇宙论之乐天观与厌世观，常樊然并峙于其中，此思想自由之通则，而大学之所以为大也。吾国承数千年学术专制之积习，常好以见闻所及，持一孔之论。闻吾校有近世文学一科，兼治宋元以后之小说、曲本，则以为排斥旧文学，而不知周秦、两汉文学，六朝文学，唐宋文学，其讲座固在也；闻吾校之伦理学用欧美学说，则以为废弃国粹，而不知哲学门中，于周秦诸子，宋元道学，固亦为专精之研究也；闻吾校延聘讲师，讲佛学相宗，则以为提倡佛教，而不知此不过印度哲学之一支，借以资心理学、论理学之印证，而初无与于宗教，并不破思想自由之原则也。论者知其一而不知其二，则深以为怪。今有《月刊》以宣布各方面之意见，则校外读者，当亦能知吾校兼容并收之主义，而不至以一道同风之旧见相绳矣。

以上三者，皆吾校所以发行《月刊》之本意也。至《月刊》之内容，是否能副此希望，则在吾校同人之自勉，而静俟读者之批判而已。

（原刊1919年1月《北京大学月刊》第1卷第1号）

不肯再任北大校长的宣言

（一）我绝对不能再作那政府任命的校长：为了北京大学校长是简任职，是半官僚性质，便生出许多官僚的关系，哪里用呈，哪里用咨，天天有一大堆无聊的照例的公牍。要是稍微破点例，就要呈请教育部，候他批准。什么大学文、理科叫作本科的问题，文、理合办的问题，选科制的问题，甚而小到法科暂省学长的问题，附设中学的问题，都要经那拘文牵义的部员来斟酌。甚而部里还常常派了什么一知半解的部员来视察，他报告了，还要发几个训令来训饬几句。我是个痛恶官僚的人，能甘心仰这些官僚的鼻息么？我将进北京大学的时候，没有想到这一层，所以两年有半，天天受这个苦痛。现在苦痛受足了，好容易脱离了，难道还肯投入去么？

（二）我绝对不能再作不自由的大学校长：思想自由，是世界大学的通例。德意志帝政时代，是世界著名开明专制的国，他的大学何等自由。那美、法等国，更不必说了。北京大学，向来受旧思想的拘束，是很不自由的。我进去了，想稍稍开点风气，请了几个比较的有点新思想的人，提倡点新的学理，发布点新的印刷品，用世界的新思想来比较，用我的理想来批评，还算是半新的。在新的一方面偶有点儿沾沾自喜的，我还觉得好笑。哪知道旧的一方面，看了这点半新的，就算"洪水猛兽"一样了。又不能用正当的辩论法来辩论，鬼鬼祟祟，想借着强权来干涉。于是教育部来干涉了，国务院来干涉了，甚而什么参议院也来干涉了，世界有这种不自由的大学么？还要我去充这种大学的校长么？

（三）我绝对不能再到北京的学校任校长：北京是个臭虫窠，

(这是民国元年袁项城所送的徽号，所以他那时候虽不肯到南京去，却有移政府到南苑去的计画。)无论何等高尚的人物，无论何等高尚的事业，一到北京，便都染了点臭虫的气味。我已经染了两年有半了，好容易逃到故乡的西湖、鉴湖，把那个臭气味淘洗净了。难道还要我再作逐臭之夫，再去尝尝这气味么？我想有人见了我这一段的话，一定要把“我不入地狱，谁入地狱”的话来劝勉我。但是我现在实在没有到佛说这句话的时候的程度，所以只好谨谢不敏了。

附：爱蔡孑民者启

右宣言闻尚是蔡君初出京时所草，到上海后，本拟即行宣布，后因北京挽留之电，有友人劝其婉复，免致以个人去留问题与学生所争政治问题，永结不解之缘，故有以有条件的允任维持之电，后来又有卧病不行之电，均未将真意说出。闻其意，无论如何，决不回校也。鄙人抄得此宣言书，觉与北京各报所载启事，及津浦车站告友之言，均相符合，必是蔡君本意。个人意志自由，本不可以多数压制之，且为社会上留此一个干净人，使不与政治问题发生关系，亦是好事。故特为宣布，以备挽留蔡君者之参考焉。

爱蔡孑民者启

(据蔡元培手稿)

告北大学生暨全国学生书[1]

北京大学学生诸君并请全国学生联合会诸君公鉴：

诸君自五月四日以来，为唤醒全国国民爱国心起见，不惜牺牲神圣之学术，以从事于救国之运动。全国国民，既动于诸君之热诚，而不敢自外，急起直追，各尽其一分子之责任；即当局，亦了然于爱国心之可以救国，而容纳国民之要求。在诸君唤醒国民之任务，至矣尽矣，无以复加矣！社会上感于诸君唤醒之力，不能为筌蹄之忘，于是开会发电，无在不愿与诸君为连带之关系，此人情之常，无可非难。然诸君自身，岂亦愿永羁于此等连带关系之中，而忘其所牺牲之重任乎？世界进化，实由分功，凡事之成，必资预备。即以提倡国货而言，贩卖固其要务，然必有制造货品之工厂与培植原料之农场，以开其源。若驱工厂、农场之人材，而悉从事于贩卖，其破产也，可立而待。诸君自思，在培植制造时代乎？抑在贩卖时代乎？我国输入欧化，六十年矣，始而造兵，继而练军，继而变法，最后乃始知教育之必要；其言教育也，始而专门技术，继而普通学校，最后乃始知纯粹科学之必要。吾国人口号四万万，当此教育万能、科学万能时代，得受普通教育者，百分之几，得受纯粹科学教育者，万分之几。诸君以环境之适宜，而有受教育之机会，且有研究纯粹科学之机会，所以树吾国新文化之基础，而参加于世界学术之林者，皆将有赖于诸君。诸君之责任，何等重大！今乃为参加大多数国民政治运动之故，而绝对牺牲之乎？

---

① 五四运动后蔡元培辞职南下杭州，北大及北京学界代表南下敦请其回校视事。本文是蔡元培决定复职后发表的公开信。

抑诸君或以唤醒同胞之任务，尚未可认为完成，不能不再为若干日之经营，此亦非无理由。然以仆所观察，一时之唤醒，技止此矣，无可复加。若令为永久之觉醒，则非有以扩充其知识、高尚其志趣、纯洁其品性，必难幸致。自大学之平民讲演，夜班教授，以至于小学之童子军，及其他学生界种种对于社会之服务，固常为一般国民之知识，若志趣，若品性，各有所尽力矣。苟能应机扩充，持久不怠，影响所及，未可限量。而其要点，尤在注意自己之知识，若志趣，若品性，使有左右逢源之学力，而养成模范人物之资格，则推寻本始，仍不能不以研究学问为第一责任也。

且政治问题，因缘复杂，今日见一问题，以为至重要矣，进而求之，犹有重要于此者。自甲而乙，又自乙而丙丁，以至癸子等等，互相关联。故政客生涯，死而后已。今诸君有见于甲乙之相联，以为毕甲不足，毕乙而后可，岂知乙以下之相联而起者，曾无已时。若与之上下驰逐，则夸父逐日，愚公移山，永无踌躇满志之一日，可以断言。此次世界大战，德、法诸国均有存亡关系，罄全国胜兵之人，为最后之奋斗，平日男子职业，大多数已由妇女补充，而自小学以至大学，维持如故。学生已及兵役年限者，间或提前数月毕业，而未闻全国学生均告奋勇，舍其学业，而从事于军队，若职业之补充，岂彼等爱国心不及诸君耶？愿诸君思之。

仆自出京，预备杜门译书，重以卧病，遂屏外缘。乃近有“恢复五四以前教育原状”之呼声，各方面遂纷加责备，迫以复出，仆遂不能不加以考虑。夫所谓“教育原状”者，宁有外于诸君专研学术之状况乎？使诸君果已抱有恢复原状之决心，则往者不谏，来者可追，仆为教育前途起见，虽力疾从公，亦义不容辞。读诸君十日三电，均以“力学报国”为言，勤勤恳恳，实获我心。自今以后，愿与诸君共同尽瘁学术，使大学为最高文化中心，定吾国文明前途百年大计。诸君与仆等，当共负其责焉。

（原刊 1919 年 7 月 23 日《北京大学日刊》第 421 号）

北大第二十二年开学式演说词

今日为北京大学第二十二年的开学日。新到诸生差不多占四分之一。本来旧生所知道的，也当为新生申说大概。况此次学潮以后，外边颇有谓北京大学学生专为政治运动，能动不能静的。不知道本校学生这次的加入学潮，是激于一时的爱国热诚，为特别活动，一到研究学问的机会，仍是非常镇静的。外边流言，实是误会。但是，我们也不可不作“有则改之，无则加勉”的打算。所以，我现在把北京大学的教育方针说说，不但给新生指示趋向，也是为旧生提醒一番的意思。

诸君须知，大学并不是贩卖毕业的机关，也不是灌输固定知识的机关，而是研究学理的机关。所以，大学的学生并不是熬资格，也不是硬记教员讲义，是在教员指导之下自动的研究学问的。为要达上文所说的目的，所以延聘教员，不但是求有学问的，还要求于学问上很有研究的兴趣，并能引起学生的研究兴趣的。不但世界的科学取最新的学说，就是我们本国固有的材料，也要用新方法来整理他。这种标准，虽不是一时就能完全适合，但我们总是向这方面进行。又如图书、杂志、仪器、标本，研究学理上所必不可少的，我们限于经费，虽不能一时购置完善，但也是逐年增加的。且既然认定大学是研究学理的机关，对于纯粹学理的文理科，自当先作完全的建设。我们因文理科尚有许多门类，为经费与地位所限，不能一时并设，所以，乘北洋大学同是国立，同有土木工科、采矿冶金科的关系，把工科归并北洋。即用工科的经费与教室、实验室，来扩充理科的一部分。

研究学理，不可不屏除纷心的嗜好，所以，本校提倡进德会，对于嫖赌的恶习，官吏议员的运动，是悬为戒律的。研究学理，必要有一种活泼的精神，不是学古人“三年不窥园”的死法能做到的，所以，本校提倡体育会、乐音会、书画研究会等，来涵养心灵。大凡研究学理的结果，必要影响于人生。倘没有养成博爱人类的心情，服务社会的习惯，不但印证的材料不完全，就是研究的结果也是虚无。所以，本校提倡消费公社、平民讲演、校役夜班与《新潮》杂志等，这些都是本校最注重的事项，望诸君特别注意。

抑本校很愿多延各国硕学来校讲授，惜机会很不易得。今年适值杜威博士来华游历，本校得博士与哥仑比亚大学校长的允许，得请博士留华一年，在本校讲授哲学，这是很难得的机会。所以，今日特请博士演说，并先为绍介。

（原刊 1919 年 9 月 22 日《北京大学日刊》第 443 号）

北大平民夜校开学日演说词

今日为北京大学学生会平民夜校开学日，此事不惟关系重大，也是北京大学准许平民进去的第一日。从前这个地方是不许旁人进去的，现在这个地方人人都可以进去。从前马神庙北京大学挂着一块匾，仿佛一块虎头牌一样，人家见着的，都以为这是学堂重地，不得擅入，把他看作全国最高的学府，只有大学学生同教员可以进去，旁人都是不能进去的。这种思想，在北京大学附近的人，尤其如此。现在这块匾已经取去了。

北京大学第一步的改变，便是校役夜班之开办。于是二十多年的京师大学堂里面，听差的也可以求学。从前京师大学堂里面的听差，不过赚几个钱，喊几声大人老爷；现在北京大学替听差的开个校役夜班，他们晚上不当差的时候，也可以随便的求点学问。于是大学中无论何人，都有了受教育的权利。不过单是大学中人有受教育的权利还不够，还要全国人都能享受这种权利才好。所以先从一部分做起，开办这个平民夜校。

"平民"的意思，是"人人都是平等的"。从前只有大学生可受大学的教育，旁人都不能够，这便算不得平等。现在大学生分其权利，开办这个平民夜校，于是平民也能到大学去受教育了。大学生为什么要办这个平民夜校呢？因为他们自己已经有了学问，看见旁的兄弟还没有学问，自己心中很难过，好像看见一家的弟兄都饿着，许多的兄弟姊妹都还饿着没有饭吃，自己心中就很难过一样，觉得他们很苦，所以就立刻办这个平民夜校。

"一个人不但愁着肚子饿，而且怕脑子饿。"大学生看见许多弟弟妹妹的肚子饿固然难过，他们看见你们的脑子饿，也是很难过的。因为人没有学问，不认识字，是很苦的一件事，甚至于写封信还要请人去写。要是自己会写，还受这种苦吗？我们有手而不能用，有目而不能见，我们心中一定很难过；我们的脑子饿了，看个电影也不能懂得，又何尝不是一样的苦呢？譬如大学生从小学住到中学，现在又住大学，仿佛已经吃的很多。要是看见旁人没有学问，没有知识，常常受“脑饿”的痛苦，他们自己一定很难过，很不爽快，因为不平，所以愿为大家尽力，开办这个平民夜校。大学生一方面既有这种好意思，住在大学附近的人家，也把他的子弟送去求学，现在竟有四百多人，仿佛肚子饿了要去求食一样。这种意思，实在好极，也算不负了办平民夜校的热心。

办平民夜校的，固然要热心；我对于夜校的学生同家长，还有两层希望：

一、教职员既然拿出全副的精神教我们，我们进去一两天后，觉得没有什么新奇，于是就不去了。要是这样，仿佛也对不起教员的一番热心。

二、住在大学附近的，才有这种特别权利，那些住得较远的，不能享有这种权利的，你们应该觉得很难过，把你们所已知的传达给他们——你们的亲戚或朋友——使他们的子弟也入他们附近的平民夜校去求学。

这都是很要紧的。这也是我所望于办平民夜校的与你们的。

（1920 年 1 月 18 日演说，原刊 1920 年 1 月 24 日
《北京大学日刊》第 523 号）

在北大话别会演说词①

我到大学校，已有三年，中间因事离校多日，现在又要远行了。诸君牺牲了许多时间的功课，开会送我，我实在抱歉之至！

我这次出去，若是于本校不免发生困难，我一定不去。但是现在校中组织很周密，职员办事很能和衷，职员与学生间也都是开诚布公。我没有什么不放心的事了。

我出去的意思有好几层：

本校自民国元年到现在，可算是在试验时代中。近几年校里都有些改革了。就是大战之后，各国大学也有一番改革，大都将少数人所受的高等教育，求他普及，如平民大学、劳动大学等。其余专讲"国家主义"的，守旧的大学校，也不能不改革了。我很愿意知道他们改革的状况。我大约先到法国，再到比国，然后再到德、意等国。凡有可以参考的材料，临时由书信传达。

近几年，国内学术界觉得人才不足，是无可讳言的。我这次要实在的去考查专门学问用功研究的留学生，想法帮助他们，预约他们深造，留待将来校中聘请。一方面也想请外国的教习。从前我们请的外国教习，都是随便由使馆里私人关系请来的，或者所教非所学，或者一意敷衍。这次出去，都要请各大学里大学问家负责替我们介绍。且现代各国学者，如杜威、罗素诸先生，大都很愿到中国来。因为他们关于本国本洲材料，已经搜尽了，都觉得远东风习，很有参考的价值。所以有多少名人要到中国考察，住居一二年的，

---

① 1920年底，蔡元培赴欧美考察，是年10月18日发表由蒋梦麟代理北大校长启事，17日授予杜威等名誉学位，20日举行话别会。

我遇见时，都可以预订行期。

本校仪器尚未完备，本可写信到外国去买，但我这次亲自去采办，也觉好些。现在全国没有一样关于美术的东西，说到美学、美术，我们都不敢开讲。这些材料，无论真本或摹本，我都要采集一点。

本校图书馆甚不完全。蒋先生筹划在第一院空地建筑一所大图书馆。但是经费不够，政府不能应给，只好向各方面募捐。华侨方面，时常有信来，要我到南洋去，并且他们也有好些子弟到此地来旁听的。所以我想在回来时，一到英属、荷属……各处去看看，顺便募点捐款。

退还庚子赔款，各国都很有此意，不过因经济关系，他们好多已经列入预算。美国和中国的日亲一日，多半因为退还赔款、开办清华的缘故。前回李石曾先生、陶孟和先生和南京高师的郭秉文先生，在各国曾经谈起过了。我们倘能收回，一面可以扩充国内的高等教育，一面也可以培植留学的人才。他们教我亲自和各国政府再商量商量，这也是我要做的。

里昂中国大学办宿舍和预科，且预备请章太炎先生出去，内里一切情形，他们也教我去看看。比国见了法国这样，也拨了一所房子，给中国人住，与工艺大学甚近，我们正好利用，使一辈勤工俭学的人，又能生活，又能求知识。其他如鲁番大学的恢复[1]，国际大学的建设，都在比国，我也想去考察一番。德国大战之后，教育很有改革，我要再去一回。英、美我尚未到过，这次回来时候，必定从英、美经过，打南洋回国。自今天起，至我回来之日止，这个期内，所有职务已请蒋梦麟先生代理，诸位可以同他接洽。现在要到湖南去，也许还要回到北京一次。

我对诸位的临行赠言，也不过几句“老生常谈”。第一，望大家要特别注意体育。我们收了体育费，原望让大家自由去运动的，

---

① 鲁番大学：即鲁汶大学，比利时最大的大学，始建于1425年。

可是二年来尚少效果。诸位何必要做成“书痴”相，弄得曲背弯腰呢？这一层愿大家各就所好，多多运动。历年华北运动会，通知到我们，都没有法子。论人数北京大学最多，为什么一个都没有加入呢？虽然我们并不要在比赛场上出风头，但是有益的运动，我们决不可不练习。

次之，“五四”而后，大家很热心群众运动，示威运动。那一次大运动，大家虽承认他的效果，但这种骤用兴奋剂的时代已过去了。大家应当做脚踏实地的工夫。这时间父兄可以容我们用功，各方面都无牵制，而且现在校中行了选科制，正给诸君自动用功的好机会，那可自己空耗光阴呢？若是错过，真对不起自己，过了几年，要学也没有机会了。但是并非只管用功，其余一概可以不管。“五四”后的惟一好结果，是平民教育。乘我们用功的余暇办些学校，教育那些失学的人，就是牺牲光阴，也是值得的。这种事也是脚踏实地的初步。即如现在的调查灾区，也是服务社会的要端。此等事很望不断的做下去！

其次自治。本校学生的自治近来比从前好多了。但是宿舍里、公寓里，也还免不了闹笑话。校外说我们的人很多。即如从前学生会里闹意见，往往丢了正文，两下打笔墨官司，种种揭帖，教人看了难受。要是看的人信了他们的话，那对面的人几乎不能做人了！设身处地，又当如何？我们见了别人的过失，总要用怜爱的意思劝告他，不可骤加攻击。我希望此后诸同学均互相亲爱，厚于责己，薄于责人。

我希望在回来时，得见诸位比现在更有进步，并且谢诸位开会送我的盛意。

（魏建功笔记。原刊 1920 年 10 月 23 日
《北京大学日刊》第 724 号）

劝北大学生尊重教师布告

自本学年开课以后，时闻学生诸君，研究学问之兴趣，较前发展，正在忻幸之中。近日乃闻有少数学生，在讲堂或实验室中，对于教员讲授与指导方法，偶与旧习惯不同，不能平心静气，徐图了解，辄悻悻然形于辞色，顿失学者态度。其间一二不肖者，甚至为鄙悖之匿名书信、匿名揭帖，以重伤教员之感情。以大学学生而有此等外乎情理之举动，诚吾人所大惑不解者也。

世界学术进步，教授方法，日新月异，本校虽未能于短时期间大事更张，要亦决无故步自封之理。诸君须知教员采用新法，正为诸君容易进步起见，诸君方应欢迎之不遑，又何疑焉？即或诸君中有因方言之隔阂，程度之不及，一时稍感困难，因滋疑惑，亦当于授课之暇，本敬爱之诚，质疑问难，岂宜顺一时冲激，有自损人格之举动耶？

为教员者虽抱有满腔循循善诱之热诚，然岂能牺牲其人格自尊之观念。万一因少数者不慎之举动，而激其不屑教诲之感想，则诸君之损失何如？本校之损失何如？返之于诸君自爱及好学之本心，与爱护母校而冀其日日发达之初志，安耶否耶？

行道之人，偶迷方向，执途人而询之，必致谢词。欧美各国，入肆购物，彼以物来，此以钱往，必互道谢。为教员者，牺牲其研究学术之时间与心力，而教授诸君，指导诸君，所以裨益诸君者，较诸指途、售物，奚啻百倍？诸君宁无感谢之本意，而忍伤其感情耶？诸君学成以后，难保无躬任教员之一日，设身处地，能不爽然？

深望自此以后，诸君对于教员，益益亲爱，益益诚恳，全体同学中，不再发现有不合情理之举动。无则加勉，有则改之，愿诸君各以自检，并于同学间互相劝告焉。

（原刊1921年12月8日《北京大学日刊》912号）

我在北京大学的经历

北京大学的名称，是从民国元年起的。民元以前，名为京师大学堂，包有师范馆、仕学馆等，而译学馆亦为其一部。我在民元前六年，曾任译学馆教员，讲授国文及西洋史，是为我在北大服务之第一次。

民国元年，我长教育部，对于大学有特别注意的几点：一、大学设法、商等科的，必设文科；设医、农、工等科的，必设理科。二、大学应设大学院（即今研究院），为教授、留校的毕业生与高级学生研究的机关。三、暂定国立大学五所，于北京大学外，再筹办大学各一所于南京、汉口、四川、广州等处。（尔时想不到后来各省均有办大学的能力。）四、因各省的高等学堂，本仿日本制，为大学预备科，但程度不齐，于入大学时发生困难，乃废止高等学堂，于大学中设预科。（此点后来为胡适之先生等所非难，因各省既不设高等学堂，就没有一个荟萃较高学者的机关，文化不免落后；但自各省竞设大学后，就不必顾虑了。）

是年，政府任严幼陵君为北京大学校长。两年后，严君辞职，改任马相伯君。不久，马君又辞，改任何锡侯君，不久又辞，乃以工科学长胡次珊君代理。民国五年冬，我在法国，接教育部电，促回国，任北大校长。我回来，初到上海，友人中劝不必就职的颇多，说北大太腐败，进去了，若不能整顿，反于自己的声名有碍，这当然是出于爱我的意思。但也有少数的说，既然知道他腐败，更应进去整顿，就是失败，也算尽了心。这也是爱人以德的说法。我到底服从后说，进北京。

我到京后，先访医专校长汤尔和君，问北大情形。他说：“文科预科的情形，可问沈尹默君；理工科的情形，可问夏浮筠君。”汤君又说：“文科学长如未定，可请陈仲甫君。陈君现改名独秀，主编《新青年》杂志，确可为青年的指导者。”因取《新青年》十余本示我。我对于陈君，本来有一种不忘的印象，就是我与刘申叔君同在《警钟日报》服务时，刘君语我：“有一种在芜湖发行之白话报，发起的若干人，都因困苦及危险而散去了，陈仲甫一个人又支持了好几个月。”现在听汤君的话，又翻阅了《新青年》，决意聘他。从汤君处探知陈君寓在前门外一旅馆，我即往访，与之订定。于是陈君来北大任文科学长，而夏君原任理科学长，沈君亦原任教授，一仍旧贯，乃相与商定整顿北大的办法，次第执行。

我们第一要改革的，是学生的观念。我在译学馆的时候，就知道北京学生的习惯。他们平日对于学问上并没有什么兴会，只要年限满后，可以得到一张毕业文凭。教员是自己不用功的，把第一次的讲义，照样印出来，按期分散给学生，在讲坛上读一遍，学生觉得没有趣味，或瞌睡，或看看杂书，下课时，把讲义带回去，堆在书架上。等到学期、学年或毕业的考试，教员认真的，学生就拼命的连夜阅读讲义，只要把考试对付过去，就永远不再去翻一翻了。要是教员通融一点，学生就先期要求教员告知他要出的题目，至少要求表示一个出题目的范围。教员为避免学生的怀恨与顾全自身的体面起见，往往把题目或范围告知他们了。于是他们不用功的习惯，得了一种保障了。尤其北京大学的学生，是从京师大学堂老爷式学生嬗继下来。（初办时所收学生，都是京官，所以学生都被称为老爷，而监督及教员都被称为中堂或大人。）他们的目的，不但在毕业，而尤注重在毕业以后的出路。所以专门研究学术的教员他们不见得欢迎。要是点名时认真一点，考试时严格一点，他们就借个话头反对他，虽罢课也所不惜。若是一位在政府有地位的人来兼课，虽时时请假，他们还是欢迎得很，因为毕业后可以有阔老师做靠山。这种科举时代遗留下来劣根性，是于求学上很有妨碍的。所以我到校后第一次演说，就说明："大学学生，当以研究学术为天职，不当以大学为升官发财之阶梯。"然而要打破这些习惯，止有从聘请积学而热心的教员着手。

那时候因《新青年》上文学革命的鼓吹，而我们认识留美的胡适之君，他回国后，即请到北大任教授。胡君真是"旧学邃密"而且"新知深沉"的一个人，所以一方面与沈尹默、兼士兄弟，钱玄同、马幼渔、刘半农诸君，以新方法整理国故；一方面整理英文系。因胡君之介绍而请到的好教员，颇不少。

我素信学术上的派别是相对的，不是绝对的；所以每一种学科的教员，即使主张不同，若都是"言之成理、持之有故"的，就让他们并存，令学生有自由选择的余地。最明白的是胡适之君与钱玄同君等绝对的提倡白话文学，而刘申叔、黄季刚诸君仍极端维护文言的文学，那时候就让他们并存。我信为应用起见，白话文必要盛行，我也常常作白话文，也替白话文鼓吹；然而我也声明：作美术文，用白话也好，用文言也好，例如我们写字，为应用起见，自然要写行楷，若如江艮庭君的用篆隶写药方，当然不可；若是为人写斗方或屏联，作装饰品，即写篆隶章草，有何不可？

那时候各科都有几个外国教员，都是托中国驻外使馆或外国驻华使馆介绍的，学问未必都好，而来校既久，看了中国教员的阑珊，也跟了阑珊起来。我们斟酌了一番，辞退几人，都按着合同上的条件办的。有一法国教员要控告我，有一英国教习竟要求英国驻华公使朱尔典来同我谈判，我不答应。朱尔典出去后，说："蔡元培是不要再做校长的了。"我也一笑置之。

我从前在教育部时，为了各省高等学堂程度不齐，故改为各大学直接的预科。不意北大的预科，因历年校长的放任与预科学长的误会，竟演成独立的状态。那时候预科中受了教会学校的影响，完全偏重英语及体育两方面；其他科学比较的落后，毕业后若直升本科，发生困难。预科中竟自设了一个预科大学的名义，信笺上亦写此等字样。于是不能不加以改革，使预科直接受本科学长的管理，不再设预科学长。预科中主要的教课，均由本科教员兼任。

我没有本校与他校的界限，常为之通盘打算，求其合理化。是时北大设文、理、工、法、商五科，而北洋大学亦有工、法两科。北京又有一工业专门学校，都是国立的。我以为无此重复的必要，主张以北大的工科并入北洋，而北洋之法科，刻期停办。得北洋大学校长同意及教育部核准，把土木工与矿冶工并到北洋去了。把工科省下来的经费，用在理科上。我本来想把法科与法专并成一科，专授法律，但是没有成功。我觉得那时候的商科，毫无设备，仅有一种普通商业学教课，于是并入法科，使已有的学生毕业后停止。

我那时候有一个理想，以为文、理两科，是农、工、医、药、法、商等应用科学的基础，而这些应用科学的研究时期，仍然要归到文、理两科来。所以文、理两科，必须设各种的研究所；而此两科的教员与毕业生必有若干人是终身在研究所工作，兼任教员，而不愿往别种机关去的。所以完全的大学，当然各科并设，有互相关联的便利。若无此能力，则不妨有一大学专办文、理两科，名为本科；而其他应用各科，可办专科的高等学校，如德、法等国的成例，以表示学与术的区别。因为北大的校舍与经费，决没有兼办各种应用科学的可能，所以想把法律分出去，而编为本科大学；然没有达到目的。

那时候我又有一个理想，以为文、理是不能分科的。例如文科的哲学，必植基于自然科学，而理科学者最后的假定，亦往往牵涉哲学。从前心理学附入哲学，而现在用实验法，应列入理科；教育学与美学，也渐用实验法，有同一趋势。地理学的人文方面，应属文科，而地质地文等方面属理科。历史学自有史以来，属文科，而推原于地质学的冰期与宇宙生成论，则属于理科。所以把北大的三科界限撤去而列为十四系，废学长，设系主任。

我素来不赞成董仲舒罢黜百家、独尊孔氏的主张。清代教育宗旨有“尊孔”一款，已于民元在教育部宣布教育方针时说他不合用了。到北大后，凡是主张文学革命的人，没有不同时主张思想自由的；因而为外间守旧者所反对。适有赵体孟君以编印明遗老刘应秋先生遗集，贻我一函，属约梁任公、章太炎、林琴南诸君品题。我为分别发函后，林君复函，列举彼对于北大怀疑诸点；我复一函，与他辩。这两函颇可窥见那时候两种不同的见解，所以抄在下面。[①]

这两函虽仅为文化一方面之攻击与辩护，然北大已成为众矢之的，是无可疑了。越四十余日，而有"五四"运动。我对于学生运动，素有一种成见，以为学生在学校里面，应以求学为最大目的，不应有何等政治的组织。其有年在二十岁以上，对于政治有特殊兴趣者，可以个人资格参加政治团体，不必牵涉学校。所以民国七年夏间，北京各校学生，曾为外交问题，结队游行，向总统府请愿。当北大学生出发时，我曾力阻他们，他们一定要参与。我因此引咎辞职，经慰留而罢。到八年五月四日，学生又有不签字于巴黎和约与罢免亲日派曹、陆、章的主张，仍以结队游行为表示，我也就不去阻止他们了。他们因愤激的缘故，遂有焚曹汝霖住宅及攒殴章宗祥的事，学生被警厅逮捕者数十人，各校皆有，而北大学生居多数。我与各专门学校的校长向警厅力保，始释放。但被拘的虽已保释，而学生尚抱再接再厉的决心，政府亦且持不做不休的态度。都中喧传政府将明令免我职而以马其昶君任北大校长，我恐若因此增加学生对于政府的纠纷，我个人且将有运动学生保持地位的嫌疑，不可以不速去。乃一面呈政府，引咎辞职，一面秘密出京，时为五月九日。

那时候学生仍每日分队出去演讲，政府逐队逮捕，因人数太多，就把学生都监禁在北大第三院。北京学生受了这样大的压迫，于是引起全国学生的罢课，而且引起各大都会工商界的同情与公愤，将以罢工、罢市为同样之要求。政府知势不可侮，乃释放被逮诸生，决定不签和约，罢免曹、陆、章，于是"五四"运动之目的完全达到了。

---

① 见《蔡元培全集》第三卷"致公言报函并附答林琴南君函"，此略。

“五四”运动之目的既达，北京各校的秩序均恢复，独北大因校长辞职问题，又起了多少纠纷。政府曾一度任命胡次珊君继任，而为学生所反对，不能到校；各方面都要我复职。我离校时本预定决不回去，不但为校务的困难，实因校务以外，常常有许多不相干的缠绕，度一种劳而无功的生活，所以启事上有“杀君马者道旁儿；民亦劳止，汔可小休；我欲小休矣”等语。但是隔了几个月，校中的纠纷，仍在非我回校，不能解决的状态中，我不得已，乃允回校。回校以前，先发表一文，告北京大学学生及全国学生联合会，告以学生救国，重在专研学术，不可常为救国运动而牺牲。到校后，在全体学生欢迎会演说，说明德国大学学长、校长均每年一换，由教授会公举；校长且由神学、医学、法学、哲学四科之教授轮值；从未生过纠纷，完全是教授治校的成绩。北大此后亦当组成健全的教授会，使学校决不因校长一人的去留而起恐慌。

那时候蒋梦麟君已允来北大共事，请他通盘计划，设立教务、总务两处；及聘任、财务等委员会，均以教授为委员。请蒋君任总务长，而顾孟余君任教务长。

北大关于文学、哲学等学系，本来有若干基本教员，自从胡适之君到校后，声应气求，又引进了多数的同志，所以兴会较高一点。预定的自然科学、社会科学、文学、国学四种研究所，止有国学研究所先办起来了。在自然科学与社会科学方面，比较的困难一点。自民国九年起，自然科学诸系，请到了丁巽甫、颜任光、李润章诸君主持物理系，李仲揆君主持地质系。在化学系本有五抚五、陈聘丞、丁庶为诸君，而这时候又增聘程寰西、石蘅青诸君。在生物学系本已有锺宪鬯君在东南西南各省搜罗动植物标本，有李石曾君讲授学理，而这时候又增聘谭仲逵君。于是整理各系的实验室与图书室，使学生在教员指导之下，切实用功；改造第二院礼堂与庭园，使合于讲演之用。在社会科学方面，请到王雪艇、周鲠生、皮皓白诸君；一面诚意指导提起学生好学的精神，一面广购图书杂志，给学生以自由考索的工具。丁巽甫君以物理学教授兼预科主任，提高预科程度。于是北大始达到各系平均发展的境界。

我是素来主张男女平等的。九年，有女学生要求进校，以考期已过，姑录为旁听生。及暑假招考，就正式招收女生。有人问我："兼收女生是新法，为什么不先请教育部核准？"我说："教育部的大学令，并没有专收男生的规定；从前女生不来要求，所以没有女生；现在女生来要求，而程度又够得上，大学就没有拒绝的理。"这是男女同校的开始，后来各大学都兼收女生了。

我是佩服章实斋先生的，那时候国史馆附设在北大，我定了一个计划，分征集、纂辑两股。纂辑股又分通史、民国史两类，均从长编入手，并编历史辞典。聘屠敬山、张蔚西、薛阆仙、童亦韩、徐贻孙诸君分任征集编纂等务。后来政府忽又有国史馆独立一案，别行组织。于是张君所编的民国史，薛、童、徐诸君所编的辞典，均因篇帙无多，视同废纸；止有屠君在馆中仍编他的蒙兀儿史，躬自保存，没有散失。

我本来很注意于美育的，北大有美学及美术史教课，除中国美术史由叶浩吾君讲授外，没有人肯讲美学。十年，我讲了十余次，因足疾进医院停止。至于美育的设备，曾设书法研究会，请沈尹默、马叔平诸君主持。设画法研究会，请贺履之、汤定之诸君教授国画，比国楷次君教授油画。设音乐研究会，请萧友梅君主持。均听学生自由选习。

我在爱国学社时，曾断发而习兵操，对于北大学生之愿受军事训练的，常特别助成；曾集这些学生，编成学生军，聘白雄远君任教练之责，亦请蒋百里、黄膺白诸君到场演讲。白君勤恳而有恒，历十年如一日，实为难得的军人。

我在九年的冬季，曾往欧美考察高等教育状况，历一年回来。这期间的校长任务，是由总务长蒋君代理的。回国以后，看北京政府的情形，日坏一日，我处在与政府常有接触的地位，日想脱离。十一年冬，财政总长罗钧任君忽以金佛郎问题被逮，释放后，又因教育总长彭允彝君提议，重复收禁。我对于彭君此举，在公议上，认为是蹂躏人权、献媚军阀的勾当；在私情上，罗君是我在北大的同事，而且于考察教育时为最密切的同伴，他的操守，为我所深信，我不免大抱不平。与汤尔和、邵飘萍、蒋梦麟诸君会商，均认有表示的必要。我于是一面递辞呈，一面离京。隔了几个月，贿选总统的布置，渐渐的实现；而要求我回校的代表，还是不绝，我遂于十二年七月间重往欧洲，表示决心；至十五年，始回国。那时候，京津间适有战争，不能回校一看。十六年，国民政府成立，我在大学院，试行大学区制，以北大划入北平大学区范围，于是我的北京大学校长的名义，始得取消。

综计我居北京大学校长的名义，十年有半；而实际在校办事，不过五年有半。一经回忆，不胜惭悚。

（1934 年 1 月 1 日原刊《东方杂志》第 31 卷第 1 号）

以奉行勤、朴、公为要务

——在浦东中学的演说词

杨锦春先生创此校时，邀上海学界中人与议，当时弟亦在场，即钦佩之。因富豪不肯捐资兴学，而杨先生独能之也。校成，又提出勤、朴二字，以诏职员学生，弟又甚钦佩之。盖勤、朴二字，即彼自己所经历也。彼无资本，何以能创此校乎？彼何以有资本乎？以其勤于工业，故收入甚丰也。然收入虽丰，苟徒逞一身之快乐，则资本又将消耗矣，安有余钱创此校乎？吾故曰，勤、朴二字，实为校主一身得力之处。不惟此而已，浦东中学，即勤、朴之产物，苟非勤、朴，安能产出一浦东中学乎？

吾今又欲提出一字，以补校主所未言，即公字是也。此字虽校主未曾明言，然彼能捐产兴学，不徒自私自利，即其公也。是校主虽未言公字，却能实行公字也。苟非公，又安得有浦东中学乎？校主所以能创此校，由于实行勤、朴、公之三字。此所以为一代伟人，而足以为吾人模范也。

吾人生此民国初建时代，即以奉行此三字为要务；中学生，尤以奉行此三字为要务，何也？国民教育，当遍设小学于国中，养成国民应有之智识技能，似已满足，何故尚须中学乎？盖中学者，（一）为高等普通学，（二）为预备专门学。人必有高等普通学及预备专门学，始能日进不已也。小学教育，授人以应有之智识技能，似已足维持现状矣。然人民不但以对付现状为究竟，尚须求进步也。世俗之见，或以为指导国民，其责在政府，不免以不肖之心自待矣。或以指导国民，责在学识兼优之学者，此说似较贤。然吾谓实有指导国民之力量者，厥惟中学生，何也？以其受高等普通学，又能进求专门学，故可指导普通国民也。推而广之，虽谓能指导普通人类，亦无不可。故在中学校中之人，即当以此自任。

中学生负指导国民之任，将注意何事乎？共和国最重道德，与从前以官僚居首要之主义，适相反对。从前风俗，以科名为荣耀，自幼即揣摩科举。所以然者，为欲借考试而得做官也，为做官可得较优之财产，较优之名誉也。故财产、名誉，一归于官僚。盖专制国以君主为最有财产、名誉，以此类推，故小官得小财产，小名誉；大官得大财产，大名誉，故财产、名誉，一归于官僚。今试问，吾国此风已改乎？实未之改也。不但官员未改此风，即议员亦不脱官僚之习。如此旧染污俗，永锢国民之身而不洗除，则吾国将来决难立于世界之上，何也？盖世界强国，决不如此趋向也。政以贿成，决不能强国也。何故政以贿成乎？为官僚贪贿也。官僚所以贪贿者，为不勤也。不勤者无正当之收入，不能以自力自养，必有不正当之收入，庶足以济。欲求不正当之收入，于是乎贪；彼又有不正当之耗费，故又不能不贪。贪，故政以贿成也。夫为农、为工、为商，均须有正当之劳力，始有正当之收入；不勤不朴者，既不能效正当之劳力，即不能有正当之收入，于是，只可求途于官僚，以冀不正当之收入。若国民相率而求不正当之收入，斯其国危矣。

世界优强之国，官吏收入，较诸实业之收入，不如远甚，故国民相率趋实业而避官僚。今欲挽救吾国之弊，亦惟趋重实业而避官僚而已。今年本校添设工业班，正与此义相合，此又愿与诸君劝勉者也。

趋重实业，即可实行勤、朴、公三字，与旧道德不背，亦与新道德相合。旧道德曰义、曰恕、曰仁等，皆足与勤、朴、公三字互相发挥；新道德如自由、平等、权利、义务，亦赖勤、朴、公而圆满。或疑自由、平等与勤、朴不相容，此误解也。欲依赖他人，即不自由；依赖性，即由不勤所养成。即就小节言之，如起身要人伺候，出外要人跟随，若无人伺候跟随，几乎寸步难行，岂非不自由乎？此等不自由，皆由不勤所养成。故勤即自由，自由赖勤而后完全也。赖父、兄家产而生活者，可不自劳动而得衣食，当其任意耗费时，直可谓世界之蠹虫；及其耗费尽而变为穷汉，其苦有不堪言者，此又可见不勤之不自由矣。朴者，衣、食、住不奢侈也。余谓惟朴者最自由，因其无往不宜也。习于奢侈者，非美衣不衣，非美食不食；一旦遇世乱，美衣、美食不可得，遇粗粝不下咽，得布素不温暖，其不自由又何如乎？此即自由赖勤朴而完满之说也。或疑平等与勤朴无关，岂知世界之不平等，即由于有人不勤朴乎。一夫不耕，或受之饥；一女不织，或受之寒。己之四体不勤，其影响足令他人受饥寒，此不平等之由于不勤者也。奢侈之家，一饮一食，或耗中人十家之产，以一人之不朴，令多数人迫于饥寒，此又不平等之由于不朴者也。不勤不朴，既不自由，又不平等，刻削他人以利己，尚望其尽己之职，兼为他人尽职乎？杨先生建中学于浦东，为地方造福，即尽己之职，兼为他人尽职也。所以能如此者，即由能勤朴也，岂非吾人所当效法者乎？

或又谓有权利始有义务，惟奴隶有义务而无权利。余则谓权利由义务而生，无义务外之权利。优强人种，得在世界上占优强之位置，亦赖无数先哲之尽义务于前耳。亦有人种竟居奴隶之位置，即因该人类之先辈，不知尽应尽之义务，遂牺牲后人之权利耳。故生而为人，有几十年之生命，即有几十年之义务。当我之幼时，未能为己、为人尽义务，而有教我、养我者，此被养、被教之权利，乃我预支之权利也。他日者，我负教人、养人之责任，即我应偿之义务也。至老年无力尽义务，而不妨享固有之权利，即支用中年所积蓄者而已。故中年之人，为绝对的应尽义务之人，其尽义务，半以偿幼年之预支，半以供老年之享用。故人努力之机会，全在中年，中学生即中年之起步，安可不自勉乎？

人之生命，不可半途丧失。而有半途丧失者，譬如机器中途被毁，未尽其用，岂不可惜乎？人赖衣、食、住而生，故衣、食、住为保命之要务是也。然使但以衣、食、住保命，而更无活动以尽义务，人生亦太无聊矣。譬如机器，须有房屋以藏之，修理以维持之，此亦机器之权利也。然使但藏诸房屋而不尽其用，则机器之为机器，又何足贵乎？人之能力，远非机器之比，果能为人类尽义务，则衣、食、住之权利，不难取得。且本当发挥其良能，以庄严此世界。余故曰，权利由义务而生，无义务外之权利，而勤朴则义务自尽。

或又谓世界文明进步，机械甚多，交通便利，有无须劳动者；且因机械多，交通便，而装饰品增多，似无须尚朴者，此谬论也。机械多，交通便，所以催人勤，而非阻人勤。用机器而物价廉，地无不辟，事无不举，即助人勤之证也。美国人爱迪生，固发明机器，而赞美机器之功，谓世界数十年后，可无贫人，即机器助人勤之说也。至于交通便而装饰品多，乃以装饰普及于人民，非欲个人穷奢极侈也。世界文明进步，无非以向时少数人所独享者，普及于人人而已。即就建筑布置而论，最讲究者，为学堂、博物院、公园，皆为人人可至之地，亦一证也。昔时惟多财者可以远游，而远游一次，须费多数金钱。今则交通便而旅费廉，远游之举，可普及于人人矣，非教人奢侈也，所以补褊狭之见而渐趋大同也。我国老子，俄儒托尔斯泰所主张，似有反对机器、交通之意，即以机器、交通，似与勤朴主义不合也。余则谓勤朴主义，适与机器、交通相得益彰，似无须过虑。故吾国人今日奉行勤朴主义，不至与世界潮流反对，亦适与自国国情相合。

余又提出一公字。所谓公者，即他人尽不到之义务，吾人为之代尽也。试举一例，即杨先生之捐产兴学是矣。吾人亦当以杨先生之心为心，尽他人未尽之义务，则道德高而旧染除，国日以强矣。

（1913 年 6 月 14 日演说，王立才笔记。
见《浦东中学之盛会》油印本）

养成优美高尚思想

——在上海城东女学的演说词

……

弟从前亦曾担任女学，以为求国富强，人人宜受教育。既欲令人人受教育，自当以女学为最重要之事。何也？人之受教育，当自小儿时起。而小儿受母亲之教，比之受父亲之教为多。所谓习惯者，非必写字、读书，然后谓之教育也。扫地亦有教育，揩台亦有教育，人厨下烧饭亦有教育。总之，一举一动，一哭一笑，无不有教育。而主持此事者，厥惟母亲。与小儿周旋之人，未有比母亲长久而亲热者。苟母亲无学问，则小儿之危险何如乎？此已可见女学之重矣。然犹不止此，推本穷源，则胎教亦不可忽也。吾国古时，颇注意此事。女子当怀孕时，目不视恶色，耳不听恶声，口不出傲言，立必正，坐必端。何也？如孕时有不正之举动，则小儿受其影响，他年为不正之人，即由于此。苟女子无教育，则小儿在胎内时，为母体所范围，虽欲避免不良之影响，其道末由。当孩提时，又处处受母亲影响，此时染成恶习惯，他时改之最难。然则苟以教育为重要，岂可不以女学为重要乎？

弟有见及此，故亦曾组织女学，名曰“爱国女学校”。因诣力不足，为他事所牵，率不能专诚办女学，常觉抱愧于心。而白民先生自十年以前，即办女学，维持至今不衰，此弟所钦佩者也。从前曾来参观，有黄任之、刘季平诸先生任教课，崇尚柔术。其后在报上见过，知城东女学有崇尚美术、手工之倾向。今日参观，见许多美术品；听诸君唱歌，益知贵校有崇尚美术之倾向。或疑前后举动何以不一致？然以余观之，正合世界之趋势。何也？七八年前，吾人在专制政府之下，男子思革命，女子亦思革命，同心协力，振起尚武精神，驱除专制，宜也。然世界趋势，非常常如此。世有强凌弱之事，于是弱者合力以抵抗强者，逮两者之力相等，则抵抗之力无所用，人与人不必相争，当互相协力，各自分工，与人以外之强权抵抗。

人以外之强权何也？如风灾、水灾等皆是也。稻方开花而有暴风，则稻受损矣。棉方成熟而有淫雨，则棉受损矣。或大水冲决，则人民之田庐丧失。或火山暴烈，则一方之民受害。人所以受此种种灾害，毕竟由知识不足故也。使各自分工，研究学理，增加知识，则此种灾害，可渐消除。昔时道路不佳，不力不能行远；今有汽舟、汽车，可以行远，即知识增而灾害渐消之一证也。兄弟二人在家中，有时不免争竞，然外侮来时，自知互相以御外侮，更可知自家争竞之非。人与人同居一世界，犹一家也；自然界之种种灾害，犹外侮也。故人与人不当相争，而当合力以与自然抵抗。节省无益之战斗力，移之以与天然战。近世种种新发明，即由此而产出者也。达尔文初创进化论，谓生存竞争，人类亦不能免，因地上养分不足，故势必至于互争。今知其不然，损人利己，决不能获最后之优胜。故生存竞争云云，已为过去学说。最新之进化学，已不主张此说矣。如赤十字社设为救护队，虽两国相争，而该社专务救济，不论甲国、乙国，均得而救济之，不许强权者侵犯，已为世界各国所公认，此亦可见世界渐厌战争，共趋博爱之一端矣。

总之，世界须大家分担责任，又须打总算盘。吾国家族制度，父、子、兄、弟等，共居一家，饮食、衣服、房屋均公者，常易起冲突。假如一人穿新衣，一人穿旧衣，则穿旧衣者将不服，以为何厚彼而薄吾。如一人穿新衣，众人皆穿新衣，将不胜其费。如此种种冲突，实起于各人无职［责］任，而只知享用。故有提倡分至极小，以自活自养者，然仍不免糜费。例如有一大族，每日须供五十人之食，故须有一极大厨房。以其大也，分为五家，成为十人一家，然糜费仍多，因其间不免有侵欺之事也。如能互相帮助，互不相欺，则分工为之，而百事具举矣。一家之中，洗衣者常管洗衣，烧饭者常管烧饭，教育者专管教育，虽规模宏大，比之五十人为一家而过之，亦尚不为害。因崇尚强力之主义减退，共同生活之主义扩充也。

又世界将来之趋势，男、女权力为相同。人类初时，男、女权力不能相同者，因男子身体较强也。战争则男子任之，跋涉道途，亦男子任之，他如出外经商，政治上活动，亦均男子任之，因此等事较为劳苦也。女子任家中各事，似较安逸。然因此男子权利较多。由此可见，劳苦多者权利多，劳苦少者权利少，权利由劳苦生，非可舍劳苦而求权利。今之世界，女子职业，可与男子相同，故权利亦可相同。何也？古时相杀之事多，男子因习于战争，故体力不期而然自强。将来男子职业，不必执干戈，遵进化公例，肢体不用则消退，即可知男子体力，未必过于女子，故男、女权利可相等。

然苟趋重实业，分工交易，彼有余衣可以为吾衣，吾有余食可以为彼食，各得丰衣足食，以乐天年，岂不善乎？此身体之快乐也。然但得身体快乐，未可谓满足，因身体要死也。故尚须求精神之快乐。有身体快乐而精神苦者，似快实苦，终为愚人而已矣。然则精神之快乐如何？曰：亦在求高尚学问而已。许多学问道理考究不尽，加力研究，发现一种新理，常有非常之快乐。如考究星者，常研究星中有何原质，所行轨道如何，太阳系诸恒星如何情形，均有人考究此等事，初似与吾人无关，然苟能研究，甚为有益。考究原质者，初时知最小者为极小之原子，今又考知有更小之物，名曰电子。昔时知原子不变化，今知原子尚有变化。此等研究，有直接有益于人生日用者，有未即有用者。然考道者，不论有用无用，苟未懂至彻底，则精神不快乐也。取譬不远，但举日常授课而言，教员为学生讲解：鸡能生蛋，牛能拖车，人知利用之，取为食物，用以耕田，似已足矣；然执笔按纸，画鸡画牛，有何用乎？更以漆工制成漆鸡漆牛，又何用乎？人当野蛮时代，以木为门，借山洞以居，苟可御风御雨已足，何故不自足，必用长方之玻璃为窗，何故必要美丽之台毯，无他，皆为不满足之一念所驱而已。饥必思食，大人之常情也。然小儿之时，虽体中已饥，竟可不知饥为何事；然其身体内自然有求食之动机，若不得食，则身体即患病，此生理上无可强制者也。吾人之精神亦然，若无科学、美术，则心中成病，精神不快。船之制作，至今世之飞船，殆可谓穷巧极工；然船之最初，不过一根木头，随意摇摇而已。车之简单者，如独力推行之牛角车是也；然一步一步改好，则有火车、电车之美备。划子帆船，比之独木船已好矣，而人心尚以为不足，此即人类进化之秘机也。其要旨，即在分工协力。今试吾人关门为之，必不能成一火轮船。何也？取轮于甲，求舆于乙，均非通工易事不为功也。由此可知，吾欲成一事，必赖许多人帮助；吾做成一事，又可帮助人成事。故吾人用一分力，与全世界人有关系，知吾人之力非枉用。

女子教育，有主张养成贤母良妻者，有不主张养成贤母良妻者。以余论之，贤母良妻，亦甚紧要。有良妻则可令丈夫成好丈夫，有贤母可令子女成贤子女，是贤母良妻亦大有益于世界。若谓贤母良妻为不善，岂不贤不良反为善乎？然必谓女子之事，但以贤母良妻为限，是又不通之论也。人之动作力，如限于一家，常耗费多而成功少，故贤母能教其三孩子者，不必专教三孩子，不妨并他人之孩子而共教之。故余以为，女子当求学之时，即须自己想定专诚学一事，如专诚学教育，专诚学科学、美术、实业均可。吾苟专精一事，自有他人专精他事，吾可与之交换也。据各先进国之经验，则女子之职业，不宜为裁判官，因女子感情易动，近于慈爱，故遇应受罚责之人，亦或以其可怜而赦之。算学、论理学亦不宜。而哲学、文学、美术学最相宜，女子偏重此各科，故此中颇产名人。然历史上名字，尚少于男子。今可察世界之趋势，不必限定，各自分趋，他日所成就，定可与男子同。

余以为自初等小学始，以至中学，即可注重实业、美术，其中可包括文学等。美国人某君，绝对注重实业。谓学堂教育，可以丧失人之能力，当使习为世界上之事，故青年之人，虽不入学堂，或助父，或助母，为一切事，均佳。入学堂者，常自谓学问甚高，是傲也。赖佣人之力以衣、食、住，习于舒服，而厌为劳苦之事，是懒也。傲且懒之习惯，殊不适于生存社会上。衣服须自裁，而彼不能自裁衣服，一切人生应为之事，彼均不能为，岂不可危乎？故某君之教育，不用教科书，不论男、女，均至厨房中烧饭。或谓裁衣为女子之事，某君曰不然，男子亦须学之。或谓解木为器，为男子之事，某君曰不然，女子亦须为之。所为各事，均即有科学寓乎中。莱即植物学也，肉即动物学也。烹调中有化学，有物理。用尺量布及绸，即为算学。剪刀剪物，亦地理学也。缝衣穿线，有重学、力学寓焉。太古不以铁为釜，将石镂空即为釜，是人类学、历史学也。美洲人之衣、食、住，与亚洲人之衣、食、住不同，是历史、地理均括于内也。我必尽义务，而后得与人共享权利；人享权利，亦必尽义务，自修身教授也。某氏发挥此主义，专著一书，名曰《学校及社会》，实可名之曰《学校及生活》。某氏倡此主义后，赞成之者颇多。近世小学、中学，必有手工、木工、石工、金工，近世之趋势如此，亦以生活教育之重要耳。

（1913 年 6 月演说，收入 1931 年 10 月
广益书局编印《蔡元培言行录》）

两种感想与三点希望[1]

——在清华学校高等科演说词

两种感想

鄙人今日参观贵校，有两种感想：一为爱国心，一为人道主义。溯贵校之成立，远源于庚子之祸变。吾人对于往时国际交涉之失败，人民排外之蠢动，不禁愧耻，而油然生爱国之心，一也。美国以正义为天下倡，特别退还赔款，为教育人才之用，吾人因感其诚而益信人道主义之终可实现，二也。此二感想，同时涌现于吾心中。夫国家主义与人道主义，初若不相容者，如国家自卫，则不能不有常设之军队。而社会之事业，若交通，若商业，本以致人生之乐利。乃因国界之分，遂反生种种障碍，种种垄断。且以图谋国家生存、国力发展之故，往往不恤以人道为牺牲。欧洲战争，是其著例。吾人对现在国家之组织，断不能云满意，于是学者倡无政府主义，欲破坏政府之组织，以个人为单位，以人道为指归。国家主义与世界主义之不相容，盖如此矣。而何以在贵校所得之二感想，同时盘旋于吾心中？岂非以今日为两主义过渡之时代，吾人固同具此爱国心与人道观念欤？国家主义与世界主义之过渡，求之事实而可征。今日世界慈善事业，若红十字会等组织，已全泯国界。各国工会之集合，亦以人类为一体。至思想学术，则世界所公，本无国别。凡此皆日趋大同之明证。将来理想之世界，不难推测而知矣。盖道德本有三级：（一）自他两利；

① 本题为编者所拟，原题移作副题。演讲日期为 1917 年 3 月 29 日。

（二）虽不利己而不可不利他；（三）绝对利他，虽损己亦所不恤。人与人之道德，有主张绝对利他，而今之国际道德，止于自他两利，故吾人不能不同时抱爱国心与人道主义。惟其为两主义过渡之时代，不能不调剂之，使不相冲突也。

对清华学生之希望

吾人之教育，亦为适应此时代之预备。清华学生，皆欲求高深之学问于国外，对于此将来之学者，尤不能无特别之希望，故更贡数言如下：

一曰发达个性。分工之理，在以己之所长，补人之所短，而人之所长，亦还以补我之所短。故人类分子，决不当尽归于同化，而贵在各能发达其特性。吾国学生游学他国者，不患其科学程度之不若人，患其模仿太过而消亡其特性。所谓特性，即地理、历史、家庭、社会所影响于人之性质者是也。学者言进化最高级为各具我性，次则各具个性。能保我性，则所得于外国之思想、言论、学术，吸收而消化之，尽为“我”之一部，而不为其所同化。否则留德者为国内增加几辈德人，留法者、留英者，为国内增加几辈英人、法人。夫世界上能增加此几辈有学问、有德行之德人、英人、法人，宁不甚善？无如失其我性为可惜也。往者学生出外，深受刺激，其有毅力者，或缘之而益自发愤；其志行稍薄弱者，即弃捐其“我”而同化于外人。所望后之留学者，必须以“我”食而化之，而毋为彼所同化。学业修毕，更遍游数邦，以尽吸收其优点，且发达我特性也。

二曰信仰自由。吾人赴外国后，见其人不但学术政事优于我，即品行风俗亦优于我，求其故而不得，则曰是宗教为之。反观国内，黑暗腐败，不可救疗，则曰是无信仰为之。于是或信从基督教，或以中国不可无宗教，而又不愿自附于耶教，因欲崇孔子为教主，皆不明因果之言也。彼俗化之美，仍由于教育普及，科学发达，法律完备。人人于因果律知之甚明，何者行之而有利，何者行之而有害，辨别之甚析，故多数人率循正轨耳。于宗教何与？至于社会上一部分之黑暗，何国蔑有，不可以观察未周而为悬断也。质言之，道德与宗教，渺不相涉。故行为不能极端自由，而信仰不可不自由。行为之标准，根于习惯；习惯之中，往往并无善恶是非之可言，而社交上不能不率循之者。苟无必不可循之理由，而故与违反，则将受多数人无谓之嫌忌，而我固有之目的，将因之而不得达。故入境问禁，入国问俗，不能不有所迁就。此行为之不能极端自由也。若夫信仰则属之吾心，与他人毫无影响，初无迁就之必要。昔之宗教，本初民神话创造万物、末日审判诸说，不合科学，在今日信者盖寡。而所谓与科学不相冲突之信仰，则不过玄学问题之一假定答语。不得此答语，则此问题终梗于吾心而不快。吾又穷思冥索而不得，则且于宗教哲学之中，择吾所最契合之答语，以相慰藉焉。孔之答语可也，耶之答语可也，其他无量数之宗教家、哲学家之答语亦可也。信仰之为用如此。既为聊相慰藉之一假定答语，吾必取其与我最契合者，则吾之抉择有完全之自由，且亦不能限于现在少数之宗教。故曰信仰期于自由也。明乎此，则可以勿眩于习闻之宗教说矣。

三曰服役社会。美洲有取缔华工之法律，虽由工价贱，而美工人不能与之竞争，致遭摈斥，亦由我国工人知识太低，行为太劣，而有以自取其咎。唐人街之腐败，久为世所诟病。留学生对于此不幸之同胞，有补救匡正之天职。欧洲留学界已有行之者，如巴黎之俭学会，对于法国招募华工，力持工价与法人平等及工人应受教育之议。俭学会并设一华工学校，授工人以简易国文、算术及法语，又刊《华工杂志》，用白话撰述，别附中法文对照之名词短语，以牖华工之知识。英国留学生亦有同样之事业，其所出杂志，定名《工读》。是皆于求学之暇，为同胞谋幸福者也。美洲华工，其需此种扶助尤急，而商人巨贾，不暇过问，惟待将来之学者急起图之耳。贵校平日对于社会服役，提倡实行，不遗余力，如校役夜课及通俗演讲等，均他校所未尝有。窃望常抱此主义，异日到美后，推行于彼处之华工，则造福宏矣。

（据北京大学新潮社编印《蔡子民先生言行录》）

思想之自由[1]

——在南开学校敬业、励学、演说三会联合讲演会上的演说词

兄弟今日承蒋先生之介绍，得与诸君相晤，谈话一堂，甚幸甚幸。惟兄弟虽蒙诸君之约，冀有所贡献，然以校事羁身，急待归去；且欲一听李先生之演说，故遂不得作长谈，仅择其精者简略言之，愿诸君一垂听焉。

讲题之采取，系属于感想而得。顷与全校诸君言道德之精神在于思想自由，即足为是题之引。（先生与三会联合演讲之先，复由全校欢迎大会，并丐先生演说，蒙先生首肯，乃以德、智、体三育为同学讲演，词已载入《校风》报。兹不忍割爱，故复移录之于篇后，以公同好焉。）

兹兄弟未至贵校之先，每以贵校与约翰、清华、东吴诸大学相联想。今亲诣参观，略悉内情，始知大谬。盖贵校固一纯粹思想自由之学校。继以各会宗旨，谅大都一致为无疑。乃闻之姜先生，复知各会宗旨各异，万象保罗，任人选择。若青年会属于宗教的，而敬业乐群会则以研究学术号召，励学会亦复以演说讲演为重。此外各专门学会亦各精一术，毫不相妨。此诚可为诸君庆，而兄弟遂亦感而言此矣。

人生在世，身体极不自由。以贵校体育论，跃高掷重，成绩昭然。（本岁远东运动会，本校同学以跃高、掷重列名，故先生言如此。）然而练习之始，其难殆百倍于成功之日。航空者置身太空，自由极矣，乃卒不能脱巨风之险。习语言者，精一忘百，即使能通数地或数国方言，然穷涉山川，终遇隔膜之所。是知法律之绳人，亦犹是也。

---

① 标题为编者所拟，原题移作副题。

然法律不自由中，仍有自由可寻。自由者何？即思想是也。但思想之自由，亦自有界说。彼倡天地新学说者，必以地圆为谬，而倡其地平日动之理。其思想诚属自由，然数百年所发明刊定不移之理，讵能一笔抹杀！且地圆之证据昭著，既不能悉于推翻，修取一二无足轻重之事，为地平证，则其学说不能成立也宜。又如行星之轨道，为有定所，精天文者，久已考明。乃幻想者流，必数执已定之理，屏为不足道，别创其新奇之论。究其实，卒与倡天地新学说者将同归失败。此种思想，可谓极不自由。盖真理既已公认不刊，而驳之者犹复持闭关主义，则其立论终不得为世人赞同，必矣。

舍此类之外，有所谓最自由者，科学不能禁，五官不能干，物质不能范，人之寿命，长者百数十年，促者十数年，而此物之存在，则卒不因是而间断。近如德人之取尸炸油，毁人生之物质殆尽，然其人之能存此自由者，断不因是而毁灭。在昔有倡灵魂论，宗教家主之，究之仍属空洞。分思想于极简单，分皮毛于极细小，仍亦归之物质，而物质之作用，是否属之精神，尚不可知。但精神些微之差，其竟足误千里。故精神作用，现人尚不敢曰之为属于物质，或曰物质属之于精神。且精神、物质之作用，是否两者具备，相辅而行？或各自为用，毫不相属？均在不可知之数。如摄影一事，其存者果为精神？抑为物质、精神两者均系之？或两者外别有作用？此实不敢武断。

论物质，有原子，原子分之又有电子。究竟原子、电子何属？吾人之思想试验，殊莫知其奥。论精神，其作用之最微者又何而属？吾人更不得知。而空中有所谓真空，各个以太，实则其地位何若，态度何似，更属茫然。度量衡之短而小者，吾人可以意定，殆分之极细，长之极大，则其极不得而知。譬之时计，现为四句钟，然须臾四钟即逝，千古无再来之日，其竟又将如何耶？伍廷芳先生云，彼将活二百岁。二百岁以后何似？推而溯之原始，终不外原子、电子之论。考地质者，亦不得极端之证验。地球外之行星，或曰已有动物存在，其始生如何，亦未闻有发明者。

人生在世，钩心斗智，相争以学术，鞠躬尽瘁，死而后已，亦无非争此未勘破之自由。评善恶者，何者为善，何者为恶，禁作者为违法之事，而不作者亦非尽恶。以卫生论，卫生果能阻死境之不来欤？生死如何，民族衰亡如何，衰亡之早晚又如何，此均无确当之论。或曰终归之于上帝末日之裁判，此宗教言也。使上帝果人若，则空洞不可得见，以脑力思之，则上帝非人，而其至何时，其竟何似，均不可知，是宗教亦不足征信也。有主一元说者，主二元说者，又有主返原之论者，使人人倾向于原始之时。今之愿战，有以为可忧，有以为思想学术增进之导线。究之以上种种，均有对待可峙，无人敢信其为绝对的可信，亦无有令人绝对的可信之道也。

是故，吾人今日思想趋向之竟，不可回顾张皇，行必由径，反之失其正鹄。西人今日自杀之多，殆均误于是道。且至理之信，不必须同他人；己所见是，即可以之为是。然万不可诪张为幻。此思想之自由也。凡物之评断力，均随其思想为定，无所谓绝对的。一己之学说，不得束缚他人；而他人之学说，亦不束缚一己。诚如是，则科学、社会学等等，将均任吾人自由讨论矣。

（1917 年 5 月 23 日演讲，周恩来笔录。
原刊 1917 年 6 月《敬业学报》第 6 期）

自由、平等、友爱之道德[1]

——在保定育德学校的演说词

鄙人耳育德学校之名，由来已久，今乘大学休假之际，得以躬莅斯地，与诸君子共语一堂，甚属快事。因贵校以育德为号，而校中又设有留法预科，乃使鄙人联想及于法人之道德观念。法自革命以后，有最显著、最普遍之三词，到处揭著，即自由、平等、友爱是也。夫是三者，是否能尽道德之全，固难遽定，然即证以中国意义，要亦不失为道德之重要纲领。

所谓自由，非放恣自便之谓，乃谓正路既定，矢志弗渝，不为外界势力所征服。孟子所称“富贵不能淫，贫贱不能移，威武不能屈”者，此也。准之吾华，当曰义。所谓平等，非均齐不相系属之谓，乃谓如分而与，易地皆然，不以片面方便害大公。孔子所称“己所不欲，勿施于人”者，此也。准之吾华，当曰恕。所谓友爱，义斯无歧，即孔子所谓“己欲立而立人，己欲达而达人”，张子所称“民胞物与”者，是也。准之吾华，当曰仁。仁也、恕也、义也，均即吾中国古先哲旧所旌表之人道信条，即征西方之心同理同，亦当宗仰服膺者也。

是以鄙人言人事，则必以道德为根本；言道德，则又必以是三者为根本。盖人生心理，虽曰智、情、意三者平列，而语其量，则意最广，征其序则意又最先。此固近代学者所已定之断案。就一人之身而考三性发达之迟早，就矿植动三物之伦而考三性包含之多寡，与夫就吾人日常之识一物、立一义而考三性应用之疾徐，皆有

---

① 标题为编者所拟，原题为《在育德学校演说之述意》。

其不可掩者。故近世心理学，皆以意志为人生之主体，惟意志之所以不能背道德而向道德，则有赖乎知识与感情之翼助。此科学、美术所以为陶铸道德之要具，而凡百学校皆据以为编制课程之标准也。自鄙人之见，亦得以三德证成之。二五之为十，虽帝王不能易其得数；重坠之趋下，虽兵甲不能劫之反行，此科学之自由性也。利用普乎齐民，不以优于贵；立术超乎攻取，无所党私，此科学之平等性及友爱性也。若美术者，最贵自然，毋意毋必，则自由之至者矣；万象并包，不遗贫贱，则平等之至者矣；并世相师，不问籍域，又友爱之至者矣。故世之重道德者，无不有赖乎美术及科学，如车之有两轮，鸟之有两翼也。

今闻贵校学风，颇致力于勤、俭二字。勤则自身之本能大，无需于他；俭则生活之本位廉，无人不得，是含自由义。且勤者自了己事，不役人以为工；俭者自享己分，不夺人以为食，是含平等义。勤者输吾供以易天下之供，俭者省吾求以裕天下之求，实有烛于各尽所能、各取所需之真谛，而不忍有一不克致社会有一不获之夫，是含友爱义。诸君其慎毋以二字为庸为小。天下盖尽有几多之恶潮，其极也，足以倾覆邦命，荼毒生灵，而其发源，乃仅由于一二少数人自恣之心所鼓荡者。如往者筹安会之已事，设其领袖俱习于勤俭，肯为寻常生活，又何至有此。然则此二字者，造端虽微，而潜力则巨。鄙人对于贵校之学风，实极端赞成矣。惟祝贵校以后法文传习日广，能赴法留学者日多，俾中国之义、恕、仁与法国之自由、平等、友爱融化，而日进于光大。是非党法，法实有特宜于国人旅学之点：旅用廉也，风习新也，前驱众也，学说之纯正，不杂以君制或宗教之匿瑕也，国民之浸淫于自由、平等、友爱者久，而鲜侮外人也，皆其著也。

（1918 年 1 月 5 日演说，孙松龄记述。
原刊 1918 年 2 月 20 日《北京大学日刊》第 72 号）

科学之修养

——在北京高等师范学校修养会演说词

鄙人前承贵校德育部之召，曾来校演讲；今又蒙修养会见召，敢略述修养与科学之关系。

查修养之目的，在使人平日有一种操练，俾临事不致措置失宜。盖吾人平日遇事，常有计较之余暇，故能反复审虑，权其利害是非之轻重而定取舍。然若至仓卒之间，事变横来，不容有审虑之余地，此时而欲使诱惑、困难不能隳其操守，非凭修养有素不可，此修养之所以不可缓也。

修养之道，在平日必有种种信条：无论其为宗教的，或社会的，要不外使服膺者储蓄一种抵抗之力，遇事即可凭之以定抉择。如心所欲作而禁其不作，或心所不欲而强其必行，皆依于信条之力。此种信条，无论文明、野蛮民族均有之。然信条之起，乃由数千万年习惯所养成；及行之既久，必有不适之处，则怀疑之念渐兴，而信条之效力遂失。此犹就其天然者言也。乃若古圣先贤之格言嘉训，虽属人造，要亦不外由时代经验归纳所得之公律，不能不随时代之变迁而异其内容。吾人今日所见为嘉言懿行者，在日后或成故纸；欲求其能常系人之信仰，实不可能。由是观之，则吾人之于修养，不可不研究其方法。在昔吾国哲人，如孔孟老庄之属，均曾致力于修养，而宋明儒者尤专力于此。然学者提倡虽力，卒不能使天下之人尽变为良善之士，可知修养亦无一定之必可恃者也。至于吾人居今日而言修养，则尤不能如往古道家之蛰影深山，不闻世事。盖今日社会愈进，世务愈繁。已入社会者，固不能舍此而他从；即未入社会之学校青年，亦必从事于种种学问，为将来入世之准备。其责任之繁重如是，故往往易为外务所缚，无精神休假之余地，常易使人生观陷于悲观厌世之域，而在不得志之人为尤甚。其故即在现今社会与从前不同。欲补救此弊，须使人之精神，有张有弛。如作事之后，必继之以睡眠，而精神之疲劳，亦必使有机会得以修养。此种团体之结合，尤为可喜之事。但鄙人以为修养之致力，不必专限于集会之时，即在平时课业中亦可利用其修养。故特标此题曰“科学的修养”。

今即就贵会之修养法逐条说明，以证科学的修养法之可行。如贵会简章有“力行校训”一条。贵校校训为“诚勤勇爱”四字。此均可于科学中行之。如“诚”字之义，不但不欺人而已，亦必不可为他人所欺。盖受人之欺而不自知，转以此说复诏他人，其害与欺人者等也。是故吾人读古人之书，其中所言苟非亲身实验证明者，不可轻信；乃至极简单之事实，如一加二为三之数，亦必以实验证明之。夫实验之用最大者，莫如科学。譬如报纸纪事，臧否不一，每使人茫无适从。科学则不然，真是真非，丝毫不能移易。盖一能实验，而一不能实验故也。由此观之，科学之价值，即在实验。是故欲力行“诚”字，非用科学的方法不可。

其次“勤”。凡实验之事，非一次所可了。盖吾人读古人之书而不慊于心，乃出之实验。然一次实验之结果，不能即断其必是，故必继之以再以三，使有数次实验之结果。如不误，则可以证古人之是否；如与古人之说相刺谬，则尤必详考其所以致误之因，而后可以下断案。凡此者反覆推寻，不惮周详，可以养成勤劳之习惯。故“勤”之力行亦必依赖夫科学。

再次“勇”。勇敢之意义，固不仅限于为国捐躯、慷慨赴义之士。凡作一事，能排万难而达其目的者，皆可谓之勇。科学之事，困难最多。如古来科学家往往因试验科学致丧其性命，如南北极及海底探险之类。又如新发明之学理，有与旧传之说不相容者，往往遭社会之迫害，如哥白尼、贾利来之惨祸[①]。可见研究学问，亦非有勇敢性质不可；而勇敢性质，即可于科学中养成之。大抵勇敢性有二：其一，发明新理之时，排去种种之困难阻碍；其二，既发明之后，敢于持论，不惧世俗之非笑。凡此二端，均由科学所养成。

再次"爱"。爱之范围有大小。在野蛮时代，仅知爱自己及与己最接近者，如家族之类；此外稍远者，辄生嫌忌之心。故食人之举，往往有焉。其后人智稍进，爱之范围渐扩，然犹不能举人我之见而悉除之。如今日欧洲大战，无论协约方面，或德奥方面，均是己非人，互相仇视，欲求其爱之普及甚难。独至于学术方面则不然：一视同人，无分畛域；平日虽属敌国，及至论学之时，苟所言中理，无有不降心相从者。可知学术之域内，其爱最博。又人类嫉妒之心最盛，入主出奴，互为门户。然此亦仅限于文学耳；若科学，则均由实验及推理所得唯一真理，不容以私见交易一切。是故妒嫉之技无所施，而爱心容易养成焉。

以上所述，仅就力行校训一条引申其义。再阅简章，有静坐一项。此法本自道家传来。佛氏之坐禅，亦属此类。然历年既久，卒未普及社会；至今日日本之提倡此道者，纯以科学之理解释之。吾国如蒋竹庄先生亦然[②]，所以信从者多，不移时而遍于各地。此亦修养之有赖于科学者也。

又如不饮酒、不吸烟二项，亦非得科学之助力不易使人服行。盖烟酒之嗜好，本由人无正当之娱乐，不得已用之以为消遣之具，积久遂成痼疾。至今日科学发达，娱乐之具日多，自不事此无益之消遣。如科学之问题，往往使人兴味加增，故不感疲劳而烟酒自无用矣。

---

① 哥白尼（1473—1543）：波兰天文学家，日心说（即地动说）的创立者。以科学的日心说否定了在西方统治一千多年的地心说，动摇了中世纪的宗教神权论。贾利来：今通译伽利略（1564—1642），意大利物理学家、天文学家。他充分证明和发展了哥白尼的地动说，因而遭到罗马教廷的迫害。

② 蒋竹庄（1873—1958）：即蒋维乔，字竹庄。现代教育家、佛教史家，著有《佛教概论》、《中国佛教史》等。

今日所述，仅感想所及，约略陈之。惟宜注意者，鄙人非谓学生于正课科学之外，不必有特别之修养，不过正课之中，亦不妨兼事修养，俾修养之功，随时随地均能用力，久久纯熟，则遇事自不致措置失宜矣。

（原刊 1919 年 4 月 24 日《北京大学日刊》第 360 号）

义务与权利

——在北京女子师范学校演说词

贵校成立，于兹十载，毕业生之服务于社会者，甚有声誉，鄙人甚所钦佩。今日承方校长属以演讲，鄙人以诸君在此受教，是诸君的权利；而毕业以后即当任若干年教员，即诸君之义务，故愿为诸君说义务与权利之关系。

权利者，为所有权、自卫权等，凡有利于己者，皆属之。义务则几尽吾力而有益于社会者皆属之。

普通之见，每以两者为互相对待，以为既尽某种义务，则可以要求某种权利，既享某种权利，则不可不尽某种义务。如买卖然，货物与金钱，其值相当是也。然社会上每有例外之状况，两者或不能兼得，则势必偏重其一。如杨朱为我，不肯拔一毛以利天下；德国之斯梯纳（Stirner）及尼采（Nietsche）等①，主张唯我独尊，而以利他主义为奴隶之道德。此偏重权利之说也。墨子之道，节用而兼爱；孟子曰：生与义不可得兼，舍生而取义。此偏重义务之说也。今欲比较两者之轻重，以三者为衡。

（一）以意识之程度衡之。下等动物，求食物，卫生命，权利之意识已具；而互助之行为，则于较为高等之动物始见之。昆虫之中，蜂、蚁最为进化。其中雄者能传种而不能作工。传种既毕，则工蜂、工蚁刺杀之，以其义务无可再尽，即不认其有何等权利也。人之初生，即知吮乳，稍长则饥而求食，寒而求衣，权利之意义具，而义务之意识未萌。及其长也，始知有对于权利之义务。且进

① 斯梯纳（1806—1856）：即麦克斯·斯蒂纳，德国哲学家，青年黑格尔派代表。著有《唯一者及其所有物》。

而有公而忘私、国而忘家之意识。是权利之意识，较为幼稚；而义务之意识，较为高尚也。

（二）以范围之广狭衡之。无论何种权利，享受者以一身为限；至于义务，则如振兴实业、推行教育之类，享其利益者，其人数可以无限。是权利之范围狭，而义务之范围广也。

（三）以时效之久暂衡之。无论何种权利，享受者以一生为限。即如名誉，虽未尝不可认为权利之一种，而其人既死，则名誉虽存，而所含个人权利之性质，不得不随之而消灭。至于义务，如禹之治水，雷绥佛（Lessevs）之凿苏彝士河，汽机、电机之发明，文学家、美术家之著作，则其人虽死，而效力常存。是权利之时效短，而义务之时效长也。

由是观之，权利轻而义务重。且人类实为义务而生存。例如人有子女，即生命之派分，似即生命权之一部。然除孝养父母之旧法而外，曾何权利之可言？至于今日，父母已无责备子女以孝养之权利，而饮食之，教诲之，乃为父母不可逃之义务。且《列子》称愚公之移山也，曰："虽我之死，有子存焉。子又生孙，孙又生子，子子孙孙，无穷匮也，而山不加增，何苦而不平？"虽为寓言，实含至理。盖人之所以有子孙者，为夫生年有尽，而义务无穷；不得不以子孙为延续生命之方法，而于权利无关。是即人之生存，为义务而不为权利之证也。

惟人之生存，既为义务，则何以又有权利？曰：盖义务者在有身，而所以保持此身，使有以尽义务者，曰权利。如汽机然，非有燃料，则不能作工，权利者，人身之燃料也。故义务为主，而权利为从。

义务为主，则以多为贵，故人不可以不勤；权利为从，则适可而止，故人不可以不俭。至于捐所有财产，以助文化之发展，或冒生命之危险，而探南北极、试航空术，则皆可为善尽义务者。其他若厌世而自杀，实为放弃义务之行为，故伦理学家常非之。然若其人既自知无再尽义务之能力，而坐享权利，或反以其特别之疾病若罪恶，贻害于社会，则以自由意志而决然自杀，亦有可谅者。独身主义亦然，与谓为放弃权利，毋宁谓为放弃义务。然若有重大之义务，将竭毕生之精力以达之，而不愿为家室所累；又或自忖体魄，在优种学上者不适于遗传之理由，而决然抱独身主义，亦有未可厚非者。

今欲进而言诸君之义务矣。闻诸君中颇有以毕业后必尽教员之义务为苦者。然此等义务，实为校章所定。诸君入校之初，既承认此校章矣。若于校中既享有种种之权利，而竟放弃其义务，如负债不偿然，于心安乎？毕业以后，固亦有因结婚之故，而家务、校务不能兼顾者。然胡彬夏女士不云乎[①]："女子尽力社会之暇，能整理家事，斯为可贵。"是在善于调度而已。我国家庭之状况，烦琐已极，诚有使人应接不暇之苦。然使改良组织，日就简单，亦未尝不可分出时间，以服务于社会。又或约集同志，组织公育儿童之机关，使有终身从事教育之机会，亦无不可。在诸君勉之而已。

（收入北京大学新潮社1920年10月《蔡孑民先生言行录》，原注"八年十二月七日改定"）

---

① 胡彬夏（1888—1931）：现代女学者、编辑。早年留学日本和美国，回国后在多所大学任教，并主编商务印书馆发行的《妇女杂志》。

过新加坡时的谈话

——与新加坡南洋华侨中学学生的谈话

人人都爱护学生，敬重学生，然而为什么学生被人此样的爱戴、敬重，而别类人不能呢？因为学生是青年，别人是老年。青年旭日东升，老年暮气沉沉。青年染社会的恶习惯很少，老年人满身都是恶习惯。老年人暮气沉沉，所以觉得事事督〔都〕不能为，人家也因之怨怒深恨。青年人旭日初升，又没有染着社会恶习惯，身心洁白，觉得事事都可以有为，所以人家因之而爱戴、敬重。诸位是青年学生，就要保存这点好处，而况诸位是南洋青年学生的中心点。哪样叫做中心点呢？就是责任最重大，人人都要拿你来做模范，做中心归宿点。你好，人家也跟你来做好；你坏，人家也跟你去做坏。你一举一动，都与社会的好坏有莫大的关系。比方南京学校的中心点，就是高等师范；北京学校的中心点，就是北京大学；而南洋学校的中心点，自然是南洋华侨中学。诸位既是中心点的学生，就要时时刻刻注意怎么样才能够做人家的中心点。去其所以不能做中心点的，就其所以能做中心点的，这就是元培所希望咧。

（1920 年 12 月 5 日演说，周汉光记。
原刊 1921 年 1 月 7 日《北京大学日刊》第 780 号）

对于学生的希望

——在湖南长沙的第七次演讲

我于贵省学生界情形不甚熟悉，我所知者为北京学生界情形，各地想也大同小异。今天到此和诸君说话，便以所知之情形，加以推想，贡献诸君。

“五四”运动以来，全国学生界空气为之一变。许多新现象、新觉悟，都于“五四”以后发生，举其大者，共得四端。

一、自己尊重自己

吾国办学二十年，犹是从前的科举思想，熬上几个年头，得到文凭一纸，实是从前学生的普通目的。自己的成绩好不好，毕业后中用不中用，一概不问。平日荒嬉既多，一临考试，或抄袭课本，或打听题目，或请划范围，目的只图敷衍，骗到一张证书而已，全不打算自己要做一个什么样人，自己和人类社会有何关系。“五四”以前之学生情形，恐怕有大多数是这样的。

“五四”以后不同了。原来“五四”运动也是社会的各方面酝酿出来的。政治太腐败，社会太龌龊，学生天良未泯，便忍耐不住了。蓄之已久，迸发一朝，于是乎有“五四”运动。从前的社会很看不起学生，自有此运动，社会便重视学生了。学生亦顿然了解自己的责任，知道自己在人类社会占何种位置，因而觉得自身应该尊重，于现在及将来应如何打算，一变前此荒嬉暴弃的习惯，而发生一种向前进取、开拓自己运命的心。

二、化孤独为共同

“各人自扫门前雪，不管他人瓦上霜”，是中国古人的座右铭，也就是从前学生界的座右铭。从前的好学生，于自己以外，大半是一概不管，纯守一种独善其身的主义。“五四”运动而后，自己与社会发生了交涉，同学彼此间也常须互助，知道单是自己好，单是自己有学问有思想不行，如想做事真要成功，目的真要达到，非将学问思想推及于自己以外的人不可。于是同志之联络，平民之讲演，社会各方面之诱掖指导，均为最切要的事，化孤独的生活为共同的生活，实是“五四”以后学生界的一个新觉悟。

三、对自己学问能力的切实了解

从前学生，对于自己的学问有用无用，自己的能力哪处是长、哪处是短，简直不甚了解，不及自觉。“五四”以后，自己经过了种种困难，于组织上、协同上、应付上，以自己的学问和能力向新旧社会做了一番试验，顿然觉悟到自己学问不够，能力有限。于是一改从前滞钝昏沉的习惯，变为随时留心、遇事注意的习惯了，家庭啦，社会啦，国家啦，世界啦，都变为充实自己学问、发展自己能力的材料。这种新觉悟，也是“五四”以后才有的。

四、有计划的运动

从前的学生，大半是没有主义的，也没有什么运动。“五四”以后，又经过各种失败，乃知集合多数人做事，是很不容易的，如何才可以不至失败，如何才可以得到各方面的同情，如何组织，如何计划，均非事先筹度不行。又知群众运动在某种时候虽属必要，但决不可轻动，不合时机，不经组织，没有计划的运动，必然做不成功。这种觉悟，也是到“五四”以后才有的。于此分五端的进行：

一、自动的求学。在学校不能单靠教科书和教习，讲堂功课固然要紧，自动自习，随时注意自己发见求学的门径和学问的兴趣，更为要紧。

二、自己管理自己的行为。学生对于社会，已经处于指导的地位。故自己的行为，必应好生管理。有些学生不喜教职员管理，自己却一意放纵，做出种种坏行。我意不要人家管理，能够自治是好的；不要管理，自便放纵，是不好的。管理规则、教室规则等，可以不要，但要能够自守秩序。总要办到不要规则而其收效仍如有规则时或且过之才好，平民主义不是不守秩序，罗素是主张自由最力的人，也说自由与秩序并不相妨。我意最好由学生自定规则，自己遵守。

三、平等及劳动观念。朋友某君和我说：“学生倡言要与教职员平等，但其使令工役，横眼厉色，又俨然以主人自居，以奴隶待人。”我友之言，系指从前的学生，我意学生先要与工役及其他知识低于自己的人讲求平等，然后遇教职员之以不平等待己者，可以不答应他。近人盛倡勤工俭学，主张一边读书，一边做工。我意校中工作，可以学生自为。终日读书，于卫生上也有妨碍。凡吃饭不做事专门暴殄天物的人，是吾们所最反对的。脱尔斯太主张泛劳动主义①。他自制衣履，自作农工，反对太严格的分工，吾愿学生于此加以注意。

四、注意美的享乐。近来学生多有为麻雀②、扑克或阅恶劣小说等不正当之消遣，此固原因于其人之不悦学，尤以社会及学校无正当之消遣，为主要原因。甚有生趣索然，意兴无聊，因而自杀者。所以吾人急应提倡美育，使人生美化，使人的性灵寄托于美，而将忧患忘却。于学校中可实现者，如音乐、图画、旅行、游戏、

① 脱尔斯太：今通译托尔斯泰。

② 麻雀：即麻将。

演剧等，均可去做，以之代替不好的消遣。但切不要拘泥，只随人意兴所到，适情便可。如音乐一项，笛子、胡琴都可。大家看看文学书，唱唱诗歌，也可以悦性怡情。单独没有兴会，总要有几个人以上共同享乐，学校中要常有此种娱乐的组织。有此种组织，感情可以调和，同学间不好的意见和争执，也要少些了。人是感情的动物，感情要好好涵养之，使活泼而得生趣。

五、社会服务。社会一般的知识程度不进，各种事业的设施，均感痛苦。“五四”以来，学生多组织平民学校，教失学的人以普通知识及职业，是一件极好的事。吾见北京每一校有二三百人者，有千人者，甚可乐观。国家办教育，人才与财力均难，平民学校不费特别的人才与财力，而可大收教育之效，故是一件很好的事。又有平民讲演，用讲演的形式与平民以知识，也是一件好事。又调查社会情形，甚为要紧。吾国没有统计，以致诸事无从根据计划，要讲平民主义，要有真正的群众运动，宜从各种细小的调查做起。此次北方旱灾，受饥之民，至三千多万。赈灾筹款，须求引起各方的同情，北京学生联合会乃思得一法，即调查各地灾状，用文字或照片描绘各种灾情，发表出来，借以引起同情。吾出京时，正值学生分组出发，十人一组。即此一宗，可见调查之关系重要。

我以上所讲，是普通的。最后对于湖南学生诸君，尚有二事，须特别说一说：

一、学生参与教务会议问题。吾在京时，即听见人说湖南学生希望甚高，要求亦甚大，有欲参与学校教务会议之事。吾于学生自治，甚表赞同，惟参与教务会议，以为未可，其故因学校教职员对于校务是负专责的，是时时接洽的。若参入不接洽又不负责任的学生，必不免纷扰。北大学生也曾要求加入评议会，后告以难于办到的理由，他们亦遂中止了。

二、废止考试问题。湖南学生有反对试验之事。吾亦觉得试验有好多坏处。吾友汤尔和先生曾有文详论此事，主张废考，北大、高师学生运动废考甚力。吾对北大办法，则以要不要证书为准，不要证书者废止试验，要证书者仍须试验。

吾意学生对于教职员，不宜求全责备，只要教职员系诚心为学生好，学生总宜原谅他们。现在是青黄不接时代，很难得品学兼备的人才呵。吾只希望学生能有各方面的了解和觉悟，事事为有意识的有计划的进行，就好极了。

（原刊1921年2月25日《北京大学日刊》第816号）

做一个优秀的中学生

——在上虞县春晖中学的演说词

兄弟在北京时，经校长时常和我谈起春晖中学的情形①，原早想来看看。此次回到故乡，又承五中沈校长邀同来此，今日得和诸位相会，非常欢喜。到了这里，觉得一切都好，所可说的只有羡慕诸君的话。我所羡慕诸君的有三：一是羡慕诸君有中学校可入，二是羡慕诸君所入的中学校是个私人创立的学校，三是羡慕诸君所入的学校有这样的好环境。

中学时代，是人生中最重要的一段。一切身体上、精神上、知识上的基础，都在这时代中学成。就身体上说，我们在这时候，正在发育时期，要想将来有健全的身体去担当社会事业，就非在这时候受正当的体育不可。就知识上说，凡是学问都不是独立的，譬如我想研究化学，就非知道数学、生物学、物理学等不可。如不在这时候修得普通知识，受到普通教育，将来就不能研求正当的学问。这时期无论在何种方面来看，都是重要关头，如果不让他好好地正当地经过，就要终身受亏。回想我从前和诸君一样年纪的时候，要求入中学而不可得，因为那时候还没有这样的一种机关。虽然读书，也无非延师教读，在家念点经书，作点当时通行的八股文而已。到了现在，身体不好，不能担当什么大事，虽想研究一种学问，可是根底没有，很觉得困难。譬如我想研究哲学，或是什么学科，但因没有数学、生物学、化学等的知识，就无从着手，要想一一重新学习呢，年龄已大，来不及了。这是我所常常自恨的。

---

① 经校长：即经亨颐（1877—1938），现代教育家、书画家。1920年在浙江上虞白马湖畔创办春晖中学，并任首任校长。

中学一面继续着小学，一面又接着高等教育。诸君在小学时，大概都还不过是因了兴味而学习种种事情，对于各科，所得的不过是大约的概括的头绪，并未曾得着过分析的知识的。中学的功课比之小学，较为分析的，将来到了专门大学，那分析将更精细。诸君已入中学，较在小学已更进一境，小学虽不过因了兴味来学习种种，在中学校，却不能只凭兴味，比之在小学时，要用点苦功下去，要格外精细的研究了。至于毕业后，或就去任社会事务，或去升入专门，各有各的一条路，分析将又细密，用力自然将又加多。但只要这时打好了根底，那时也就没有什么困难了。最重要的就是现在。关于各科，要好好地用功；身体要好好地当心，不要把他错过。这时代留意一分，终身就享受一分的利益，自己弄坏一分，终身就难免一分的吃亏。我回想到自己当时不得受中等教育，至今吃了不少的亏，所以对于今日在座的诸位，觉得很是羡慕。诸君生当现在，有中学可入，真是幸福。

现在中学已多，有官立的，有私立的。诸君所入的中学，却是一个个人创立的学校，尤为难得。这春晖中学是已故陈春澜先生独立出资创设的。他何以要出了许多私财来创立这个春晖中学呢？他虽有钱，如果不拿出来办这个学校，试问谁能强迫他，说他不是？可知他底出钱办学，完全出于自己底本心。他因为有感于自己幼时，未曾得到求学的机会，有了钱就出钱办学，使大家可以来此求学，这一层已很足使我们感动了。我们要怎样地用功，才不致辜负他这片苦心？春澜先生出钱办学时，想来总希望得着许多善良的学生，决不愿有坏学生的，我们要怎样的努力做好学生，才不致违背他的希望？我们人类，在生物中，无角无爪，很是柔弱，而能发达生存者，全在彼此互助，只顾一人，是断不能生存的。自己要人家帮助，同时也须帮助人家。譬如有能作工的，就应去帮助人家作工；有能医病的，就应去帮助人家医病。这样大家彼此互助，世界上的事情才弄得好。春澜先生出了这许多钱来办这个学校，于他自己是丝毫没有利益的，虽用了“春晖”二字做校名，他老先生死了，还自己晓得什么。他底出钱办学，无非要为帮助我们求学。他这样帮助了我们，我们将怎样的学他去帮助别人呢？这校底历史，种种都可以鼓舞我们，勉励我们。诸君得在此求学，比在别校更容易引起好的感想，更多自振的机会，这也是可羡慕的一件事。

春澜先生出钱办学，不办在都会，而办在这风景很好的清静的白马湖，这尤足令人快意。凡人行事，虽出于自己，但环境也是支配人底行为的。人受环境影响，实是很大。孟母三迁，就是为此。譬如我们，如果置身于争权夺利的人群中，不久看惯了，也就会争权夺利起来，不以为耻了。此地白马湖四周没有坏的事情来诱惑我们，于修养最宜。风景底好，又是城市中人所难得目睹的，空气清爽，不比都会的烟尘熏蒸。这里所有的东西，在都市里都是难得办到的，或不能办到的。在都市的学校，要觅一个运动场不可得，而此地却有很宽大的运动场，并且要扩充也容易。都市中人要花许多旅费才能领略的山水，而诸君却可朝夕赏玩，游钓任意。诸君要研究生物，标本随时随处可得；要研究地理，随处都是材料；天上的星辰，空中的飞鸟，无一不是供给诸君实际上的知识。此地底环境，可以使得诸君于品格上、身体上、知识上得着无限的利益，我很羡慕。

又，人生在世，所要的不但是知识，还要求情的满足。知识底能力，足以征服自然。现在的电灯，较古时的油灯进步；现在的飞机、轮船、火车，较古时的舟车进步。古人虽有很好的心思，但因为被偏见所迷，以为异国人或异种人是可以杀的，或是可以食的，遂有种种残忍不道的危险。现在知识进步，已逐渐把这种偏见除去了许多了。知识上的进步，可以使人得着安全的生活，现在一切穿的、吃的、用的，都好于从前，一切都比从前危险少而利益多。某事怎么去做才便利，怎么去想法子才安全，这都是从知识上计较打算来的。知识底进步，正无限量，将来还不知道有怎样安全快乐便利的生活可得哩！可是人类于知识以外，还有情底要求。世间尽有许多人，物质的生活虽已安全舒服，心里还觉得有许多不满意的。

一个人虽不能全没有计较打算，但有的却情愿做和计较打算无关系的事，不如此，就觉得不快，这就是爱美的情。人有爱美的情，原是自然而然的。野蛮人拾了海边的贝壳，编串为各种的式样，挂在身上，或于食了动物以后，更在其骨上雕刻种种花样，视以为乐。乡间农人每逢新年，欢喜买几张花纸贴在壁上，有的或将香烟里的小画片粘贴起来。这在我们看去，或以为不好看，但在他们，却以为是很美的。又如有人听唱戏，学了歌，便喜欢仰天唱唱，或是弄弄什么乐器，这都是人类爱美的心情底流露，也可以说是人与动物不同的地方。其实动物中有许多已有爱美的表现，如鸟类已有美音和美羽。美的东西，虽饥不可以为食，寒不可以为衣，可是却省不来。人如终日在计较打算之中，那便无味。求美也和求知识一样，同是要事。古来伦理学者中有许多人将人生底目的，完全放在快乐二字上面，以为人生底目的，无非在快乐。这虽一偏之见，但快乐很是要事，物质的快乐，有时还不能使人满足，最要紧的就是情的满足。人如果只为生存，只计较打算利益，其实世间没有不可做的事。可是有一种人，自己所不愿的事，无论怎样有利于己，总不肯做；自己所愿做的事，无论如何于物质的生活上有害，还是要做，甚至于牺牲生命，也在所不惜。这就是所谓高尚。高尚也是一种美。我们人类不愿做丑事，愿做美事，就是天性爱美的缘故。若只为生存，还有什么事不可做呢？人不能绝对地不顾自己，但也不能绝对地只求利己，有时还要离了浅薄的自利主义，为别人牺牲自己底一部分或是全体，才能自己满足。譬如陈春澜先生出资办学，就是牺牲行为之一，他并不知后来在校求学的是哪一个，于自己有何利益，却肯出资办学，这就是高尚的美行，我们应该学他的。那么我们怎样才能牺牲自己呢？我们做人，最要紧的是于一日之中，有一种时候不把计较打算放在心里，久而久之，自然有时会发出美的行为来，不觉而能牺牲了。用了计较打算的态度去看一切，一切都无美可得。譬如田间的麦，有人以为粉可充饥，秆可编物、燃火；有人离了这种见解，只赏玩他底叫做“麦浪”的一种随风的波动。

又如有人见了山上的植物，以为果可作食品，根可做什么药的；有人却只爱它花底色样或枝叶底风趣。又如有人在白马湖居住了，钓鱼来吃，斫柴来烧；有人却从远远的城市，花了许多钱跑来看看风景，除此外无所求。这两者看法不同，前者是计较打算的，后者是美的。人能日常除去计较打算，才会渐渐地美起来。

美有自然美、人造美两种，山水风景属于自然美，绘画音乐等属于人造美。人造美随处可作，不限地方，如绘画、音乐在城市也可赏鉴的。至于自然，却限于一定的地方才可领略。人在稠密的城市中，难得有自然美，所以住在城市的人，家家都喜欢挂山水画，他们四面找不出好风景，所以只好在画中看看罢了。诸君现在处在这样好的风景之中，真是难得的好机会，我很羡慕。诸位将来出去到社会上任事的时候，我想必定要回想到白马湖的风景，因为那时必无这样的好山好水给诸君领略了。在这几年中，务必好好地领略，才不辜负了这样的好地方。

以上是我对于诸君所羡慕的三桩事。如前所说，中学时代是终身中关系最重的一段，诸君既入了中学，身体、知识都要趁现在注意留心。这校底历史，足以使诸君发生至好的感想，宜格外自励，不可错过机会。此地有这样的好风景，是别处所不易得的，趁现在有机会要请诸君好好地领略。最要紧的就是现在了。

（1923年5月30日演说，原刊春晖中学校刊《春晖》第14期）

说青年运动

青年是求学的时期，青年运动，是指青年于求学以外，更为贡献于社会的运动。这种运动有两类：一是普通的；一是非常的。

普通的运动，如于夜间及星期日办理民众学校，于假期中尽有益社会之义务，如中央党部所列举的“识字运动”、“造林运动”等[①]。这种运动，不但时间上无碍于学业，而经验上且可为学业的印证，于青年实为有益。

非常的运动，如“五四”与“三一八”等，完全为爱国心所驱迫，虽牺牲学业，亦有所不顾，这是万不得已而为之的。

青年的学业，为将来事业的准备，目前牺牲了一分学业，将来事业上，不知要受多少损失。孙中山先生所以能创定主义，率导革命，固仗天才，亦凭学力。我们读《孙文学说》、《建国方略》与《三民主义》的演讲[②]，很可以知道他的博学而深思。现在，我们袭了孙先生的余荫，想把亟应建设的事业刻期实现，觉得很困难；这完全由于专门人才的不足，就是我们这一辈人，在青年时代，大半没有切切实实地用功，现在就想补习，也来不及了。个人成为废物，还是小事，把全民族的事业耽误了，这个关系很重大。既往不咎，来日太难，将来的事业，全靠现代青年去担任。一般青年，若不以前一辈人为前车之鉴，而仍旧不肯好好儿求学，到将来担任事业的时候，也同我们一样的无能。那时候国际的情形，比现在还要紧张，怕的中华民族，真要陷于万劫不复之地位了。

---

① 这里的“识字运动”、“造林运动”均为当时的国民党中央党部组织的群众运动。

② 这里的几种书都是孙中山先生的著作。

学业既这样重要，所以非有关乎国族存亡的大问题，断乎不值得牺牲的。若是为小小问题，如与一二教职员伤了感情，或为学校改换名称，要增加经费或校舍等，就认为运动的题目，因而罢课游行，甚至毁物殴人，都所不惜，这就完全失了青年运动的本义了。愿现代青年注意。

（作于 1928 年，据蔡元培手稿）

怎样才配做一个现代学生

一般似乎很可爱的青年男女，住着男女同学的学校，就可以算做现代学生么？或者能读点外国文的书，说几句外国语；或者能够“信口开河”的谈什么……什么主义和什么什么……文学，也配称做现代学生么？我看，这些都是表面的或次要的问题。我以为至少要具备下列三个条件，才配称做现代学生。

（一）狮子样的体力

我国自来把读书的人叫做文人，本是因为他们所习的为文事的缘故，不料积久这“文人”两个字和“文弱的人”四个字竟发生了连带的关系。古时文士于礼、乐、书、数之外，尚须学习射、御，未尝不寓武于文。不料到后来，被一般野心帝王专以文字章句愚弄天下儒生，鄙弃武事，把知识阶级的体力继续不断的摧残下去；流毒至今，一般读书人所应有的健康，大都被毁剥了。羸弱父母，那能生产康强的儿女？先天上既虞不足，而学校教育又未能十分注意体格的训练，后天上也就大有缺陷。所以现时我国的男女青年的体格，虽略较二十年前的书生稍有进步，但比起东、西洋学生壮健活泼、生机勃茂的样子来，相差真不可以道里计。新近有一位留学西洋多年而回国不久的朋友对我说：他刚从外洋回到上海的时候，在马路上走，简直不敢抬头，因为看见一般孱弱已极、毫无生气的中国男女，不禁发生恐惧和惭愧的感觉。这位朋友的话并不是随便邪说，任何人刚从外国返到中国国境，怕都不免有同样的印象。这虽是就普通的中国人观察，但是学校里的学生也好不了许多。先有健全的身体，然后有健全的思想和事业，这句话无论何人都是承认的，所以学生体力的增进，实在是今日办教育的生死关键。

现今欲求增进中国学生的体力，惟有提倡运动一法。中国废科举，办学校，虽已历时二十余年之久，对于体育一项的设备太不注意，甚至一个学校，连操场、球场都没有，至于健身房、游泳池等等关于体育上的设备，更说不上了。运动机会既因无“用武地”而减少，所以往往有聪慧勤学的学生，只因体力衰弱的缘故，纵使不患肺病、神经衰弱病及其他痼症而青年夭折，也要受精力不强、活动力减少的影响，不能出其所学贡献于社会，前途希望和幸福就从此断送，这是何等可悲痛的事！

今日的学生，便是明日的社会中坚、国家柱石，这样病夫式或准病夫式的学生，焉能担得起异日社会国家的重责？又焉能与外国赳赳武夫的学生争长比短？就拿本年日本举行的第九届远东运动会而论①，我国运动员的成绩比起日本来，几于处处落人之后。较可取巧的足球，日本学生已成我劲敌；至于最费体力的田径赛，则完全没有我国学生的地位，这又是何等可羞耻的事！

体力的增进，并非一蹴而企。试观东、西洋学生，自小学以至大学，无一日不在锻炼陶冶之中。所以他们的青年，无不嗜好运动，兴趣盎然，一闻赛球，群起而趋。这种习惯的养成，良非易事，而健全国民的基础，乃以确定。这种情形，在初入其国的，尝误认为一种狂癖；观察稍久，方知其影响国本之大。这是我们所应憬然猛省的。

外人以我国度庞大而不自振作，特赠以“睡狮”的怪号。青年们！醒来吧！赶快回复你的“狮子样的体力”！好与世界健儿一较好身手；并且以健全的体力，去运用思想，创造事业！

（二）猴子样的敏捷

“敏捷”的意思，简单说起来就是“快”。在这二十世纪的时代做人，总得要做个“快人”才行。譬如赛跑或游泳一样，快的居

---

① 第九届远东运动会：1930 年 5 月 24—31 日在日本东京举行，参赛国有中国、日本、菲律宾，比赛项目八个，表演项目五个。

前，不快的便要落后，这是无可避免的结果。我们中国的文化，在二千年前，便已发展到与现今的中国文化程度距离不远。那时欧洲大陆还是野蛮人横行时代。至美洲，尚草莽未辟，更不用说。然而今日又怎样呢？欧洲文化的灿烂，吾人既已瞠乎其后，而美洲则更发展迅速。美利坚合众国立国至今不过一百五十四年，其政治、经济的一切发展，竟有“后来居上”之势。这又是什么缘故呢？这固然是美国的环境好，适于建设。而美国人的举动敏捷，也是他们成功迅速的一个最大原因。吾人试游于美国的都市，汽车、街车等等的风驰电掣不算，就是在大街两旁道上走路的人，也都是迈往直前，绝少左顾右盼、姗姗行迟，像中国人所常有的样子；再到他们的工厂或办事房中去参观，他们也是快手快脚的各忙各的事体；至于学校里的学生，无论在讲堂上、操场上、图书馆里、实验室里，一切行动态度，总是敏捷异常，活泼得很，所以他们能够在一个短时期内，学得多，做得多，将来的成就也自然的多起来了。掉转头来看看我国的情形，一般人的行动颟顸迟缓，姑置勿论；就是学校里的学生，读书做事，也大半是一些不灵敏。所以在初中毕业的学生，国文不能畅所欲言；在大学里毕业的学生，未必能看外国文的书籍。这不是由于他们的脑筋迟钝，实在是由于习惯成自然。所以出了学校以后，做起事来，仍旧不能紧张，“从容不迫”的做下去。西洋人可以一天做完的事，中国人非两天或三天不能做完。在效率上相差得这样多，所成就的事体，自然也就不可同日而语了。

关于这种迟缓的不敏捷的行动，我说是一种习惯，而且这种习惯是由于青年时代养成的，并不是没有什么事实上的根据。我们可以用华侨子弟和留学生来做证明：在欧美生长的中国小孩，行动的敏捷，固足与外国小孩相颉颃；而一般留学生，初到外国的时候，总感觉得处处落人之后，走路没有人家快，做事没有人家快，读书没有人家快，在课堂上抄笔记也没有人家写得快、记得多，苦不堪言；但在这样环境中吃得苦头太多了以后，自然而然的一切行动也就渐渐的会变快了。所以留学生回国后，一切行动总比普通一般人要敏捷些；等待他们在百事迟钝的中国环境里住的时间稍为长久一点，他们的迟缓的老脾气，或者也会重新发作的。就拿与人约会或赴宴会做例子，在欧美住过几年的人，初回国的时候，大都是很肯遵守时间，按时而到；后来觉得自己到了，他人迟到，也是于事无益，呆坐着等人，还白白糟蹋了宝贵的时间，不如还是从俗罢。但是这种习惯的误事和不便，是人人所引为遗憾的。尤其是我们的青年人，应当积极纠正的。

青年们呀！现在已经是二十世纪的新时代了！这个时代的特征就是“快”。你看布满了各国大陆的铁道，浮遍了各国海洋的船舰，肉眼可看见的有线电的电线、不可见的无线电的电浪，可以横渡大西洋而远征南、北极的飞机，城市地面上驰骋着的街车与汽车，地面下隧道中通行的火车与电车，以及工厂、农场、公事房、家庭中所有的一切机器，那一件不是为要想达到“快”的目的而设的？况且凡百科学，无不日新月异的在那里增加发明，我们纵不能自己发明，也得要迎头赶上去、学上去，这都是非快不为功的。

据进化论的昭示，我们人类由猿猴进化而来。却是人类在这比较安舒的环境中，行动渐次变了迟钝，反较猴子略逊一筹，而中国人的颟顸程度更特别的高。以开化最早的资格，现反远居人后，这是多么惭愧的事！现在我们的青年，如要想对于求学、做事两方面力振颓风，则非学“猴子样的敏捷”，急起直追不可！

（三）骆驼样的精神

在中国四万万同胞中，各人所负责任的重大，恐怕要算青年学生首屈一指了！就中国现时所处的可怜地位和可悲的命运而论，我们几乎可以说：凡是可摆脱这种地位、挽回这种命运的事情和责任，直接或间接都是要落在学生们的双肩上。

第一是对于学术上的责任。做学生的第一件事就要读书。读书从浅近方面说，是要增加个人的知识和能力，预备在社会上做一个有用的人材；从远大的方面说，是要精研学理，对于社会、国家和人类作最有价值的贡献。这种责任是何等的重大！读者要知道，一个民族或国家要在世界上立得住脚——而且要光荣的立住——是要以学术为基础的，尤其是，在这竞争剧烈的二十世纪，更要倚靠学术。所以学术昌明的国家，没有不强盛的；反之，学术幼稚和知识蒙昧的民族，没有不贫弱的。德意志便是一个好例证：德人在欧战时力抗群强，能力固已可惊；大败以后，曾不十年而又重列于第一等国之林，这岂不是由于他们的科学程度特别优越而建设力强所致么？我们中国人在世界上原来很有贡献的——如发明指南针、印刷术、火药之类——所以现时国力虽不充足，而仍为谈世界文化者所重视。不过经过两千年专制的锢蔽，学术遂致落伍。试问在现代的学术界，我们中国人对于人类幸福有贡献的究竟有几个人呢？无怪人家渐渐的看不起我们了。我们以后要想雪去被人轻视的耻辱，恢复我们固有的光荣，只有从学术方面努力，提高我们的科学知识，更进一步对世界为一种新的贡献，这些都是不能不首先属望于一般青年学生的。

第二是对于国家的责任。中国今日，外则强邻四逼，已沦于次殖民地的地位；内则政治紊乱，民穷财匮，国家的前途实在太危险了。今后想摆脱列强的羁绊，则非急图取消不平等条约不可。想把国民经济现状改良，使一般国民能享独立、自由、富厚的生活，则非使国内政治能上轨道不可。昔范仲淹为秀才时，便以天下为己任，果然有志竟成。现在的学生们，又安可不以国家为己任咧！

第三是对于社会的责任。先有好政治而后有好社会，抑先有好社会而后有好政治？这个问题用不着什么争论的，其实二者是相互影响的，所以学生对于社会也是负有对于政治同等的责任。我们中国的社会是一个很老的社会，一切组织形式及风俗习惯，大都陈旧不堪，违反现代精神而应当改良。这也是要希望学生们努力实行的。因为一般年纪大一点的旧人物，有时纵然看得出、想得到，而以濡染太久的缘故，很少能彻底改革的。所以关于改良未来的社会一层，青年所负的责任也是很大的。

以上所说的各种责任都放在学生们的身上，未免太重一些。不过生在这时的中国学生，是无法避免这些责任的。若不学着“骆驼样的精神”来“任重道远”，又有什么办法呢？

除开上述三种基本条件而外，再加以“崇好美术的素养”和“自爱”、“爱人”的美德，便配称做现代学生而无愧了。

（原刊1930年10月《现代学生》月刊创刊号，
由孟寿椿代笔）

牺牲学业损失与失土相等

我今日所要报告的，是特种教育委员会的事。教育行政，本属教育部主管，政治会议所以设特种委员会，无非为国难期间，教育上颇有种种特殊问题，要集思广益，替教育部做一种特殊的准备。至对于教育部的职权，决没有一毫的损害。

我们一谈到国难期间教育上特殊问题，我们就不能不立刻想到学生的爱国运动。学生爱国，是我们所最欢迎的，学生因爱国而肯为千辛万苦的运动，尤其是我们所佩服的；但是因爱国运动而牺牲学业，则损失的重大，几乎与丧失国土相等。试问欧战期间，德国财政上非常竭蹶，然而并不停办学校把教育经费暂移到军费上去。因为学生是国家的命脉。征兵制的国家，且有人提议，著名学者虽其年龄在兵役义务期内，可以免服兵役者。此何以故？以学业为军队的后备，青年的资粮，不可轻易的牺牲。我们想一想：德国有了一个克虏伯，就能使本国的军械甲于世界；法国有了一个巴斯德，就能使本国酿酒、造丝、畜牧等事业特别稳固，国富顿增，而且为世界造福；美国有了一个爱迪生，就能使美国开了无数利源，于煤油、钢铁、铁路诸大王以外，显着他发明的长技。而且当国难时期，正是促进创造的机会，如萝卜制糖、海草取碘、从空气中吸取氮素等，皆因本国受封锁后，外货不到，自行创造的。现在我们军械不足，交通不便，财政尤感困难，正需要许多发明家如克虏伯、巴斯德、爱迪生这一类的人。我们的祖先，曾经发明过火药、指南针、印刷术等，知道我们民族不是没有创造力的。但是最近千年，教育上太偏于书本子了，所以发明的能力远不如欧美人。我们这一辈模仿他们还来不及，虽有时也有一点补充，但是惊人的大发明，还说不到。若是后一辈的能为大发明家，“有七年之病，求三年之艾”，还可以救我们贫弱的国家；倘再因循下去，那真不可救药了。

青年的爱国运动，若仅在假期或课余为不识字的人演讲时局，或快邮代电发表意见，自是有益无损的举动。现在做爱国运动的青年，乃重在罢课游行，并有一部分不远千里，受了许多辛苦，到首都运动。一来一往，牺牲了多少光阴，牺牲了多少学业。单就这几万青年而论，居今日科学万能的时代，又其境遇可以受高等教育，安知其中没有几十名、几百名的发明家？又安知其中没有少数的大发明家，可与巴斯德、爱迪生相等的？当青年时期，牺牲这么多的光阴与学业，岂不是很可怜、很可惜的吗？

我们推想这些爱国的青年，所以不能安心上课，而要做此等特殊的运动，固然原因复杂，而其中最大的原因，则因激于爱国热忱，而误认原有的基本科学为不是救国要图。我们现在要检查学校课程，是否有可以暂行酌量减少，而代以直接关系国难的教科？

最直接的自然是军事训练，这本来是各地学生自己要求的。现在首都以外各地方学生，何以竟要牺牲了受训练的光阴，而换为奔走？是否现在的军事训练，尚有加紧的必要？我们所以设军事训练组，请军事家研究这种问题。

其次若时局现状，若各国实力的比较，若各种国防上、经济上、交通上应有的准备，包含许多问题，若得专家详悉讲述，不但可以振刷精神，而且于现在及将来均有益处。我们所以设特别演讲组，不但与各学校固有教员商量，而且请著名的学者次第到各地讲演。

为特别讲演上材料的搜集与整理，我们设编辑组；为照料已经到京的爱国运动者，使其减少困难，免蹈危险，我们设总务组。

以上各组，现在暂由政治会议所派定之委员分别担任，将延请专门学者加入，以收集思广益效。将来国难会议成立后，若有关于教育的部分，本会的工作可以移交，则本会即可取消。

（原刊 1931 年 12 月 21 日《中央周报》第 185 期）

大学生之被助与自助

这次来武大参观，接汪院长来电，嘱代表参加新校舍落成典礼。中国自周代即设学宫，直至清末，始有新式大学，张之洞在鄂，曾倡办两湖书院，极有成绩，后来渐次改进。民国六年，教育部在北平、南京、广州、汉口等五处分设国立大学，因为政治变迁，随时改变内容。最近中央命王校长来办武大——理想的大学。

兄弟以为大学目的有二：一为研究学问，二为培养人格。欧洲大学多有偏重，例如大陆派大学，如德、法两国，大学概取放任，认定大学生应自知注重学问；而英、美则不然，尤其是英国，如剑桥、牛津两大学，则特别注重人格之陶冶，对于学生一举一动随时加以深刻注意，学生言语行动，须绅士化，出外一律须着制服，教职员常常出外监督学生行动，使学生绝对养成高尚之人格。此外如英国之大学，均注重于体育，运动竞赛，竞渡，足球之比赛，全国注目，于运动中养成公德，虽因竞争而失败，亦所甘心。如果在运动时，有侥幸取胜，或者作弊取胜，大家觉得是最羞耻的一件事。中国办大学，过去多注重于学问方面，故多采取大陆派，及后渐渐觉悟，采学问与人格并重。盖学问方面，其重要点在设备之完善，如标本、仪器、图书之充足，教员之能指导学生，提起兴趣，而养成人格之伟大，习惯之尚足，尤为重要。故吾人大学教育，应学问与人格并重。

中国三十年来，有新式之大学后，总计全国大学约百数十所，多因过去历史关系，虽时时改革，总不如武大之与旧历史一刀截断重新创造之痛快。且武汉为水陆中心，地点在全国很重要，应该建一所科学的美化的大学，现在校中又注重卫生及新村之建设，将来一定有很好成绩。不过大学区——学村内，无论什么事，应该受校方支配，照英国牛津、剑桥两大学办法，无论建筑及一切设备，均须依照大学的设计而行，否则即不“和谐”。至武大现在建设，一半已经完成，将来建筑和设备经费，中央认为应该要用的，总可想法拨给；希望地方当局亦秉初旨，尽量协助云云。

（原刊 1932 年 5 月 27 日《武汉日报》）

复兴民族与学生

——在大夏大学学生自治会上的演说词

我们为什么要复兴民族？

复兴民族的意思，就是说，此民族并不是没有出息的，起先是很好的，后来不过是因为环境的压迫，以致退化，现在有了觉悟，所以想设法去复兴起来。复兴二字，在西方本为 Renaissance 一字，在西洋中世纪以前，本有极光明的文化，后为黑暗时期所埋没，后来又赖大家的努力，才恢复以前的光明，因而名之曰复兴。中国古时文化很盛，古书中常有记载，周朝的文物制度与希腊差不多，周季，有儒、墨、名、法、道家的哲学，此后如汉、唐的武功，也不能抹杀的。但到了现在，我们觉得事事都不如人，不但军事上、外交上不能与列强抗衡，就是所用的货物也到处觉得外国的物美价廉，胜于国货，这不能不说是我们的劣点。然而我们不能自认为劣等的民族，而只认为民族的退化，所以要复兴。

民族乃集合许多分子而成，现在欲复兴民族，须将民族全部分提高起来。提高些什么呢？我们的答案是：

第一，体格——中国民族为什么不中用，第一步乃是身体不健全，死亡率、病象、作工能力、体育状况，无论哪一种统计，都显出我们民族的弱点，所以要复兴民族，第一步是设法使大家的身体强健起来。我闻张君俊先生说，中国民族衰老的现象，南方人智力较胜于北方人，而体力都较逊于北方人；北方人体魄强壮而智力远逊于古人，因北方常有黄河之灾，且常为游牧民族所侵略，因而民族之优秀者均迁南方，此为历史证明的事实。如南北朝时代，如辽金元时代皆是。但南方气候潮湿，多寄生虫，不适宜优秀民族的发展。为复兴民族计，宜注重北方的开发。我以为北方固要开发，而南方亦可补救，我们若能发展北方人之智慧，增加南方人的体力，何尝不可用人为的力量，来克服自然呢？巴拿马旧以多蚊而不能施工事，后用科学灭蚊法而运河乃成。我们欲使民族强健起来，一定可用人力来做到。

第二，知识及能力——中国人的智能，并非不如外国人。中山先生在民族主义演讲中说"恢复中国固有的智能"，足以证明，如指南针、印刷术、火药的发明，长城、运河等建设，素为外人所称道。但到现在，科学的创造、建设的能力，各民族正非常发达，而我民族则不免落伍，然我们追想祖先的智力与能力，知道我们决非不能复兴的。例如波兰，虽经亡国之惨变，今仍能恢复，即有民族文化之故：远之如哥白尼之天文，近之如居礼夫人之化学，及其他著名之文学家、美术家，都是主动力，可以证明固有的智能足以兴国的。

第三，品性的修养——一民族之文化，一面在知识之发展，一面则赖其品性优良。向来称优良之品性为道德。道德不是绝对的，是相对的，是因各地方各时期的不同而定的。不过其中有一抽象的原则，是不可不注意的。此原则即为"爱人如己"。他的消极方面即为"己所勿欲，勿施于人"；其量则"由近而远"，初则爱己、爱家，继则爱族、爱乡、爱国，而至爱世界的人类。此种道德观念，与其用信条来迫促他，还不如用美感来陶冶他。我们看美术的进步，亦是由近而远，初用以文身，继用以装饰身体，或装饰花纹于用品上，远则用以装饰宫室，且进而美化都市，其观念渐行扩大，由近而远，正与道德观念相应。

总之，复兴民族之条件为体格、智能和品性。这种条件，是希望个个人都能做到的。目前中国具了这三条件之人，请问有多少？可说是少数。但我们希望以后能达到。不过如何去达到呢，还不能不有赖于最有机会的人——学生，尤其是大学生，先来做榜样了。

大夏大学设在郊外，早已采取了牛津、剑桥大学的导师制，更有做榜样的资格。故如欲复兴民族，应由你们做起。在这里，我得介绍一位章渊若先生，他是提倡自力主义的，就是说人人都要从自己做起来再说。我现在就要劝诸位自己先做起来。学生自治会，就是促进各人自己努力的机关。

第一，以体育互相勉励——提倡体育是一个改进民族的很好的办法。日本人提倡体育，很有进步，就影响到了全体民族，所以，我们不能不有认识，体育乃是增加身体的健康，同时谋民族的健康，而非为出风头。以前的选手制，常犯了偏枯的毛病，根本失却了体育的本意，因而，常会发生下面的几种错误：（一）不平均——体育为少数人所专有；（二）太偏重——一部分选手则太偏于运动，牺牲了其他功课。今后对于体育之认识，则为根据于卫生的知识，不一定要求其做国手。听说贵大学现在实行普及体育，学生自治会又在促进普及体育的成功，这是可喜的。

第二，以知识及能力的增进互相勉励——大学内天天有教师讲授，但单靠教师讲授是不足的，还要自己去用功才行。用功要得法，单独的与集合的用功，都有优点，可以并行。同学之互相切磋，那是很有益的。自治会的组织，与同学的知能增进，有直接关系。从前我们有读书会，大家选定几本书，每人认一本去读，读了分期摘要报告，或加以批评，如听了觉得有兴味的，自己再去详读，否则，也就与自己读过无异了。这一类互助的方法很多，对于学问，很有补益的。

第三，以品性修养互相勉励——彼此互相检点，对于不应为的事情，互相告诫；对于应为的事情，互相督促；固然是自治会应有的条件，然完全为命令式的，如“你应该这样”，“你不应该怎样”，有时反引起对方的反感。所以我主张以美术来代替宗教，希望人人都有一种自然而然的善意。因为人类所以有不应为而为的事情，大抵起于自私自利的习惯。有时候迫于贪生怕死的成见，那就无所不为了。惟有美术的修养，能使人忘了小己，超然于生死利害之外，若人能有此陶冶，无论何等境遇，均不失其当为而为、不当为而不为之气概。前十七八年，我长北京大学时，北京还没有一个艺术学校，全国还没有一个音乐学校，所以我在北大内发起音乐研究会、书画研究会，使学生有自由选习的机会。现在艺术的空气已弥漫全国，上海一市，音乐艺术的人才尤为众多，贵自治会如有此等计划，必不难实现了。

贵自治会如能于右列三者，加意准备，则复兴民族的希望，已有端倪，我不能不乐观。

（王凤楼、蒋焰祖记。原刊 1936 年 7 月 1 日上海《晨报》）

悼夫人王昭文[①]

妇，王荣庭外舅之仲女也。母氏陈。妇无兄弟，姊适薛朗仙，以光绪二十二年卒；妹未嫁而卒。妇年二十四而适于我，光绪十五年三月也。十六年春，余晋京应会试，五月归。十八年春，余应殿试，又进京，八月归。十九年夏，余历游江宁、广东，二十年春归，未几晋京散馆，二十一年冬归，二十二年十一月晋京。二十三年三月，妇携子晋京，二十四年九月，同出京，及今又将二年矣。呜呼！十年之中，余不在家者十之三四；既在家矣，往往饥驱而出。其得欢然聚首者，不过两三年耳。君之病，余适以事往嘉善，得讯而归，不及十日，而君死矣。呜呼！余能为不负君耶！

君有洁癖，坐席、食器、衣巾之属，非与同癖者或触之，则懊憾欲死。睡则先去外衣，次去裙，必以湿巾遍拭发及衣衽，盖十年如一日。其始归也，余恶其繁琐，常与之争。君又尚气，又不受佛逆之词。余好奢，而君持之以俭。余不欲近细事，而君持之以勤。余于时持既嫁从夫之义，时有以制裁之，君虽不能不相让，而心滋不悦，以是得肝疾。

近一二年，余深绎平权之义、自由之界，乃使君一切申其意，而余惟时时以解足缠、去华饰、不惑鬼怪为言，君颇以为然，而将次第实行之，余亦不之强，而俟其深悟而决去也。以是各信谆劝之有趣，而几忘狎媟之为乐。伉俪之爱，视新婚有加焉。呜呼！孰意其不可久耶！

---

① 王昭：蔡元培的结发妻子，1900年农历五月九日在绍兴家中病故，年仅39岁。当晚，蔡元培写了这篇悼文。

君淡于世荣，自归余，余侥幸入科第，君不以为喜。及官京师，阒然不趋事权要。戊戌（一八九八年）九月，决然相与携两儿出都。孑孓道路，辛苦备尝，君不以为怨。今年有试差之考，族戚友朋多以是劝晋都，而余不从，君亦无忤焉。呜呼！以君超俗之识与夫劲直之气，充其量足以偿余所期而无难，而孰意其中道而夭也夫。呜呼！

（此文发表于1900年6月5日）

赠许香九文[1]

隐之名旧矣，痼泉石，友鹿豕；屏绝世缘，甘为废物，此以畸隐者也。处众浊之场，不以槁灰其心，持隐括，引绳矩，务挽救之而出之以和光，以无骇于俗，以必达其志为的，其始若无所事事，此以侠隐者也。

余来临安，见越人侨寓者众，城居黠猾，业胥吏，无足齿数。农于乡者，或愿悫可倚任，率不解事，殆无可与深言者。童君省庵，为言许君香九，家北乡高陆，课农圃，授子弟经史，怡然自得，足迹不入城市。余意许君盖隐者。介童君书，与同年生童亦韩孝廉访之。方营新居，占溪山之胜，荷塘柳坞，点缀其间。既见君，淡漠懒散，略不拘俗士礼法，余意君诚隐者。既而引觞纵谈，数临安当时人物，皆有皮里阳秋。及近世风习之坏，则愀然太息，引为己忧，余然后知君为有心人也。

君曰："律令，征漕米，本色折色惟便民。临安故无仓，一征折色，官吏辄三倍其值以厉民；吾尝与某某诸君集资建置，官吏百计阻挠，鲜终其事，余卒成之，以是耗资无算。"君又曰："临安旧有过江人会馆，经兵事圮矣，吾先人欲复之而位乡贤阳明先生于其中[2]，以振风教，未果；吾必成其志。"君又曰："吾所营室为学塾，

---

① 许香九隐居浙江临安北乡，以办教育图挽救世风。1901 年农历二月二十四，蔡元培访问了他，并撰此文。

② 阳明先生：即王守仁，明代思想家。曾在故乡浙江余姚创办阳明书院，世称阳明先生。

将招乡人子弟读书其中，为讲堂，将以月之朔、望讲《圣谕广训》[1]，以旬之三、八讲经史大义，使乡之中老弱壮佼皆环而听焉，庶以益于风俗。”

余于是作而叹曰：君诚有心人哉！今天下亟矣。数十年来，士大夫徇利禄，且不知礼义廉耻为何物，国闻民俗，更相视若秦越。由是庠序以外，不知有伦理；商贾以外，并不知有书算。长不教，幼不学，聋瞽成群，趋嗜欲如鹜。苟自便矣，同类之中，相诳惑，相劫侮，相蚕噬，无所恤。一旦有外侮，挤之则如抟沙，驱之则如扬尘。甲午（一八九四年）以来，每进益深，不急营救，无噍类矣。

虽然，救之云乎，其循之有序，其导之有术。物体之积，起于□点；江流之盛，原于滥觞；王道之易，观于一乡，有序之谓也。玻璃之热，骤冷则折；孺子之睡，骤呼则惊；习惯之久，骤革则格，此术之谓也。

余孤愤既久，遇事当意，辄急起径行，往往失之切急，欲速而转不达，吾以是益叹君之从容为不可及也。于时君方督攻木，又两凤垆壶杂器丛占一室，而高谈转清，心目为之一快。及归，沐甚雨，衣袂淋漓，亦不以为苦。徐健庵曰[2]：“迦陵须髯如戟[3]，而吾转觉其妩媚，为其胸中有数万卷书耳。”庄子曰：“空谷闻人足音，跫然而喜矣。”呜呼！此可为知者道，难与俗人言也。既别君，心怦不能已，书此以赠。呜呼！微君，则孰与发余之狂言也与？

（本文发表于1901年4月12日）

---

① 《圣谕广训》：清代官方颁布的官修典籍，包括康熙《圣谕十六条》及雍正《广训》。

② 徐健庵：即徐乾学（1631—1694），清代大臣、学者。字原一，号建庵。曾主持监修《明史》、《大清会典》、《大清一统志》等。著有《读礼通考》。

③ 迦陵：即陈维崧，字其年，号迦陵，清代词人。多须髯，人号为陈髯。

亡友胡锺生传

民国纪元前二年八月十五日，吾友胡君锺生，忽被暗杀于绍兴之清查公产事务所。君总理清查公产事务，甫及旬日也。是日黎明，有二人为佣仆状，趋事务所，谓门者曰："胡先生家昨被盗，特来报，愿见胡先生。"门者入，一人尾之。是时，君未起，闻门者言，急披衣出。尾者忽出手枪，击君，未中，君却走，尾者追之，复发两弹，皆中。众闻警毕集，则击者已遗两履而逸矣。君创甚，逾四时而卒。

方君之将卒也，自言生平待人以诚，无私仇，意颇以是日之祸，为源于秋案。子豫至，询刺者为谁？君又以"下流学界"答之。于是，闻者拟议此案之所由，亦辄曰秋案！秋案！秋案者，秋君瑾被害案也。秋君一案，酿成于绍兴知府贵福之电请，而说者则谓其端实发起于绍兴绅士之告密。当时被告密的嫌疑而为人所指目者颇多，而君亦居其一。君之不为此，当时即有人证明之，至今日而尤大白。顾其时构造此案之渠魁，如张曾敭、贵福、李光益辈，曾莫敢动其毫发，即告密之证据较为确实者，亦皆未尝为复仇者之鹄的；独君以稍稍涉嫌疑故，后秋案四年而以身殉之。世事之不平，宁有甚于此者？且以君之谨慎笃厚，急公尚义，方为乡里矜式，而无端横死，尤可悲也。

君讳道南，字任臣，锺生其号，浙江山阴县人，今绍兴县也。曾祖朝伦，祖鹏飞，父祖荫，皆以文士试为吏。君幼而颖悟，十五岁为县学生，二十八岁举于乡。七应会试，不第。方挑二等，以教职用，摄长兴县学教谕。后赴拣选，以知县分省序补。君内行甚修，跬步不苟，而不肯以道学为标榜。豪饮，善谑，对于倜傥之士，亦未尝非之。自奉甚俭，而欣助戚友。提倡公益，视力所及不之吝。以依附达官贵人为耻；而于乡先生之畜道德、能文章者，恒敬礼之。于后辈，温温然无倨色。于仆役，尤和易。治公事，粹然舍权利，尽义务。尝任绍兴中西学堂监学，以门房为监学室，日治事其中，稽察学生出入，而不支俸给。其他君所任事，大率如是。好读书，为诗古文辞，雅驯而绵密，然亦不守旧。岁戊戌，与新昌童君学琦设《经世报》，延章君炳麟为撰述员。当秋君瑾初回绍兴，君于中学堂外课，以《读秋女士诗书后》命题。有欲以是陷君者，君不之惧。余与徐君锡麟，皆君故交，而昌言革命，君亦不以为忤。盖君之责己也严以周，而责人则宽以约。其论人也，常以动机为断，而不屑屑然责以边幅也。以阅书报为开风气之捷法，所至以是劝人。在长兴教谕任，尤力行之。居乡里时，尤尽力于教育界，尝为明道女学校校长、中学堂监督、劝学所总董。临卒，尤拳拳于张溇、曙光两等小学，管墅、启林初等小学焉。君之卒也，四十有九。子一，豫，字孟乐，毕业于日本早稻田大学之师范科，能从君之志。君所著有《愧庐杂文诗稿》、《肊言》、《西学识小录》、《齐哑蛰庐杂志》、《长兴学官记略》、《越谚考》、《客谈录》，均藏于家。

蔡元培曰：予之交君也，始于二十年以前。君之于予，周其困而规其过，若昆弟然。其后，在中西学堂，在学务公所，数数共事。予之急进主义，虽不为君所赞同，而吾两人相信相爱，一如曩昔。秋案之起，余适在德意志。其时上海报纸颇集矢于君等，然予于君，固儒行所谓“久不相见闻流言不信”者，能决君之不为此也。予未归，而君乃竟以此遇害。清祚既移，秋案之始末公布，而君之冤乃大白。然死者不可复生，君则长此已矣，哀哉！说者谓：自君之死，号为秋君复仇者，慑于同志之责备，而不敢复肆其冒昧之毒手；凡与君同被嫌疑，遂皆缘是而保全。然则君之一死，盖亦有舍己为群之义寓乎其间。其亦稍稍足以杀爱君者之悲愤也与！

（1913年8月17日）

夏瑞芳传[①]

我国印刷之业，始于五代，历宋、元、明以迄于清，积渐发展。顾其所注意者，率在四部巨帙，供成学治国闻者之涉览。间以饾饤稗贩，以饷举子。至于村塾课本，大多数儿童之所诵习，则大抵粗率不求精也。清之季世，师欧美各国及日本之制，废科举，立学校，始有教科书之名。为教习者，以授课之暇编纂之，限于日力，不能邃密，书肆诎于资而亟于利，以廉值购稿而印之，慰情胜无而已。近二十年，始有资本较富之书肆，特设编辑所，延热心教育之士专任其事，于是印刷之业始影响于普通之教育。其创始之者，实为商务印书馆。

商务印书馆者，青浦夏君之所建设，而以渐扩张之，且总经理之，以终其身者也。

君讳瑞芳，字粹方。少孤贫，学于基督教长老会之清心堂，习排字于英人所设之《文汇报》馆，历在《字林西报》馆、《捷报》馆任事，积有资本，乃与妻党鲍君咸恩创设商务印书馆。其始翻印印度英文读本，而以华文译注之，名曰《华英初阶》，若《进阶》，在当时初学英文者甚便之。戊戌以后，有志维新者多游学日本，竞译日本书以求售，君亦数数购之，然不轻于付印，丐通人抉择。其中太草率者，袭诸箧，所费虽不资，不惜也。庚子以后，学校渐兴，教授者苦不得适宜之教科书，君乃为商务印书馆厚集资本，特

---

① 本文原题《商务印书馆总经理夏君瑞芳传》。夏瑞芳为商务印书馆创始人。

立编译所，延张君元济主其事[①]。亦常以重资购当代名士严复、伍光建、夏曾佑诸君之著作，且发行辞典、小说、杂志之属。而尤所聚精会神以从事者，实为小学教科书。其事在我国为至新，虽积学能文之士，非其所习，则未易中程式，往往一课之题，数人各试为之，而择其较善者，又经数人之检阅及订正，审为无遗憾焉而后写定。其预拟而为目，综合而成编，审慎周详，无不如是。编辑者之日力，缘是而虚靡者颇巨，不敢吝也。教科书以外，又有教授法参考书，非学生所需，售书远逊，然亦尽心力以为之。以是出版后，大受教育界之欢迎，而同业之有事于教科书者，度不能以粗觕〔牰〕之作与之竞，则相率而则效之。于是书肆之风气为之一变，而教育界之受其影响者大矣。

民国三年，君年四十有三，追溯商务印书馆之创设，既十有七年矣。一月十日，以有于总发行（所）之门前狙击君者，君负伤而殁。君对于印刷业之尽瘁，遂以是终。知君者无不痛惜之！君娶于鲍，有丈夫子一，曰鹏；女子子八人。

蔡元培曰：君信仰基督教，内行甚修，接人甚和易，宜若可以尽其天年，而卒被暗杀，倘所谓天道无知者邪？然君虽殁，而君所创设之事业方兴未艾，其于教育之影响，则展转流布而不能穷其所届，虽谓永永不死可也。

（收入中华图书集成公司 1918 年 12 月版
《古今名人家庭小史》）

---

① 张元济（1867—1959）：现代出版家。字菊生，浙江海盐人。长期主持商务印书馆工作，成就卓著。

杜威六十岁生日晚餐会演说词

今日是北京教育界四团体公祝杜威博士六十岁生日的晚餐会。我以代表北京大学的资格，得与此会，深为庆幸。我所最先感想的，就是博士与孔子同一生日，这种时间的偶合，在科学上没有什么关系；但正值博士留滞我国的时候，我们发现这相同的一点，我们心理上不能不有特别感想。

博士不是在我们大学说：现今大学的责任，就该在东西文明作媒人么？又不是说：博士也很愿分负此媒人的责任么？博士的生日，刚是第六十次；孔子的生日，已经过二千四百七十次，就是四十一又十个六十次，新旧的距离很远了。博士的哲学，用十九世纪的科学作根据，用孔德的实证哲学、达尔文的进化论、詹美士的实用主义递演而成的，我们敢认为西洋新文明的代表。孔子的哲学，虽不能包括中国文明的全部，却可以代表一大部分；我们现在暂认为中国旧文明的代表。孔子说尊王，博士说平民主义；孔子说女子难养，博士说男女平权；孔子说述而不作，博士说创造。这都是根本不同的。因为孔子所处的地位、时期，与博士所处的地位、时期，截然不同；我们不能怪他。

但我们既然认旧的亦是文明，要在他里面寻出与现代科学精神不相冲突的，非不可能。即以教育而论，孔子是中国第一个平民教育家。他的三千个弟子，有狂的，有狷的，有愚的，有鲁的，有辟的，有喭的，有富的如子贡，有贫的如原宪；所以东郭、子思说他太杂。这是他破除阶级的教育的主义。他的教育，用礼、乐、射、御、书、数的六艺作普通学；用德行、政治、言语、文学的四科作专门学。照《论语》所记的，问仁的有若干，他的答语不一样；问政的有若干，他的答语也不是一样。这叫作是“因材施教”。可见他的教育，是重在发展个性，适应社会，决不是拘泥形式，专讲画一的。孔子说：“学而不思则罔，思而不学则殆。”这就是经验与思想并重的意义。他说：“多闻阙疑，慎言其馀；多见阙殆，慎行其馀。”这就是试验的意义。

我觉得孔子的理想与杜威博士的学说，很有相同的点。这就是东西文明要媒合的证据了。但媒合的方法，必先要领得西洋科学的精神，然后用他来整理中国的旧学说，才能发生一种新义。如墨子的名学，不是曾经研究西洋名学的胡适君，不能看得十分透澈，就是证据。孔子的人生哲学与教育学，不是曾研究西洋人生哲学与教育学的，也决不能十分透澈，可以适用于今日的中国。所以我们觉得返忆旧文明的兴会，不及欢迎新文明的浓至。因而对于杜威博士的生日，觉得比较那尚友古人，尤为亲切。自今以后，孔子生日的纪念，再加了几次或几十次，孔子已经没有自身活动的表示；一般治孔学的人，是否于社会上有点贡献是一个问题。博士的生日，加了几次以至几十次，博士不绝的创造，对于社会上必更有多大的贡献。这是我们用博士已往的历史可以推想而知的。兼且我们作孔子生日的纪念，与孔子没有直接的关系；我们作博士生日的庆祝，还可以直接请博士的赐教。所以对于博士的生日，我们觉得尤为亲切一点。我敬代表北京大学全体举一觞，祝杜威博士万岁！

（1919 年 10 月 22 日《北京大学日刊》第 446 号）

祭亡妻黄仲玉[①]

鸣呼！仲玉，竟舍我而先逝耶！自汝与我结婚以来，才二十年，累汝以儿女，累汝以家计，累汝以国内、国外之奔走，累汝以贫困，累汝以忧患，使汝善书、善画、善为美术之天才，竟不能无限发展，而且积劳成疾，以不得尽汝之天年。呜呼！我之负汝何如耶！

我与汝结婚之后，屡与汝别，留青岛三阅月，留北京译学馆半年，留德意志四年，革命以后，留南京及北京九阅月，前年留杭县四阅月，加以其他短期之旅行，二十年中，与汝欢聚者不过十二三年耳。呜呼！孰意汝舍我如是其速耶！

凡我与汝别，汝往往大病，然不久即愈。我此次往湖南而汝病，我归汝病剧，及汝病渐痊，医生谓不日可以康复，我始敢放胆而为此长期之旅行。岂意我别汝而汝病转剧，以至于死，而我竟不得与汝一诀耶！

我将往湖南，汝恐我不及再回北京，先为我料理行装，一切完备。我今所服用者，何一非汝所采购、汝所整理！处处触目伤心，我其何以堪耶！

汝孝于亲，睦于弟妹，慈于子女。我不知汝临终时，一念及汝死后老父、老母之悲切，弟妹之伤悼，稚女、幼儿之哀伤，汝心其何以堪耶！

---

① 黄仲玉：蔡元培原配夫人去世后续娶的第二位夫人，多才多艺。此文公开发表后，曾被全国许多中学选为国文教材。

汝时时在纷华靡丽之场，内之若上海及北京，外之若柏林及巴黎，我间欲为汝购置稍稍入时之衣饰，偕往普通娱乐之场所，而汝辄不愿。对于北京妇女以酒食赌博相征逐，或假公益之名以骛声气而因缘为利者，尤慎避之，不敢与往来。常克勤克俭，以养我之廉，以端正子女之习惯。呜呼！我之感汝何如，而竟不得一当以报汝耶！

汝爱我以德，无微不至。对于我之饮食、起居、疾痛、疴痒，时时悬念，所不待言。对于我所信仰之主义，我所信仰之朋友，或所见不与我同，常加规劝；我或不能领受，以至与汝争论；我事后辄非常悔恨，以为何不稍稍忍耐，以免伤汝之心。呜呼！而今而后，再欲闻汝之规劝而不可得矣，我惟有时时铭记汝往日之言以自检耳。

汝病剧时，劝我按预约之期以行，而我不肯。汝自料不免于死，常祈速死，以免误我之行期。我当时认为此不过病中愤感之谈，及汝小愈，则亦置之。呜呼！岂意汝以小愈促我行，而竟不免死于我行以后耶！

我自行后，念汝病，时时不宁。去年十一月二十八日，在舶中发一无线电于蒋君，询汝近况，冀得一痊愈之消息以告慰，而复电仅言小愈；我意非痊愈，则必加剧，小愈必加剧之讳言，聊以宽我耳，我于是益益不宁。到里昂后，即发一电于李君，询汝近况，又久不得复。直至我已由里昂而巴黎，而瑞士，始由里昂转到谭、蒋二君之电，始知汝竟于我到巴黎之次日，已舍我而长逝矣！呜呼！我之旅行，为对社会应尽之义务，本不能以私废公；然迟速之间，未尝无商量之余地。尔时，李夫人曾劝我展缓行期，我竟误信医生之言而决行，致不得调护汝以蕲免于死。呜呼！我负汝如此，我虽追悔，其尚可及耶！

我得电时，距汝死已八日矣。我既无法速归，归亦已无济于事；我不能不按我预定计划，尽应尽之义务而后归。呜呼！汝如有知，能不责我负心耶？

汝所爱者，老父、老母也，我祝二老永远健康，以副汝之爱。汝所爱者，我也，我当善自保养，尽力于社会，以副汝之爱。汝所爱者，威廉也、柏龄也，现在托庇于汝之爱妹，爱护周至，必不让于汝。我回国以后，必躬自抚养，使得受完全教育，为世界上有价值之人物，有所贡献于世界，以为汝母教之纪念，以副汝之爱。呜呼！我所以慰汝者，如此而已。汝如有知，其能满意否耶？

汝自幼受妇德之教育，居恒慕古烈妇人之所为。自与我结婚以后，见我多病而常冒危险，常与我约，我死则汝必以身殉。我谆谆劝汝，万不可如此，宜善抚子女，以尽汝为母之天职。呜呼！孰意我尚未死，而汝竟先我而死耶！我守我劝汝之言，不敢以身殉汝。然我早衰而多感，我有生之年，亦复易尽；死而有知，我与汝聚首之日不远矣。

呜呼！死者果有知耶？我平日决不敢信；死者果无知耶！我今日为汝而不敢信；我今日惟有认汝为有知，而与汝作此最后之通讯，以稍稍纾我之悲悔耳！呜呼，仲玉！

中华民国十年一月九日　汝夫蔡元培

（作于 1921 年 1 月 9 日，初以铅印单张在追悼会上发送，后刊于《北京大学日刊》第 824 号）

徐梅生传[1]

先生讳凤鸣，梅生其字，生于浙江山阴，今所谓绍兴县者也。祖载华，乐善好施。父桐轩，积学能文，尤精钱谷会计之术，本省大吏争延聘之。先生沉潜寡言，好读宋儒书，欲一一身体而力行之，自省自克，无须臾间断。夙兴夜寐，入孝出弟。好乡居，恒终岁不入城市。布衣蔬食，怡然自得，视富贵利达泊如也。

教子各因其性所近，不以一先生之言拘囿之，故分途发展，各现特色。长男锡麟，深沉果敢，于清末联本省会党，企革命，复赴安徽，冀乘机握兵权，占为根据地。事泄，早发，手毙巡抚满人恩铭。虽所图未遂，而影响于辛亥之役甚大，世所称为徐烈士者也。次伟，宁静不趋时尚，徜徉山水间，玩宋明儒者之言，佐以禅悦，最有父风。次锡麒，慷慨喜任事，类锡麟。民国元年，在绍兴督练民团，能检押不法之军人以卫乡里。任瓯海关监督，以廉公著。解职归里，复尽瘁于地方公益。次锡骥，日本千叶学校毕业，药学士，设大生制药公司，新制戒烟、润肺诸药，以科学方法整理经验良方，于以活人济世，而挽回祖国之利权。季女仁姑，至孝性成。安徽之案，有司搜捕家族，先生欲投县自首，请就戮。仁姑长跪泣涕，愿以身代，冀毋伤大母心也。侍母疾，纤悉备至，母殁哀毁，绝而苏者数次。其他二子三女，皆能修边幅，适合于先生之家风。

先生卒于民国七年，年六十有四。赞曰：民国初元，政府表彰革命先烈，为锡麟改葬，建专祠，颁恤金，征先生与其议。先生

---

① 徐梅生（1855—1918）：辛亥革命烈士徐锡麟之父。清末秀才，曾任山阴县令。

曰："是视吾儿非常之举为一身一家计矣，可乎哉？谢勿与。"大哉言乎！十年以来，桀者恒以有功民国自伐，而挟之以求所大欲，曰：必如是，乃偿吾功！风声所树，使大无功者、甚且无功而有罪者，亦且贪天之功以为己，以为求所大欲之口实。于是互相冲突，以兵力决之，纷纷扰扰，历十二年而未已。乌乎，是皆先生之罪人也！

中华民国十二年七月十五 蔡元培撰

（收入孙常炜编《蔡元培先生全集》）

祭孙中山文

呜呼！先生生于世者六十年，而奔走革命者四十载。其机动于救人，其效极乎博爱。至大至刚，充塞宇内。百折不挠，有进无退。革命垂成，百废俱兴。方欣日月之朗曜，遽痛山冢之猝崩。晚进之士，何诉何承？譬若楼船之失舵，亦如暗室之无灯。

所可稍慰者，遗言具在，有赫然之典型。所应自励者，一致奋斗，将继先生之志以有成。凡先生之所诏示，至大如《建国方略》，至高如《三民主义》，无不以学术为基础，而予吾人以应出之途程。尤扼要者，谓革命之根本，在求学问之深且闳。所宜服膺勿失，刻苦砥砺，以共策夫科学之发荣。

兹当国葬大典，敬献香花一束，表明德之芳馨。佐以清樽，湛然酥醽。呜呼！有尽者言词，不尽者伊怨凄楚之情。灵爽匪遥，鉴此精诚。

（收入 1925 年刊行的《总理哀思录》）

五卅殉难烈士墓碑文[1]

中华民国十六年十月三日五卅殉难烈士墓成，烈士丧葬筹备委员会乞文于余，以告来者。

五卅惨案发生之日，余方游地欧洲，于举国人士激昂悲壮之奋斗，虽未获躬预其役，然自五卅惨案发生，中国民族独立运动震撼世界之伟大影响，则所耳闻目睹。辛亥革命而后，帝国主义者以北洋系军阀为工具，继续其宰割蹂躏中国民族之行为，久视中国为次殖民地。吾党总理孙先生独持三民主义，以广州一隅之力与全国军阀、世界之帝国主义者战，期完成辛亥革命之使命。十余年来，憔悴忧伤，艰苦卓绝，终以党员之不努力、国民之不觉悟，北伐未成，国民会议之主张复失败，赍志饮恨，于十四年三月十二日痛逝于北京行馆。孙先生死，帝国主义者与军阀益肆无忌惮，国民党员与中国民众痛师资丧失，知舍努力国民革命，中国将无以自存，故当帝国主义者压迫加甚之日，被压迫民众反抗之决心亦与之俱增。孙先生逝后七十八日，遂有上海公共租界工部局英捕屠杀中国爱国民众之惨剧。

先是，上海某日商纱厂因压制罢工，残杀工人顾正红[2]，工会与公正之中国人士诉之英人主持之公共租界工部局，工部局置不理。同时为压迫租界中国人民计，工部局复于是年公共租界纳税人

---

① 1927 年五卅烈士丧葬筹备委员会为烈士立碑，请蔡元培撰写碑文。蔡于 10 月 3 日撰成此文。

② 顾正红（1905—1925），上海日商棉纺厂工人，中共党员。1925 年 5 月领导罢工工人进厂与日本资本家交涉，遭资本家野蛮枪杀。

年会提出印刷条律、交易所条律等，剥夺中国居民之出版自由，侵犯中国之经济主权。中国民众忍无可忍，遂群起为和平之呼吁。国民党员与青年学子均自动集队讲演，以激励国人之爱国心。工部局竟悍然不顾，命令街捕，遇讲演者，无论男女，悉加逮捕。一小时被捕者达百余人，老闸捕房狱为之满，后至者尚踵相接。时讲演者前仆后继，不稍退却，听讲之群众亦愈来愈众，南京路途为之塞。群众虽义愤填膺，然皆徒手，无暴动之行为。工部局总办鲁和竟纵任英捕头爱活生开枪示威。群众闻枪声纷向后退而途塞，急乱不得出路。爱活生乃续令各捕向徒手图退之群众开实弹之枪，至四十四响之多。是役也，前后殉难者，计何秉彝、陈虞卿、王纪福、邬金华、唐良生、尹景伊、石金盛、金念七、杨连发、蔡阿根、谈金福、徐桂生、魏国平、罗文照、谈海根、詹仲炳、陈兆长、朱和尚、付芳贵、王奎宝、陈兴发、余乐逢、王云生、姚顺庆等二十四烈士，伤者不计其数。弹皆由背入，是证死伤之群众均于让退后受创。乌乎，惨矣！

英帝国主义者在华残酷凶恶，至是悉暴露无遗。惨耗所播，海内外国人与列国主张公道之人士，莫不群起斥英帝国主义暴行，愿为上海被压民众声援。各地排英举动风起云涌，不约而遍于全国。上海公共租界商店罢业者二十七日，工人罢工者三十余万人，罢工期间延长至两阅月。广州民众因响应上海民众之排英，复演六月三日之惨剧，殉难者数十余人。自此而后，英人在华之商业一蹶不振；中国被压迫群众与帝国主义者之肉搏，亦由此开始。本党总理孙先生“唤起民众共同奋斗”之遗嘱，乃见诸事实。中国民族在国际上之独立运动，五卅烈士实开其端。诸烈士之死，岂寻常哉！继诸烈士之后，奋斗牺牲，以达完成中国国民革命，实现总理三民主义之目的，是则后死者之责也已。

（原刊 1927 年 12 月 4 日《国闻周报》第 4 卷第 47 期）

书杜亚泉先生遗事

余之识亚泉先生，始于民元前十三年。是时，绍兴有一中西学堂，余任监督，而聘先生任数学及理科教员，盖先生治学，自数学入手，而自修物理、化学及矿、植、动物诸科学也。学堂本有英、法两种外国语，而是年又新增日文。先生与余等均不谙西文，则多阅日文书籍及杂志，间接的窥见世界新思潮，对于吾国传统的学说，不免有所怀疑。先生虽专攻数理，头脑较冷，而讨寻哲理、针砭社会之热诚激不可遏。平时各有任务，恒于午膳、晚餐时为对于各问题之讨论。是时，教职员与学生同一膳厅，每一桌，恒指定学生六人、教职员一人。其余教职员，则集合于中间之一桌，先生与余皆在焉。每提出一问题，先生与余往往偏于革新方面，教员中如马湄莼、何阆仙诸君，亦多表赞同；座中有一二倾向保守之教员不以为然，然我众彼寡，反对者之意见遂无由宣达。在全体学生视听之间，不为少数旧学精深之教员稍留余地，确为余等之过失，而余等竟未及注意也。卒以此等龃龉之积累，致受校董之警告，余愤而辞职，先生亦不久离校矣。

先生本号秋帆，到上海后，自号亚泉。先生语余："亚泉者，氩线（线）之省写；氩为空气中最冷淡之原素，线则在几何学上为无面无体之形式，我以此自名，表示我为冷淡而不体面之人而已。"编印《亚泉杂志》，提倡数理之学。

未几，先生膺南浔庞君清臣之聘，长浔溪中学，所请教员，均为一时知名之学者。然终以一化学教员之故，校中忽起风潮。余时在爱国学社，特往南浔调停，无效。先生卒以是辞职，而浔溪中学亦从此停办矣。

余长爱国女学时，先生与寿孝天、王小徐诸君均为不支薪俸之教员，先生所教者为理科。

嗣后，先生进商务印书馆编译所，服务三十年，所编教科书甚多，大抵关于数理，余非习数理者，不敢妄论。余终觉先生始终不肯以数理自域，而常好根据哲理以指导个人、改良社会，三十余年，未之改也。最近，先生曾在其子弟所设之中学试验人生哲学的谈话。“就近人编译书籍中，选其足以开发青年思想者数种，劝学生阅读；又就生物学、心理学、社会学、哲学、伦理学等科学中，编辑其新颖警切的理论，每周为学生讲述一次；尤于各科学的名词界说，为学生逐一检查词典，严密注意。”（见《人生哲学》编辑大意第三页）后因学校停办，先生乃取搜辑的材料，加以扩充与整理，编为《人生哲学》，作为高级中学教科书，于十八年八月由商务印书馆出版。是书分三大部分：（一）人类的机体生活（生理的），（二）人类的精神生活（心理的），（三）人类的社会生活（伦理的）。而前方冠以绪言，后方结以“人生的目的和价值”与“人生问题和人生观”二章。中学教科之人生哲学，本为旧日伦理学教科之改名，旧日伦理学中，虽亦有关于卫生及养心之说明，然皆甚略。先生此书，说机体生活及精神生活占全书三分之一，以先生所治者为科学的哲学，与悬想哲学家当然不同也。先生既以科学方法研求哲理，故周详审慎，力避偏宕，对于各种学说，往往执两端而取其中，为[如]唯物与唯心、个人与社会、欧化与国粹、国粹中之汉学与宋学、动机论与功利论、乐天观与厌世观，种种相对的主张，无不以折衷之法，兼取其长而调和之；于伦理主义取普泛的完成主义，于人生观取改善观，皆其折衷的综合的哲学见解也。先生之行己与处世，亦可以此推知之。

（原刊 1934 年 1 月 16 日《新社会半月刊》第 6 卷第 2 号）

刘半农先生不死

刘先生死了！为青年模范的刘先生，是永远不会死的！

孔子说："知之者，不如好之者；好之者，不如乐之者。"说学者心理上进展的状况，是最好没有的了。从各种科学中或一种科学的各方面中，择自己性所最近的专研起来，这是知的境界；研究开始了，渐感到这种工作的兴趣，废寝忘食，只有这惟一的嗜好，这是好的境界；学成了，在适当的机会应用起来，搜罗新材料，创造新工具，熟能生巧，乐此不疲，虽遇到如何艰难，均不以为意，这是乐的境界。我个人所见到的刘先生，真是具此三种境界的。

刘先生早年求学的状况，我知道的不多。我认识他是在民国六年。那时候刘先生已经二十余岁了，在大学预科任教员，在《新青年》杂志发表诗文。就在国内作"商量旧学，培养新知"的准备，亦未始不可，但他一定要出去留学。到了法国了，以他平日沉浸于文史的习惯，也未尝不可以选点轻松的学科，在讲堂上听听讲，在书本上寻点论文的材料，赚一个博士的证书；然而他经再四考虑以后，终选定了语音学。这是刘先生的知。他选定了这学科以后，对于测验的纤琐、计算的繁重，毫不以为苦。我到巴黎见他时，一问到，他就"头头是道""津津有味"的讲起来。这是刘先生的好。他回国了，在北京大学的国学门研究所，布置语音学实验室，这是他的主要工作。当然能者多劳，他除北大研究所以外还担任中央研究院史语研究所兼任研究员和各大学院长、教务长等职务，并在各杂志或日报上也有相当的发表，但是他的兴趣还是集中于语音学。他时时有新的发明，如改良测验的仪器，由笨重变为轻便；改良计算的方法，由繁难变为简易，都是他最得意的事。他对于考察方音，绝不畏旅行的艰苦。此次由北平经绥远而达百灵庙，染病以后，尚极有兴会，不得已而回平，以至疾笃，亦从无怨天尤人的感想。这是刘先生的乐。以我个人的观察，刘先生可谓实践孔子所说“知之”、“好之”、“乐之”的三境界，可以为青年求学者的模范了。

刘先生不幸而死，但是无数青年如能以刘先生为模范，而对于所学能由“知之”以至于“好之”而至于“乐之”，则刘先生就永远不死了。

（原刊 1934 年 10 月 1 日《青年界》月刊第 6 卷第 3 号）

《中国伦理学史》序例、绪论[①]

序　例

学无涯也，而人之知有涯。积无量数之有涯者，以与彼无涯者相逐，而后此有涯者亦庶几与之为无涯，此即学术界不能不有学术史之原理也。苟无学术史，则凡前人之知，无以为后学之凭借，以益求进步；而后学所穷力尽气以求得之者，或即前人之所得焉，或即前人之前已得而复舍者焉。不惟此也，前人求知之法，亦无以资后学之考鉴，以益求精密；而后学所穷力尽气以相求者，犹是前人粗简之法焉，或转即前人业已嬗蜕之法焉。故学术史甚重要。一切现象，无不随时代而有迁流，有孳乳。而精神界之现象，迁流之速，孳乳之繁，尤不知若干倍蓰于自然界。而吾人所凭借以为知者，又不能有外于此迁流、孳乳之系统。故精神科学史尤重要。

吾国夙重伦理学，而至今顾尚无伦理学史。迩际伦理界怀疑时代之托始，异方学说之分道而输入者，如槃如烛，几有互相冲突之势。苟不得吾族固有之思想系统以相为衡准，则益将旁皇于歧路。盖此事之亟如此，而当世宏达，似皆未遑暇及。用不自量，于学课之隙，缀述是编，以为大辂之椎轮。涉学既浅，参考之书又寡，疏漏抵牾，不知凡几；幸读者有以正之。

又是编辑述之旨，略具于绪论及各结论。尚有三例，不可不为

① 《中国伦理学史》是蔡元培于1907—1910年间在德国留学期间撰成，1910年由商务印书馆出版。

读者预告。

（一）是编所以资学堂中伦理科之参考，故至约至简。凡于伦理学界非重要之流派及有特别之学说者，均未及叙述。

（二）读古人之书，不可不知其人，论其世。我国伦理学者，多实践家，尤当观其行事。顾是编限于篇幅，各家小传，所叙至略。读者可于诸史或学案中，检其本传参观之。

（三）史例以称名为正。顾先秦学者之称子，宋明诸儒之称号，已成惯列。故是编亦仍之而不改，决非有抑扬之义寓乎其间。

庚戌三月十六日　编者识

绪　论

伦理学与修身书之别　修身书，示人以实行道德之规范者也。民族之道德，本于其特具之性质、固有之条教，而成为习惯。虽有时亦为新学殊俗所转移，而非得主持风化者之承认，或多数人之信用，则不能骤入于修身书之中，此修身书之范围也。伦理学则不然，以研究学理为的。各民族之特性及条教，皆为研究之资料，参伍而贯通之，以归纳于最高之观念，乃复由是而演绎之，以为种种之科条。其于一时之利害，多数人之向背，皆不必顾。盖伦理学者，知识之径涂；而修身书者，则行为之标准也。持修身书之见解以治伦理学，常足为学识进步之障碍。故不可不区别之。

伦理学史与伦理学根本观念之别　伦理学以伦理之科条为纲，伦理学史以伦理学家之派别为叙。其体例之不同，不待言矣。而其根本观念，亦有主观、客观之别。伦理学者，主观也，所以发明一家之主义者也。各家学说，有与其主义不合者，或驳诘之，或弃置之。伦理学史者，客观也，在抉发各家学说之要点，而推暨其源流，证明其迭相乘除之迹象。各家学说，与作者主义有违合之点，虽可参以评判，而不可以意取去，湮没其真相。此则伦理学史根本观念之异于伦理学者也。

我国之伦理学　我国以儒家为伦理学之大宗。而儒家，则一切精神界科学，悉以伦理为范围。哲学、心理学，本与伦理有密切之关系，我国学者仅以是为伦理学之前提。其他曰为政以德，曰孝治天下，是政治学范围于伦理也；曰国民修其孝弟忠信，可使制挺以挞坚甲利兵，是军学范围于伦理也；攻击异教，恒以无父无君为辞，是宗教学范围于伦理也；评定诗古文辞，恒以载道述德、眷怀君父为优点，是美学亦范围于伦理也。我国伦理学之范围，其广如此，则伦理学宜若为我国唯一发达之学术矣。然以范围太广，而我国伦理学者之著述，多杂糅他科学说，其尤甚者为哲学及政治学。欲得一纯粹伦理学之著作，殆不可得。此为述伦理学史者之第一畏途矣。

我国伦理学说之沿革　我国伦理学说，发轫于周季。其时儒墨道法，众家并兴。及汉武帝罢黜百家，独尊儒术，而儒家言始为我国惟一之伦理学。魏晋以还，佛教输入，哲学界颇受其影响，而不足以震撼伦理学。近二十年间，斯宾塞尔之进化功利论，卢骚之天赋人权论，尼采之主人道德论，输入我国学界。青年社会，以新奇之嗜好欢迎之，颇若有新旧学说互相冲突之状态。然此等学说，不特深研而发挥之者尚无其人，即斯、卢诸氏之著作，亦尚未有完全移译者。所谓新旧冲突云云，仅为伦理界至小之变象，而于伦理学说无与也。

我国之伦理学史　我国既未有纯粹之伦理学，因而无纯粹之伦理学史。各史所载之“儒林传”、“道学传”，及孤行之《宋元学案》、《明儒学案》等，皆哲学史，而非伦理学史也。日本木村鹰太郎氏[①]，述东洋伦理学史，（其全书名《东西洋伦理学史》，兹仅就其东洋一部分言之。）始以西洋学术史之规则，整理吾国伦理学说，创通大义，甚裨学子；而其间颇有依据伪书之失，其批评亦间失之

---

① 木村鹰太郎：日本学者。著有《东西洋伦理学》等，译有《柏拉图全集》。

武断。其后又有久保得二氏[①]，述《东洋伦理史要》，则考证较详，评断较慎；而其间尚有蹈木村氏之覆辙者。木村氏之言曰："西洋伦理学史，西洋学者名著甚多，因而为之，其事不难；东洋伦理学史，则昔所未有。若博读东洋学说而未谂西洋哲学科学之律贯，或仅治西洋伦理学而未通东方学派者，皆不足以胜创始之任。"谅哉言也。鄙人于东西伦理学，所涉均浅，而勉承兹乏，则以木村、久保二氏之作为本，而于所不安，则以记忆所及，参考所得，删补而订正之。正恐疏略谬误，所在多有。幸读者注意焉。

---

① 久保得二（1875—1937），日本近代汉学家、诗人。著有《汉诗评释》、《近代儒学史》等。

《国民杂志》序[①]

《国民杂志》者，北京学生所印行也。学生惟一之义务在求学，胡以牺牲其求学之时间与心力，而从事于普通国民之业务，以营此杂志？曰：迫于爱国之心，不得已也。向使学生而外之国民均能爱国，而尽力于救国之事业，使为学生者得专心求学，学成而后有以大效于国，诚学生之幸也。而我国大多数之国民，方漠然于吾国之安危，若与己无关。而一部分有力者，乃日以椓丧国家为务。其能知国家主义而竭诚以保护之者，至少数耳。求能助此少数爱国家，唤醒无意识之大多数国民，而抵制椓丧国家之行为，非学生而谁？呜呼！学生之牺牲其时间与心力，以营此救国之杂志，诚不得已也。

学生既不得已而出此杂志，则所出杂志之务有以副学生之人格，其要有三：

一曰正确。有一事焉，与吾人之所预期者相迎合，则乍接而辄认为真；又有一事焉，与吾人之所预期者相抗拒，则屡闻尚疑其伪。此心理上普通作用也。言论家往往好凭借此等作用，以造成群众心理，有因数十字之电讯而酿成绝大风潮者，当其时无不成如荼如火之观，及事实大明，而狂热顿熄，言论家之信用荡然矣。故爱国不可不有热诚；而救国之计画，则必持以冷静之头脑，必灼见于事实之不诬而始下判断，则正确之谓也。

二曰纯洁。救国者，艰苦之业也。墨翟生勤而死薄，勾践卧薪

① 《国民杂志》是北京大学学生创办的一个刊物，1919 年 1 月创刊。

而尝胆，范仲淹“先天下之忧而忧，后天下之乐而乐”。断未有溺情于耳目之娱、侈靡之习，而可以言救国者。近来我国杂志，往往一部分为痛哭流涕长太息之治安策，而一部分则杂以侧艳之诗文、恋爱之小说，是一方面欲增进国民之人格，而一方面则转以陷溺之也。愿《国民杂志》慎勿以无聊之词章充篇幅。

三曰博大。积小群而为大群，小群之利害，必以不与大群之利害相抵触者为标准。家，群之小者也，不能不以国之利害为标准。故有利于家，而又有利于国，或无害于国者，行之。苟有利于家，而有害于国，则绝对不可行。此人人所知也。以一国比于世界，则亦为较小之群。故为国家计，亦当以有利于国，而有利于世界，或无害于世界者为标准。而所谓国民者，亦同时为全世界人类之一分子。苟倡绝对的国家主义，而置人道主义于不顾，则虽以德意志之强，而终不免于失败，况其他乎？愿《国民杂志》勿提倡极端利己的国家主义。

以上三者，皆关于内容者也。至于《国民杂志》社之进行，最所希望者，曰有恒。《国民杂志》之酝酿已历半年，卒底于成，不能不佩社员之毅力。自此以前，尚为一鼓作气之时期。若前数期出版以后，渐渐弛其责无旁贷之决心，则此后之困难，正不弱于酝酿时期。愿社员永永保此朝气，进行不怠，则于诸君唤醒国民之初心，始为无负也。

（原刊 1919 年 1 月《国民杂志》创刊号）

《石头记索隐》第六版自序[①]

——对于胡适之先生《红楼梦考证》之商榷

余之为此《索隐》也，实为《郎潜二笔》中徐柳泉之说所引起。柳泉谓宝钗影高澹人、妙玉影姜西溟。余观《石头记》中写宝钗之阴柔、妙玉之孤高，与高、姜二人之品性相合。而澹人之赡金豆，以金锁影之；其假为落马坠积潴中，以薛蟠之似泥母猪影之。西溟之热中科第，以走魔入火影之；其瘐死狱中，以被劫影之。又以“妙”字“玉”字影“姜”字“英”字，以“雪”字影“高”字。知其所寄托之人物，可用三法推求：一、品性相类者；二、轶事有征者；三、姓名相关者。于是以湘云之豪放而推为其年，以惜春之冷僻而推为荪友，用第一法也；以宝玉曾逢魔魇而推为允礽，以凤姐哭向金陵而推为国柱，用第二法也；以探春之名与探花有关而推为健庵，以宝琴之名与学琴于师襄之故事有关而推为辟疆，用第三法也。然每举一人，率兼用三法或两法，有可推证，始质言之。其他若元春之疑为徐元文，宝蟾之疑为翁宝林，则以近于孤证，姑不列入。自以为审慎之至，与随意附会者不同。近读胡适之先生之《红楼梦考证》，列拙著于“附会的红学”之中，谓之“走错了道路”，谓之“大笨伯”、“笨谜”，谓之“很牵强的附会”，我殊不敢承认。或者我亦不免有敝帚千金之俗见，然胡先生之言，实有不能强我以承认者。今贡其疑于左：

（一）胡先生谓“向来研究这部书的人都走错了道路。……不去搜求那些可以考定《红楼梦》的著者、时代、版本等等的材料，

① 《石头记索隐》写成于 1915 年 11 月，由商务印书馆印行多版。

却去收罗许多不相干的零碎史事来附会《红楼梦》里的情节。”又谓“我们只须根据可靠的版本与可靠的材料，考定这书的著者究竟是谁，著者的事迹家世、著书的时代，这书曾有何种不同的本子、这些本子的来历如何，这些问题，乃是《红楼梦》考证的正当范围。”案考定著者、时代、版本之材料，固当搜求。从前王静庵先生作《红楼梦评论》，有云：“作者之姓名（遍考各书，未见曹雪芹何名）与作书之年月，其为读此书者所当知，似更比主人公之姓名为尤要。顾无一人为之考证者，此则大不可解者也。”

又云：“苟知美术之大有造于人生，而《红楼梦》自足为我国美术上之唯一大著述，则其作者之姓名与其著书之年月，固为唯一考证之题目。”今胡先生对于前八十回著作者曹雪芹之家世及生平与后四十回著作者高兰墅之略历，业于短时期间搜集多许材料，诚有功于《石头记》，而可以稍释王静庵先生之遗憾矣。

惟吾人与文学书最密切之接触，本不在作者之生平，而在其著作。著作之内容，即胡先生所谓“情节”者，决非无考证之价值。例如我国古代文学中之楚辞，其作者为屈原、宋玉、景差等，其时代在楚怀王、襄王时，即西历纪元前三世纪顷，久为昔人所考定。然而“善鸟香草以配忠贞，恶禽臭物以比谗佞，灵修美人以媲于君，宓妃佚女以譬贤臣，虬龙鸾凤以托君子，飘风云霓以为小人”，为王逸所举者，固无非内容也。其在外国文学，如 Shakespeare 之著作，或谓出 Bacon 手笔①，遂生“作者究竟是谁”之问题。至如 Goethe 之著 Faust②，则其所根据之神话与剧本及其六十年间著作之经过，均为文学史所详载，而其内容，则第一部之 Gretchen 或谓影 Elsässirin Friederike（Bielschowsky 之说）；或谓影 Frankfurter Gretchen（Kuno Fischer 之说）。第二部之 Walpurgisnacht 一节，为地质学理论，Heleua 一节，为文化交通问题，Euphorion 为英国诗

---

① Shakespeare：莎士比亚。Bacon：培根。
② Goethe：歌德。Faust：即《浮士德》。

人 Byron 之影子（各家略同）[1]，皆情节上之考证也。俄之托尔斯泰，其生平、其著作之次第皆无甚疑问，近日张邦铭、郑阳和两先生所译英人 Sarolea 之《托尔斯泰传》有云："凡其著作，无不含自传之性质。各书之主人翁，如伊尔屯尼夫、鄂仑玲、聂乞鲁多夫、赖文、毕索可夫等，皆其一己之化身。各书中所叙他人之事，莫不与其身有直接之关系。……《家庭乐》叙其少年时情场中之一事，并表其情爱与婚姻之意见。书中主人翁既求婚后，乃将少年狂放时之恶行，缕书不讳，授所爱以自忏。此事托尔斯泰于《家庭乐》出版三年后，向索利亚柏斯求婚时，实尝亲自为之。即《战争与和平》一书，亦可作托尔斯泰之家乘观。其中老乐斯脱夫即托尔斯泰之祖，小乐斯脱夫即其父，索利亚即其养母达善娜，尝两次拒其父之婚者。拿特沙药斯脱夫即其姨达善娜柏斯，毕索可夫与赖文，皆托尔斯泰用以自状，赖文之兄死，即托尔斯泰兄的米特利之死，《复活》书中聂乞鲁多夫之奇特行动，论者谓依心理未必能有者，其实即的米特利生平留于其弟心中之一纪念。的米特利娶一娼，与聂乞鲁多夫同也。"亦情节上之考证也。然则考证情节，岂能概目为附会而排斥之？

（二）胡先生谓拙著《索隐》所阐证之人名，多是"笨谜"，又谓"假使一部《红楼梦》真是一串这么样的笨谜，那就真不值得猜了"。案拙著阐证本事，本兼用三法，具如前述。所谓姓名关系者，仅三法中之一耳，即使不确，亦未能抹杀全书。况胡先生所谥为"笨谜"者，正是中国文人习惯，在彼辈方以为必如是而后值得猜也。《世说新书》称曹娥碑后有"黄绢幼妇外孙齑臼"八字，即以当"绝妙好辞"四字。古绝句"藁砧今何在？山上复有山。何当大刀头，破镜飞上天。"以藁砧当夫，大刀头当还；《南史》记梁武帝时童谣有"鹿子开城门，城门鹿子开"等句，谓鹿子开者，反语为来子哭，后太子果薨。自胡先生观之，非皆"笨谜"乎？《品花宝

---

① Byron：拜伦。

鉴》以侯石公影袁子才，“侯”与“袁”为“猴”与“猿”之转借，“公”与“子”同为代名词，“石”与“才”则自“天下才有一石，子建独占八斗”之语来；《儿女英雄传》自言十三妹为玉字之分析，非经说破，已不易猜，又以纪献唐影年羹尧，“纪”与“年”、“唐”与“尧”，虽尚简单，而“献”与“羹”则自“犬曰羹献”之文来。自胡先生观之，非皆“笨谜”乎？即如《儒林外史》之庄绍光即程绵庄，马纯上即冯粹中，牛布衣即朱草衣，均为胡先生所承认，（见胡先生所著《吴敬梓传》及附录。）然则金和跋中之所指目，殆皆可信。其中如因范蠡曾号陶朱公而以“范”当“陶”，因“萬”字俗写作“万”而以“万”代“方”，亦非“笨谜”乎？然而安徽第一大文豪且用之，安见汉军第一大文豪必不出此乎？

（三）胡先生谓拙著中刘老老所得之八两及二十两有了下落，而第四十二回王夫人所送之一百两没有下落，谓之“这种完全任意的去取，实在没有道理”。案《石头记》凡百二十回，而余之《索隐》尚不过数十则，有下落者记之，未有者姑阙之，此正余之审慎也。若必欲事事证明而后可，则《石头记》自言著作者有石头、空空道人、孔梅溪、曹雪芹等，而胡先生所考证者惟有曹雪芹；《石头记》中有多许大事，而胡先生所考证者惟南巡一事，将亦有任意去取、没有道理之诮与？

（四）胡先生以曹雪芹生平大端考定，遂断定《石头记》是“曹雪芹的自叙传”，“是一部将真事隐去的自叙的书”。“曹雪芹即是《红楼梦》开端时那个深自忏悔的我，即是书里甄贾（真假）两个宝玉的底本。”案书中既云真事隐去，并非仅隐去真姓名，则不得以书中所叙之事为真。又使宝玉为作者自身影子，则何必有甄、贾两个宝玉？（鄙意甄、贾二字，实因古人有正统、伪朝……习见而起。贾雨村举正、邪两赋而来之人物，有陈后主、唐明皇、宋徽宗等，故疑甄宝玉影弘光，而贾宝玉影允礽也。）若因赵嬷嬷有甄家接驾四次之说，而曹寅适亦接驾四次，为甄家即曹家之确证，则赵嬷嬷又说贾府只预备接驾一次，明在甄家四次以外，安得谓贾府亦即曹家乎？胡先生因贾政为员外郎，适与员外郎曹頫相应，遂谓贾政即影曹頫，然《石头记》第三十七回贾政任学差之说，第七十一回有贾政回京覆命，因是学差，故不敢先到家中云云，曹頫固未闻曾放学差也。且使贾府果为曹家影子，而此书又为雪芹自写其家庭之状况，则措词当有分寸。今观第十七回焦大之谩骂，第六十六回柳湘莲道："你们东府里，除了那两个石头狮子干净罢了。"似太不留余地。且许三礼奏参徐乾学，有曰："伊弟拜相之后，与亲家高士奇更加招摇，以致有'去了余秦桧（余国柱），来了徐严嵩。乾学似庞涓，是他大长兄'之谣。又有'五方宝物归东海，万国金珠贡澹人'之对。"云云。今观《石头记》第五十五回，有"刚刚倒了一个巡海夜叉，又添了三个镇山太岁"之说。第四回有"贾不假，白玉为堂金作马。阿房宫，三百里，住不下金陵一个史。东海少了白玉床，龙王请来金陵王。丰年好大雪，珍珠如土金如铁"之护官符。显然为当时一谣一对之影子，与曹家无涉。故鄙意《石头记》原本，必为康熙朝政治小说，为亲见高、徐、余、姜诸人者所草，后经曹雪芹增删，或亦许插入曹家故事，要未可以全书属之曹氏也。

民国十一年一月三十日　蔡元培

《新唯识论》序

佛法传入中国，二千余年。六朝隋唐，译经论至富，中国佛教徒所著论说、注解、语录，亦有汗牛充栋之观。在佛教徒之立足点，以信仰为主，与其他宗教家无异，对于经论，一字一句，皆视为神圣不可侵犯；其有互相矛盾之点，则以五时说教、方便法门等调剂之而已。其非佛教徒，而且斥佛教为异端者，则又有两种态度：其一，并不读佛教之书，而以佛教徒之无人伦、无恒业为诟病，以焚其书、人其人、庐其居为对待方法，韩昌黎之徒是也。其二，读佛家之书而好之，且引以说儒家之《大学》、《中庸》、《孟子》之义，而又以涉佛为讳，如程朱、陆王两派之宋明理学家是也。

现今学者，对于佛教经论之工作，则又有两种新趋势：其一，北平钢和泰、陈寅恪诸氏，求得藏文、梵文或加利文之佛经，以与中土各译本相对校，胪举异同，说明其故。他日整理内典之业，必由此发轫；然今日所着手者，尚属初步工夫，于微言大义，尚未发生问题也。其二，欧阳竟无先生之内学院，专以提倡相宗为主。相宗者，由论理学、心理学以求最后之结论，与欧洲中古时代之经院哲学相类似；内学院诸君，尚在整理阐扬之期，未敢参批评态度也。当此之时，完全脱离宗教家窠臼，而以哲学家之立场提出新见解者，实为熊十力先生之《新唯识论》。

熊先生寝馈于宋明诸儒之学说甚深，而不以涉佛为讳，研求唯识论甚久，颇以其对于本体论尚未有透彻之说明，乃发愿著论以补充之；近岁多病，稍间则构思削稿如常，历十年之久，始写定境论一卷，其精进如此。

熊先生认哲学（即玄学）以本体论为中心，而又认本体与现象决不能分作两截，当为一而二、二而一之观照，《易》之兼“变易”与“不易”二义也。《庄子》之“齐物论”也，《华严》之“一多相容、三世一时”也，皆不能以超现象之本体说明之，于是立转变不息之宇宙观，而拈出翕、辟二字，以写照相对与绝对之一致。夫翕、辟二字，《易传》所以说坤卦“广生”之义，本分配于动静两方；而严幼陵氏于《天演论》中，附译斯宾塞尔之天演界说，始举以形容循环之动状，所谓“翕以合质，辟以出力，质力杂糅，相剂为变”是也。熊先生以《易》之阴阳，《太极图说》之动静，均易使人有对待之观，故特以翕、辟写照之。

熊先生于新立本体论而外，对于唯识论中各种可认否认之德目，亦多为增减数目，更定次序。诸所说明，皆字字加以斟酌。愿读者虚衷体会，勿以轻心掉之，庶不负熊先生力疾著书之宏愿焉。

中华民国二十一年八月三十一日　蔡元培

此等非佛教徒，完全以孔教徒自命，而又完全以佛家经论为纯粹宗教性质，故态度如此。其实，佛典中宗教色采固颇浓厚，而所含哲学成分，亦复不少。盖宗教本以创教者之哲学思想为基本，犹太、基督等教，均有哲理，惟佛教则更为高深耳。仁者见仁，智者见智，视读者之立场。惜二千年来，为教界所限，未有以哲学家方法，分析推求，直言其所疑，而试为补正者；有之，则自熊十力先生之《新唯识论》始。

蒋君扬《兰竹画册》题词

凡人之有抱负、有能力者，不必专意学书，而所书自有独到之处。苟自书以外，一无所有，而惟以临摩碑帖为事，则虽工力精致，而终不免为俗书。此袁随园与人论书法之大意也①。书既有之，画亦宜然。吾国之画，本与书法相关。如《历代名画记》称：吴道子受笔法于张旭②，知书、画用笔同矣。画之尤近于书法者，为兰、竹，以其于六法中，尤重气韵生动，骨法、用笔皆通于书法者也。文与可之竹、郑思肖之兰③，所以尤足珍重，非徒以其技之工，正以其胸襟志节高人一等故耳。

君扬年丈以米商起家，振兴家塾，尽瘁地方公益，其中如保存东湖禁花会、办六仓公学等，间为奸吏劣绅所挠阻，而不为之屈。暇则览名儒语录，或与人对弈，或弹琵琶自娱。而尤精于绘事，山水花卉，均不尚貌袭，而纯以神韵气势胜，兰、竹其尤著者也。晚年病肝风，两臂常自震动，然兴之所至，饮酒少许，即伸纸疾挥，劲气犹直达纸背，斯与张颠作书何异！吾辈即仅仅见丈所画之兰、竹，而其全体审美之精神，与平日任事之实心与毅力，皆足以窥见一斑矣。谨因叔平同年之属，而僭题数语，以为介绍。

中华民国十二年七月　年愚侄蔡元培敬识

（作于1923年7月25日，据手稿）

---

① 袁随园：袁枚（1716—1798），字子才，号随园老人。清代诗人及诗论家。

② 吴道子：唐代画家，擅长人物画。张旭：唐代书法家，善狂草。

③ 文与可：文同（1018—1079），字与可，宋代书画家。郑思肖（1241—1318），字所南，宋末文人，善画兰，著有《心史》。

旅法《中国美术展览会目录》序[①]

一民族之文化，能常有所贡献于世界者，必具有两条件：第一，以固有之文化为基础；第二，能吸收他民族之文化以为滋养料。此种状态，在各种文化事业，均可见其痕迹，而尤以美术为显而易见。

吾中国之美术，自四千年以前，已有其基础；至于今日，尚能保其固有之精神而不失。其间固尝稍稍受波斯、希腊、罗马诸民族之影响，而以二千年前受印度文化之影响为最大。自建筑、雕塑、图画、音乐，以至日用文饰之品，殆无不有一部分参入印度风，而仍保有中国之特色。故美术日形复杂。至近今数十年，欧洲美术渐渐输入，其技术与观念，均足为最良好之参考品。是以国内美术学校，均兼采欧风；而游学欧洲研究美术者，亦日盛一日。

研究美术之留学生，以留法者为较多，是以有霍普斯会与美术工学社之组织。其间杰出之材，非徒摹仿欧人之作而已，亦且能于中国风作品中为参入欧风之试验。夫欧洲美术参入中国风，自文艺中兴以还，日益显著，而以今日为尤甚。足以征中西美术自有互换所长之必要。采中国之所长，以加入欧风，欧洲美术家既试验之；然则采欧人之所长加入中国风，岂非吾国美术家之责任耶？

霍普斯会及美术工学社同人有鉴于此，是以有中国美术展览会之发起。迩者，承吾国陈公使之提倡，法国戴尼司局长之协助，得

---

① 1924年2月留法中国学生刘既漂、林风眠等筹办旅欧中国美术展览会，推蔡元培为会长；5月22日举行招待会，时在欧洲考察的蔡元培莅会演说，并为展览会目录作序。

在史太师埠开第一次展览会。最先入选者凡千余品，具为目录。其中可别为三类：一，中国固有之美术。此次所陈列者仅为留欧同人行箧中之所有，势不能为有系统之介绍；然管中窥豹，亦可见一斑。二，完全欧风之作品。三，参入欧化之中国美术。此两类均不外乎留欧同学之作品，虽未足以包中国新艺术之大观，然中国学者是否有吸收欧化之能力，是否有结合新旧之天才，均可于此见其端矣。元培受两会同人之委托，参与会务，爰志数语于目录之端，以明斯会之旨趣。

（原刊 1924 年 8 月《东方杂志》第 21 卷第 16 号）

《中国新文学大系》总序

欧洲近代文化，都从复兴时代演出；而这时代所复兴的，为希腊、罗马的文化，是人人所公认的。我国周季文化，可与希腊、罗马比拟，也经过一种烦琐哲学时期，与欧洲中古时代相埒，非有一种复兴运动，不能振发起衰。“五四”运动的新文学运动，就是复兴的开始。

欧洲文化，不外乎科学与美术。自纯粹的科学：理、化、地质、生物等等以外，实业的发达、社会的组织，无一不以科学为基本，均得以广义的科学包括他们；自狭义的美术：建筑、雕刻、绘画等等以外，如音乐、文学及一切精制的物品、美化的都市，皆得以美术包括他们。而近代的科学、美术，实皆植基于复兴时代，例如文西、米开兰基罗与拉飞尔三人①，固为复兴时代最大美术家，而文西同时为科学家及工程师；又如路加培根提倡观察与实验法，哥白尼与加立里的天文学②，均为开先的科学家。这些科学家与美术家，何以不说为创造而说是复兴？这因为学术的种子早已在希腊、罗马分布了。例如希腊的多利式、育尼式、科林式三种柱廊③，罗马的穹门④，斐谛亚、司科派、柏拉克希脱的雕刻以及其他壁画

---

① 文西、米开兰基罗、拉飞尔：均为意大利文艺复兴时期著名画家，文西，今通译达·芬奇（1452—1519）；米开兰基罗，今通译米开朗琪罗（1475—1564）；拉飞尔，今通译拉斐尔（1483—1520）。

② 路加培根：通译为罗吉尔·培根（约 1214—约 1292），英国思想家，实验科学的前驱者。加立里：今通译伽利略。

③ 多利式、育尼式、科林式：古希腊建筑主要成分廊柱的三种风格。

④ 罗马的穹门：罗门建筑的主要特征，指门窗顶边呈穹隆的拱形。

与花瓶[①]，荷马的史诗，爱司凯拉、索福克、幼利披留与亚利司多芬的戏剧[②]，固已极美术、文学的能事；就是赛勒司、亚利司太克的天文，毕达哥拉斯、欧几里得的数学，依洛陶德的地理，亚奇米得的物理，亚里斯多得的生物学，黑朴格拉底的医学[③]，亦都已确立近代科学的基础。

罗马末年，因日耳曼人的移植，而旧文化几乎消灭，这时候，保存文化的全恃两种宗教：一是基督教，一是回教。回教的势力局于一隅，而基督教的势力则几乎弥漫全欧。基督教受了罗马政治的影响，组织教会，设各地方主教，而且以罗马为中心，驻以教皇，于是把希腊、罗马的文化，一切教会化。例如希腊哲学家亚里斯多得，自生物学而外，对于伦理学、美学及其他科学，均有所建树，而教会即利用亚氏的学说为工具，曲解旁推，务合于教义的标准；有不合教义的，就指为邪教徒，用火刑惩罚他们。一切思想自由、信教自由都被剥夺。观中古时代大学的课程，除《圣经》及亚里斯多得著作外，有一点名学、科学及罗马法律，没有历史与文学，他的固陋可以想见了。那时候崇闳的建筑就是教堂，都是峨特式[④]，有一参天高塔，表示升入天堂的愿望，正与希腊人均衡和谐的建筑，代表现世安和的命运相对待。附属于建筑的图画与雕刻，都以《圣经》中故事为题材；音乐、诗歌亦以应用于教会的为时宜。

---

① 斐谛亚、司科派、柏拉克希脱：均为古希腊雕刻家。斐谛亚，今通译菲狄亚斯，主要活动时期约公元前448—前432。柏拉克希脱，今通译伯拉克西特列斯，创作活动时期约为公元前375—前330。

② 爱司凯拉、索福克、幼利披留：古希腊的三大悲剧家。爱司凯拉，今通译埃斯库罗斯（约前525—前456）；索福克，今通译索福克勒斯（约前496—前406）；幼利披留，今通译欧里庇得斯（约前480—前406）。亚利司多芬：今通译阿里斯托芬（约前446—前385），古希腊早期喜剧作家。

③ 赛勒司：今通译泰勒斯（前625—前547），古希腊哲学家、自然科学家。亚利司太克：今通译阿里斯塔恰斯，公元前3世纪古希腊天文学家。依洛陶德：今通译希罗多德（约前484—前430或420），古希腊地理学家、历史学家。亚奇米得：今通译阿基米德（前287—前212），古希腊物理学家。黑朴格拉底：今通译希波克拉底（约前460—前377），古希腊医师，西方医学奠基人。

④ 峨特式：哥特式。

及十三世纪，意大利诗人但丁始以意大利语发表他最著名的长诗《神曲》，其内容虽尚袭天堂地狱的老套，而其所描写的人物都能显出个性，不拘于教会的典型；文词的优美，又深受希腊文学的影响而可以与他们匹敌，这是欧洲复兴时期的开山。嗣后由文学而艺术，由文艺而及于科学，以至政治上、宗教上，都有一种革新的运动。

我国古代文化，以周代为最可征信。周公的制礼作乐，不让希腊的梭伦；东周季世，孔子的知行并重、循循善诱，正如苏格拉底；孟子的道性善、陈王道，正如柏拉图；荀子传群经、持礼法、为稷下祭酒，正如亚里斯多得；老子的神秘，正如毕达哥拉斯；阴阳家以五行说明万物，正如恩派多克利以地水火风为宇宙本源[①]；墨家的自苦，正如斯多亚派[②]；庄子的乐观，正如伊壁鸠鲁派[③]；名家的诡辩，正如哲人；纵横家言，正如雄辩术。此外如《周髀》的数学，《素问》、《灵枢》的医学，《考工记》的工学，墨子的物理学，《尔雅》的生物学，亦已树立科学的基础。

在文学方面，《周易》的洁静，《礼经》的谨严，老子的名贵，墨子的质素，孟子的条达，庄子的諔诡，邹衍的闳大，荀卿与韩非的刻核，《左氏春秋》的和雅，《战国策》的博丽，可以见散文的盛况。风、雅、颂的诗，荀卿、屈原、宋玉、景差的辞赋，可以见韵文的盛况。

在艺术方面，《乐记》说音乐，理论甚精，但乐谱不传。《诗·小雅·斯干》篇称"如跂斯翼，如矢斯棘，如鸟斯革，如翚斯飞"，可以见现今宫殿式之榱桷已于当时开始。当代建筑，如周之明堂、七庙、三朝、九寝，楚之章华台，燕之黄金台，秦之阿房宫等，虽名制屡见记载，但取材土木，不及希腊、罗马的石材，故遗迹多被湮没。玉器、铜器的形式变化甚多，但所见图案，以云雷文及兽头

---

① 恩派多克利：又译恩培多克勒（前 490—前 430），古希腊哲学家、秘传宗教的传播者。认为宇宙由地、水、火、风四大元素组成。

② 斯多亚派：又称斯多葛派。公元前 4 世纪芝诺创立于古希腊雅典的学派。

③ 伊壁鸠鲁派：由古希腊学者伊壁鸠鲁（前 341—前 270）创立的学派。

为多，植物已极希有，很少见有雕刻人物如希腊花瓶的。韩非子说画犬马难，画鬼魅易，近乎写实派。庄子说宋元君有解衣盘礴的画史，近乎写意派，但我们尚没见到周代的壁画。所以我们敢断言的是，周代的哲学与文学，确可与希腊、罗马比拟。

秦始皇帝任李斯，专用法家言，焚书坑儒。汉初矫秦弊，又专尚黄老。文帝时儒家与道家争，以“家人言”与“司空城旦书”互相诋。武帝时始用董仲舒对策，(《汉书·董仲舒传》：“董仲舒对策：‘今师异道，人异论，百家殊方，指意不同，上亡以持一统，法制数变，下不知所守。臣愚以为诸不在六艺之科，孔子之术者，皆绝其道，勿使并进。邪辟之说灭息，然后统纪可一，而法度可明，民知所从矣。’”）“推明孔氏，抑黜百家”；建元元年，丞相卫绾奏[①]：“所举贤良，或治申、商[②]、韩非、苏秦、张仪之言，乱国政，请皆奏罢。”诏“可”。武帝乃置五经博士，后增至十四人，“利禄之途”既开，优秀分子，竞出一途，为博士官置弟子，由五十人，而百人，而千人，成帝时至三千人；后汉时大学至二万馀生，都抱着通经致用的目的，如“《禹贡》治河”、“《三百篇》讽谏”、“《春秋》断狱”等等，这时候虽然有阴阳家的五德终始，谶纬学的符命，然终以经术为中心。魏晋以后，虽然有佛教输入，引起老庄的玄学与处士的清谈；有神仙家的道教，引起金丹的化炼、符箓的迷信；但是经学的领域还是很坚固，例如义疏之学，南方有崔灵恩、沈文阿、皇侃、戚衮、张讥、顾越、王元规等，北方有刘献之、徐遵明、李铉、沈重、熊安生等；(褚季野说：“北人学问，渊综广博。”孙安国说：“南人学问，清通简要。”支道林又说：“自中人以还，北人看书，如显处观月；南人看书，如牖中窥日。”）迄于唐代，国子祭酒孔颖达与诸儒撰定《五经正义》颁于天下，每年明经依此考试，经学的势力随“利禄之途”而发展，真可以压倒一切了。

汉代承荀卿、屈原的余绪，有司马相如、扬雄、班固、枚乘等

---

① 卫绾：人名。汉景帝时任丞相。
② 申、商：即申不害、商鞅。

竞为辞赋，句多骈丽，后来又渐多用于记事的文，如蔡邕所作的碑铭，就是这一类。魏晋以后，一切文辞均用此体，后世称为骈文，或称四六。

唐德宗时（西历八世纪），韩愈始不满意于六朝骈丽的文章，而以周季汉初论辩记事文为模范，创所谓“起八代之衰”的文章，那时候与他同调的有柳宗元等。愈又作《原道》，推本孔孟，反对佛、老二氏，有“人其人，火其庐，焚其书”的提议，乃与李斯、董仲舒相等。又补作文王拘幽操，至有“臣罪当诛，天王圣明”等语，以提倡君权的绝对。李翱等推波助澜，渐引起宋明理学的运动。但宋明理学又并不似韩愈所期待的，彼等表面虽亦排斥佛、老，而里面却愿兼采佛、老二氏的长处。如《河图》、《洛书》、《太极图》等，本诸道教；天理、人欲、明善、复初等等本诸佛教。在陆、王一派，偏于“尊德性”，固然不讳谈禅，阳明且有格竹病七日的笑话，与科学背驰，固无足异；程、朱一派，力避近禅，然阳儒阴禅的地方很多。朱熹释格物为即物穷理，且说：“即凡天下之物，莫不因其已知之理而益穷之，以求至乎其极，至于用力之久而一旦豁然贯通焉，则众物之表里精粗无不到，而吾心之全体大用无不明矣。”似稍近于现代科学家之归纳法，然以不从实验上着手，所以也不能产生科学。那时程颐以“饿死事小，失节事大”斥再醮妇，蹂躏女权，正与韩愈的“臣罪当诛”相等，误会三纲的旧说，破坏“五伦”的本义。不幸此等谬说适投明、清两朝君主之所好，一方面以利用科举为诱惑，一方面以文字狱为鞭策，思想言论的自由全被剥夺。

明、清之间，惟黄宗羲《明夷待访录》，有《原君》、《原臣》等篇；戴震《原义》，力辟以理责人的罪恶；俞正燮于《癸巳类稿》、《存稿》中有反对尊男卑女的文辞，远之合于诸子的哲学，近之合于西方的哲学，然皆如昙花一现，无人注意。

直到清季，与西洋各国接触，经过好几次的战败，始则感武器的不如人，后来看到政治上了，后来看到教育上、学术上都觉得不如人了，于是有维新派，以政治上及文化上之革新为号召，康有为、谭嗣同是其中最著名的。

康氏有《大同书》，本《礼运》的大同义而附以近代人文主义的新义；谭氏有《仁学》，本佛教平等观而冲决一切的网罗，在当时确为佼佼者。然终以迁就时人思想的缘故，戴着尊孔保皇的假面，而结果仍归于失败。

嗣后又经庚子极端顽固派的一试，而孙中山先生领导之同盟会渐博得多数信任，于是有辛亥革命，实行“恢复中华，建立民国”的宣言，当时思想言论的自由，几达极点，保皇尊孔的旧习，似有扫除的希望，但又经袁世凯与其所卵翼的军阀之摧残，虽洪宪帝制不能实现，而北洋军阀承袭他压制自由思想的淫威方兴未艾。在此暴力压迫之下，自由思想的勃兴仍不可遏抑，代表他的是陈独秀的《新青年》。

《新青年》于民国四年创刊，他的《敬告青年》，特陈六义：一，自主的而非奴隶的；二，进步的而非保守的；三，进取的而非退隐的；四，世界的而非锁国的；五，实利的而非虚文的；六，科学的而非想象的。

到民国八年，有《新青年宣言》，有云：“我们相信，世界各国政治上、道德上、经济上因袭的旧观念中，有许多阻碍进化而不合情理的部分。我们想求社会进化，不得不打破‘天经地义’、‘自古如斯’的成见，决计一面抛弃此等旧观念，一面综合前代贤哲、当代贤哲和我们自己所想的，创造政治上、道德上、经济上的新观念，树立新时代的精神，适应新社会的环境。我们理想的新时代、新社会是诚实的、进步的、积极的、自由的、平等的、创造的、美的、善的、和平的、相爱互助的、劳动而愉快的、全社会幸福的。希望那虚伪的、保守的、消极的、束缚的、阶级的、因袭的、丑的、恶的、战争的、轧轹不安的、懒惰而烦闷的、少数幸福的现象渐渐减少，至于消灭。”又有《新青年罪案之答辩书》，有云：“他们所非难本志的，无非是破坏孔教，破坏礼法，破坏国粹，破坏贞节，破坏旧伦理（忠、孝、节），破坏旧艺术（中国戏），破坏旧宗教（鬼神），破坏旧文学，破坏旧政治（特权人治）这几条罪案。这几条罪案，本社同人当然直认不讳。但是追本溯源，本志同人本来无罪，只因为拥护那德莫克拉西（Democracy）和赛因斯（Science）两位先生，才犯了这几条滔天的大罪。要拥护那德先生，便不得不反对孔教、礼法、贞节、旧伦理、旧政治；要拥护那赛先生，便不得不反对旧艺术、旧宗教；要拥护德先生又要拥护赛先生，便不得不反对国粹和旧文学。”他的主张民治主义和科学精神，固然前后如一，而“破坏旧文学的罪案”与“反对旧文学”的声明，均于八年始见，这是因为在《新青年》上提倡文学革命起于五年。五年十月胡适来书，称：“吾以为今日而言文学改良，须从八事入手。八事者何？一曰须言之有物。二曰不摹仿古人。三曰须讲求文法。四曰不作无病之呻吟。五曰务去滥调套话。六曰不用典。七曰不讲对仗。八与曰不避俗字俗语。”由是陈独秀于六年二月发表《文学革命论》，有云：“文学革命之气运，酝酿已非一日，其首举义旗之急先锋，则为我友胡适。余甘冒全国学究之敌高张‘文学革命军’大旗以为吾友之声援，旗上大书特书吾革命军三大主义：曰推倒雕琢的阿谀的贵族文学，建设平易的抒情的国民文学；曰推倒陈腐的铺张的古典文学，建设新鲜的立诚的写实文学；曰推倒迂晦的艰涩的山林文学，建设明了的通俗的社会文学。”这是那时候由思想革命而进于文学革命的历史。

为什么改革思想一定要牵涉到文学上？这因为文学是传导思想的工具。钱玄同于七年三月十四日《致陈独秀书》有云：“旧文章的内容，不到半页，必有发昏做梦的话，青年子弟读了这种旧文章，觉其句调铿锵，娓娓可诵，不知不觉，便将为文中之荒谬道理所征服。”在玄同所主张的“废灭汉文”虽不易实现，而先废文言文是做得到的事。所以他有一次致独秀的书，就说：“我们既绝对主张用白话体做文章，则自己在《新青年》里面做的，便应该渐渐的改用白话。我从这次通信起，以后或撰文，或通信，一概用白话，就和适之先生做《尝试集》一样意思。并且还要请先生、胡适之先生和刘半农先生都来尝试尝试。此外，别位在《新青年》里撰文的先生和国中赞成做白话文的先生们，若是大家都肯尝试，那么必定成功。自古无的，自今以后必定会有。”可以看见玄同提倡白话文的努力。

民元前十年左右，白话文也颇流行，那时候最著名的《白话报》，在杭州是林獬、陈敬第等所编，在芜湖是独秀与刘光汉等所编，在北京是杭辛斋、彭翼仲等所编，即余与王季同、汪允宗等所编的《俄事警闻》与《警钟》，每日有白话文与文言文论说各一篇，但那时候作白话文的缘故，是专为通俗易解，可以普及常识，并非取文言而代之。主张以白话代文言，而高揭文学革命的旗帜，这是从《新青年》时代开始的。

欧洲复兴时期以人文主义为标榜，由神的世界而渡到人的世界。就图画而言，中古时代的神像，都是忧郁枯板，与普通人不同。及复兴时代，一以生人为模型，例如拉飞儿所画圣母，全是窈窕的幼妇，所画耶稣，全是活泼的儿童，使观者有地上实现天国的感想。不但拉飞儿，同时的画家没有不这样的。进而为生人肖像，自然更表示特性，所谓“人心不同如其画”了。这叫做由神相而转成人相。我国近代本目文言文为古文，而欧洲人目不通行的语言为死语。刘大白参用他们的语意，译古文为鬼话，所以反对文言提倡白话的运动，可以说是弃鬼话而取人话了。

欧洲中古时代，以一种变相的拉丁文为通行文字，复兴以后，虽以研求罗马时代的拉丁文与希腊文为复兴古学的工具，而别一方面，却把各民族的方言利用为新文学的工具。在意大利有但丁、亚利奥斯多、朴伽丘、马基亚弗利等①，在英国有绰塞、威克列夫

① 亚利奥斯多：今通译阿利奥斯多（1474—1533），意大利文艺复兴晚期诗人，作品有《疯狂的罗兰》。朴伽丘：今通译薄伽丘（1313—1375）。马基亚弗利：亦译马基雅维里（1469—1527）。

等[①]，在日耳曼有路德等[②]，在西班牙有塞文蒂等[③]，在法兰西有拉勃雷等[④]，都是用素来不认为有文学价值的方言译述《圣经》，或撰著诗文，遂产生各国语的新文学。我们的复兴，以白话文为文学革命的条件，正与但丁等同一见解。

欧洲的复兴，普通分为初、盛、晚三期：以十五世纪为初期，以千五百年至千五百八十年为盛期，以千五百八十年至十七世纪末为晚期。在艺术上，自意大利的乔托、基伯尔提、文西、米开兰基罗、拉飞儿、狄兴等[⑤]，以至法国的雷斯古、古容、格鲁爱父子等[⑥]，西班牙的维拉斯开兹等[⑦]，德国的杜勒、荷尔斑一族等[⑧]，荷兰与法兰德尔的凡爱克、鲁本兹、朗布兰、凡带克等[⑨]。在文学上，自意大利的但丁、亚利奥斯多、马基亚弗利、塔苏等[⑩]，法国的露沙、蒙旦等[⑪]，西班牙的蒙杜沙、莎凡提等[⑫]，德国的路德、萨克斯

---

① 绰塞：通译乔叟（约 1340—1400），英国文学家。当时英国贵族社会通用法语，他改用伦敦方言进行创作。威克列夫：又译威克里夫。欧洲宗教改革运动先驱。

② 路德：马丁·路德（1483—1546），德国宗教改革运动发起人，基督教（新教）路德宗创始人。提倡在宗教仪式中用民族语言代替拉丁语，并将《圣经》译成德文。

③ 塞文蒂：通译塞万提斯（1547—1616），西班牙作家，著有《堂·吉诃德》。

④ 拉勃雷：今通译拉伯雷（约 1494—1553），法国作家，著有《巨人传》。

⑤ 乔托（1267—1337）：意大利文艺复兴初期画家、雕刻家和建筑师。基伯尔提：通译季培尔底（1378—1455），意大利文艺复兴初期雕塑家、金饰匠、画家。狄兴：通译提香（1490—1576），意大利文艺复兴盛期威尼斯画家。

⑥ 雷斯古：当指彼尔·勒斯科（约 1510—1578），法国杰出建筑师。古容（亦译古戎，约 1510—1565）：法国文艺复兴时期雕塑家、建筑家。卢浮宫是二人合作的杰出成果。格鲁爱：通译克鲁厄。父子二人皆为肖像画家。

⑦ 维拉斯开兹：通译委拉斯开兹（1599—1660），西班牙画家。

⑧ 杜勒（1471—1528）：德国画家，以版画知名。荷尔斑：今通译荷尔拜因（1496—1543），德国画家，擅长油画和版画。

⑨ 凡爱克：通译凡·爱克，兄弟二人，兄胡伯特·凡·爱克（1370—1426），弟杨·凡·爱克（1390—1441）。均为文艺复兴时期尼德兰画家，油画技术革新者。鲁本兹：通译鲁本斯（1577—1640），佛兰德斯画家。朗布兰：通译伦勃朗（1606—1669），荷兰画家。凡带克：通译范·戴克（1599—1641），佛兰德斯画家。

⑩ 塔苏：通译塔索（1544—1595），意大利诗人，文艺复兴晚期代表。

⑪ 露沙：当指卢梭，18 世纪启蒙思想家；或指法国诗人卢梭（1671—1741）。蒙旦：今通译蒙田（旧亦译蒙台涅），法国思想家、随笔作家。

⑫ 蒙杜沙：即洛佩斯·门多萨（1398—1458），西班牙诗人。莎凡提：即塞万提斯。

等[1]，英国的雪泥、慕尔、莎士比亚等[2]，人才辈出，历三百年。我国的复兴，自五四运动以来不过十五年，新文学的成绩当然不敢自诩为成熟，其影响于科学精神、民治思想及表现个性的艺术，均尚在进行中，但是吾国历史、现代环境，督促吾人，不得不有奔轶绝尘的猛进。吾人自期，至少应以十年的工作抵欧洲各国的百年。所以对于第一个十年先作一总审查，使吾人有以鉴既往而策将来，希望第二个十年与第三个十年时，有中国的拉飞儿与中国的莎士比亚等应运而生呵！

（写于1935年8月6日，《中国新文学大系》
1935—1936年由上海良友图书印刷公司出版）

---

① 萨克斯（1494—1576）：德国诗人、剧作家，16世纪德国市民文学的代表。

② 雪泥：当指锡德尼（1554—1586），英国诗人、学者。慕尔：当指莫尔（1478—1535），英国政治家、作家，作品有《乌托邦》等。

《鲁迅全集》序①

“行山阴道上，千岩竞秀，万壑争流，令人应接不暇。”有这种环境，所以历代有著名的文学家、美术家，其中如王逸少的书、陆放翁的诗，尤为永久流行的作品。最近时期，为旧文学殿军的，有李越缦先生；为新文学开山的，有周豫才先生，即鲁迅先生。

鲁迅先生本受清代学者的濡染，所以他杂集会稽郡故书，校《嵇康集》，辑谢承《后汉书》，编汉碑帖、六朝墓志目录、六朝造象目录等，完全用清儒家法。惟彼又深研科学，酷爱美术，故不为清儒所囿，而又有他方面的发展，例如科学小说的翻译，《中国小说史略》、《小说旧闻钞》、《唐宋传奇集》等，已打破清儒轻视小说之习惯；又金石学为自宋以来较发展之学，而未有注意于汉碑之图案者，鲁迅先生独注意于此项材料之搜罗；推而至于《引玉集》、《木刻纪程》、《北平笺谱》等等，均为旧时代的考据家、赏鉴家所未曾著手。

先生阅世既深，有种种不忍见不忍闻的事实，而自己又有一种理想的世界，蕴积既久，非一吐不快。但彼既博览而又虚衷，对于世界文学家之作品，有所见略同者，尽量的迻译，理论的有卢那卡尔斯基、蒲力汗诺夫之《艺术论》等②；写实的有阿尔志跋绥夫之《工人绥惠略夫》、果戈理之《死魂灵》等；描写理想的有爱罗先珂

---

① 鲁迅逝世后，上海成立鲁迅纪念委员会，筹备出版《鲁迅全集》，蔡元培、宋庆龄分任正副主席。1938年《鲁迅全集》(20卷)付印，蔡元培为之作序。

② 卢那卡尔斯基：今译卢那察尔斯基（1875—1918），苏联政治家、评论家。浦力汗诺夫：今通译普列汉诺夫（1856—1918），苏联马克思主义文艺理论家。

及其他作者之童话等，占全集之半，真是谦而勤了。

“借他人之酒杯，浇自己的块垒，虽也痛快，但人心不同如其面，环境的触发，时间的经过，必有种种蕴积的思想，不能得到一种相当的译本可以发舒的，于是有创作。鲁迅先生的创作，除《坟》、《呐喊》、《野草》数种外，均成于一九二五至一九三六年中，其文体除小说三种、散文诗一种、书信一种外，均为杂文与短评，以十二年光阴成此多许的作品，他的感想之丰富、观察之深刻、意境之隽永、字句之正确，他人所苦思力索而不易得当的，他就很自然的写出来，这是何等天才！又是何等学力！

综观鲁迅先生全集，虽亦有几种工作与越缦先生相类似的；但方面较多，蹊径独辟，为后学开示无数法门，所以鄙人敢以新文学开山目之。然欤否欤，质诸读者。

（收入上海复社 1938 年版《鲁迅全集》）

编者后记

熟睹今日大学教育的种种怪现象，人们不能不无限怀念蔡元培。无疑，蔡元培是中国现代史上最为出色的教育家，他的教育理念和治校风范影响了一个时代，至今犹令人们追慕不已。可以说，他已经成为中国高等教育的一面旗帜，而且迄今未见丝毫褪色。教育家之外，蔡元培还是社会活动家，曾致力于民权保障；而他的身份，又必然成为青年导师和楷模。所有这些，可以说在这个集子里都有反映。

本集首先选录的是蔡先生以时论为主的文字，论题驳杂，又都与时事有关。从这些文章中，我们可以看到这位前清翰林的思想历程，可以看到他在世界、人生、历史、社会、民权、文化、中西比较等方方面面的观点。这些文章大多是非学术的，但都蕴涵着作者深入的思考和独到的见解，以及中和平正的态度、实事求是的精神。

接着是专论教育的一组文章。这些文章涉及教育制度、教育理念、教育理想、教育目标等宏观的方面，也涉及具体的教育与学术、部门教育研究等；不仅针对高等教育，也有关于普通教育、职业教育、通俗教育、留学教育等等。这些，体现了一位伟大教育家的济世情怀，而且其中一些观点，至今仍然有着警醒意义

蔡元培还是一位美学家，尤其是他作为教育家对美育的提倡，可以说是开现代美育的先河。他的“以美育代宗教”说，在当时引起了很大的反响。在他的学术研究领域，除开红学、史学、伦理学，美育的研究是他做得最为系统而持久的，看看集中所选文章的

题目，就可以清楚地体会到这一点。他为《教育大辞典》撰写的“美育”词条，应该是我国最早的美育基础性文献。

众所周知的蔡先生的身份，自然是北京大学的校长。在他的一生中，长北大的时间并不算长，但却是影响最大、最久远的一段时光；人们提及“蔡元培”，似乎总是与“北大校长”联系在一起的。本书的第四个部分，专门选录了一组蔡先生在北大时的文章。演说、宣言、布告、公开信、发刊词、协会章程，文体各别，却都记录了作者在北大时期的主要经历。通过这组编年的文章，或许可以大体了解蔡元培在长北大时期的所思所想、所作所为了。

学校本来是培养人的机构，为师者应该成为模范，大学也不例外。蔡元培强调大学的学术研究，但并不忽视人的培养，加之他自己又是有“完人”之誉的人世楷模，因而学校请他作演说，报章请他写文章，也多离不开谈人生、谈修养，蔡先生也总是就青年、学生存在的问题热心、中肯地发表自己的意见。本书也辑录了一组这样的文章，针对各类学生，其中关于学生参与社会运动的文章——如《说青年运动》、《牺牲学业与失土相等》，今天读来，犹然振聋发聩。

本集的第六个部分，是一组纪念性文字，从国父、家人到友人、外宾，都有。其中几篇是文言体的，使我们可以一窥翰林文采。

最后一部分的序文中，《〈中国新文学大系〉总序》、《〈鲁迅全集〉序》，都是经典性的文献，割舍必留遗珠之憾；《〈中国伦理学史〉序例、绪论》和《〈石头记索隐〉第六版自序》，则是作者两部学术著作的序文，存之当属有益。

编　者

图书在版编目（CIP）数据

蔡元培散文/侯晓菊选编．—上海：上海科学技术文献出版社，2013.1

ISBN 978-7-5439-5719-0

Ⅰ.①蔡… Ⅱ.①侯… Ⅲ.①散文集—中国—现代 Ⅳ.①I266

中国版本图书馆 CIP 数据核字(2012)第 317019 号

责任编辑：张 树

封面设计：戴东明

蔡元培散文

蔡元培／著 侯晓菊／选编

*

上海科学技术文献出版社出版发行

（上海市长乐路 746 号 邮政编码 200040）

全 国 新 华 书 店 经 销

北京建泰印刷有限公司印刷

开本 150×230 1/16 印张 16 插页 2 字数 210 千字

2013 年 1 月第 1 版 2013 年 1 月第 1 次印刷

ISBN 978-7-5439-5719-0

定价：25.00 元

http://www.sstlp.com